KB269488

大
대
法
법
왕
王
몽월 新무협 판타지 소설
FANTASTIC ORIENTAL HEROES

대법왕 2

몽월 新무협 판타지 소설

초판 1쇄 찍은 날 § 2008년 7월 29일
초판 1쇄 펴낸 날 § 2008년 8월 7일

지은이 § 몽월
펴낸이 § 서경석

편집장 § 문혜영
편집책임 § 이재권
편집 § 문정흠

펴낸곳 § 도서출판 청어람
등록번호 § 제1081-1-89호
등록일자 § 1999. 5. 31
어람번호 § 제2-1547호

주소 § 경기도 부천시 원미구 심곡1동 350-1 남성B/D 3F (우) 420-011
전화 § 032-656-4452 팩스 § 032-656-4453
http://www.chungeoram.com
E-mail § eoram99@chollian.net

ⓒ 몽월, 2008

ISBN 978-89-251-1422-4 04810
ISBN 978-89-251-1420-0 (세트)

몽월
新무협 판타지 소설

대법왕

大法王

2

석두회전(石頭回轉)

청어람

目次

1장 한 방   7

2장 용호대면(龍虎對面)   41

3장 피[血]의 역습(逆襲)   69

4장 살인의 추억   109

5장 맨발의 덕배   149

6장 정겸세구로천동지홍대명상   181

7장 미소 속에 비친 함정   217

8장 거목(巨木)들의 몰(歿)   255

9장 밀종대수인   289

第一章
한방

大 대 法 법 왕 王

중원에서는 볼 수 없는 엄청난 폭설이었다. 아침나절 푸른 하늘이 보이기에 더 이상 눈이 내리지 않을 줄 알았는데 날씨는 순식간에 변덕을 부렸고 한 치 앞이 내다보이지 않을 만큼 퍼붓는다.

하지만 폭설도 그의 앞을 가로막지는 못했다. 그것을 증명이라도 하듯 그가 지나갔지만 단 하나의 발자국도 찍히지 않았다.

답설무흔(踏雪無痕).

눈 위를 날아도 흔적이 전혀 남지 않는다는 절정의 신법이다.

휘류류류!

거친 눈 폭풍을 뚫고 백쾌섬의 신형은 빠르게 앞으로 나아
갔다. 퍼붓는다고 해도 좋을 만큼 갈수록 많은 눈이 내린다.
두 개의 산봉우리를 넘자 저 멀리 눈 덮인 임주가 뿌옇게 들
어왔다.

쉬이이!

한 번씩 몸을 솟구칠 때마다 삼십여 장씩 미끄러져 갔다.

폭설 때문인지 임주의 거리는 한산했고, 저잣거리 좌우로
늘어선 가게의 주인들은 집 앞의 눈을 치우느라 바쁘게 움직
이고 있었다. 몸도 녹이고 요기도 할 겸 환상루 문을 밀고 들
어섰다.

객점 안에 들어서자마자 뜨거운 열기가 혹 끼쳐 왔다. 마침
두 명의 손님이 자리에서 일어났고, 점소이가 그곳으로 안내
했다.

"노배계와 술 좀 주게."

"금방 올립죠."

사람도 많은데다 피워놓은 난로의 열기로 인해 객점 안은
더웠다. 백쾌섬은 목에 두르고 있던 삼달 목도리와 털모자를
벗었다. 옷에 묻은 눈도 실내의 열기에 의해 순식간에 녹아
사라졌다.

여전히 눈은 쏟아지고 있었다. 무려 삼 년이 넘도록 중원의
산사는 거의 다 뒤졌다. 소림사를 비롯해 이름깨나 알려진 사

찰을 모조리 훑었다. 하지만 어디에서도 절강제일부호의 막내아들의 모습은 발견되지 않았다.

이제 남은 곳은 이곳 서장과 천축뿐이었다. 다행히 서장은 중원과 달리 사찰이 많지 않았다. 포달랍궁을 비롯해 백여 개의 사찰이 있지만 무승을 둔 사찰은 십여 개 안팎이었다. 동천몽의 부하들의 말에 의하면, 동천몽을 끌고 간 사람은 무공을 펼친 승려들이라고 했다.

스윽!

품속에서 한 장의 종이를 꺼냈다.

접혀진 종이는 한 사람의 얼굴이 그려진 초상화였다. 초상화 속의 사내는 무척 다부진 인상이었다. 아직 어린 티가 채 가시지 않은 얼굴이었지만 눈이 가는 것이 무척 고집이 세어 보였고 눈매가 매우 날카로웠다.

'동천몽!'

백쾌섬이 조용히 중얼거렸다.

백쾌섬은 동천몽의 초상화를 보고 또 보았다. 누가 보더라도 그저 말썽꾸러기인 부잣집 막내아들로밖에 보이지 않는다. 하지만 주위의 의견은 그렇지 않았다. 동천몽이야말로 천상각에서 가장 지켜볼 필요가 있는 인물이라고 입을 모았다.

비록 둘째 부인의 핏줄로 본부인에게서 낳은 형제들에게 따돌림을 당하고 머리 또한 병에 가까울 만큼 형편없어 부친의 사랑을 받지 못했다는 것은 경계할 요소가 전혀 되지 않는다.

그러나 자신이 알고 있는 사람들의 의견은 달랐다. 예로부터 제왕들은 자신의 후계자라고 여기는 핏줄에게는 유난히 냉정했다. 그것은 첫째, 미움을 받고 있다는 것을 은연중 보여주어 다른 형제들로부터 해함을 당하지 않도록 하려는 것이고, 두 번째는 사람이란 밟으면 밟을수록 생존하기 위해 발악한다. 그렇게 다져지며 성장한 혈육은 강할 수밖에 없다.

마찬가지로 동천몽에 대한 동오룡의 미움은 도를 넘어섰다고 했다. 소문에 의하면, 차라리 남이라고 해도 좋을 만큼 비정하게 대했다고 했다. 머리도 나쁜데다 어려서부터 말썽을 피우고 다녔기 때문이라는 것이 눈 밖에 난 이유였다. 그런데 놀랍게도 그를 찾아달라고 청부하던 동오룡의 모습은 소문과는 큰 차이를 보였다.

표정은 너무나 진지했고 목소리에는 끈끈한 부정이 고스란히 묻어 있었다. 바늘로 찔러도 피 한 방울 나오지 않는다는 천하제일거상의 눈 속에는 자신의 커다란 살점 하나가 떨어져 나간 것 같은 고통이 가득했던 것이다. 그것은 자식에 대한 단순한 애정 이상의 그 무엇이었다. 어쩌면 주위 사람들의 얘기가 사실일지 모른다는 생각이 머리를 스쳤다.

백쾌섬이 동천몽의 초상화를 품속에 갈무리했다.

자세를 고쳐 앉은 백쾌섬이 이윽고 실내를 훑어보았다. 서장제일의 상도답게 손님 대부분이 상인이었다.

팟!

돌연 별생각 없이 객점 안을 둘러보던 백쾌섬의 두 눈에서 한줄기 광채가 나타났다 사라졌다.

별안간 뒷덜미가 곤두선 것이다.

그것은 위험을 알리는 신호였다. 위험에 빠지면 경고를 하는 신체 기관은 사람마다 다르다. 백쾌섬은 위기가 닥치면 자신도 모르게 뒷덜미가 일어선다.

백쾌섬이 조용히 숨을 들이마시며 상인들을 살피기 시작했다.

하나같이 탁자 아래로 자기 소유의 봇짐이 놓여 있고, 일부는 보따리 밖으로 양모가 삐져나와 있었다. 누가 보더라도 완전한 장사꾼들이었다. 그런데도 자신의 본능은 계속해서 조심하라고 외치고 있었다.

본능은 거짓말을 하지 않는다. 만약 이들이 어떤 목적을 갖고 신분을 감추고 있다면 얘기는 심각해진다. 처음 객점에 들어섰을 때는 전혀 알아차리지 못했다. 비록 추운 밖에서 들어왔고 배가 고팠다고는 하지만 그런 생리적인 현상과 위험을 알아차리는 본능은 철저히 다르다.

"음식 나왔습니다."

점소이가 주문한 노배계와 술을 가져왔다. 백쾌섬은 우선 술부터 한 잔 따라 마셨다. 빈속에 독한 죽엽청이 들어가자 목구멍이 뜨거웠고 금세 온몸이 달아올랐다. 거푸 두 잔의 술을 비운 백쾌섬은 계속 주위 상인들의 동정을 관찰하기 시작했다. 보고 또 봐도 겉모습에서는 어떤 위험한 징후도 발견되지 않았다. 그러나 여전히 뒷덜미는 꼿꼿하게 일어서 있었다.

'으음!'

백쾌섬은 상인들 모두 평범한 인물들이 아니라는 결론을 내렸다. 한 가지 다행이라면 이들이 노리는 것은 자신이 아니라는 것이었다. 공기가 얼어붙어 있으므로 조심하라는 본능의 암시였지 자신을 향해 죽음의 기운이 접근해 오고 있다는 신호는 아니었다.

그렇다면 누구란 말인가. 누군가를 죽이기 위해서 기다리고 있는 것이 분명한데.

"꿀꺽꿀꺽!"

술이 들어가면서 더욱 뜨거운 열기가 몸을 지배하기 시작했다. 앞섶을 약간 벌려 헤쳤다. 그러면서도 백쾌섬은 여전히 객점 안의 사람들에게서 눈을 떼지 않았다. 살피고 또 살폈지만 누구도 표적이 될 만한 인물은 눈에 띄지 않는다. 모든 것이 물이 흐르듯 자연스럽고 일상적인 모습뿐이었다.

'전문가들이다!'

암살이라는 놀라운 목적을 갖고 있다면 정체를 감추기란

쉽지 않다. 살인이란 의미 자체가 긴박한 일이기 때문에 자신의 의지와는 상관없이 밖으로 긴장된 기운을 쏟아내어 금방 눈에 띈다. 그런데 이들은 그런 기세를 완벽하게 제재하고 있었다.

그때 입구의 문이 거칠게 열리는 소리에 백쾌섬이 고개를 돌렸다. 눈에 허옇게 덮인 팔용이 숨을 몰아쉬며 허겁지겁 들어서고 있었다.

퍼퍼퍼!

입구에서 팔용이 몸에 쌓인 눈을 털었다.

"손님, 이왕이면 밖에서 털고 들어오실 일이지."

점소이가 약간 짜증스런 표정으로 말하자 팔용이 고개를 들었다. 가뜩이나 하지 않아도 될 고생을 하고 있다는 생각에 속이 불편한데 점소이가 눈을 부라리자 인상을 썼다.

"뭐라고, 지금?"

점소이 또한 지지 않고 대꾸했다.

"아니, 그러니까……."

"죽고 싶나?

팔용이 점소이의 말을 자르며 눈에 힘을 주었다.

팔용의 기세가 돌변하자 점소이가 멈칫했다. 팔용이 입술을 부들거리며 말했다.

"건들지 마. 오늘 소…… 나……."

'소승, 기분 안 좋다' 라고 말하려다 얼른 속인 투로 바꿨다.

점소이를 다시 한 번 살쾡이 눈으로 본 팔용이 동천몽이 앉아 있는 곳을 향해 걸어갔다.

순간 팔용을 바라보는 백쾌섬의 눈이 빛을 뿌렸다. 발걸음이 사뿐사뿐한 것이 상당한 고수다. 그런데 팔용의 움직임을 쫓던 백쾌섬의 눈이 더욱 커졌다. 팔용이 앉은 탁자 맞은편에는 한 사내가 고개를 떨어뜨리고 졸고 있었다. 거나하게 한잔한 듯 얼굴이 약간 달아올라 있었는데, 실내의 열기를 견디지 못하고 졸음에 빠진 것 같았다. 사내가 고개를 숙이며 졸고 있었기 때문에 발견하지 못한 것이었다.

"다녀왔사옵니다."

팔용이 숨을 가다듬으며 말했다. 하지만 동천몽은 깊은 잠에 빠진 듯 반응이 없었다. 팔용이 좀 더 큰 목소리로 말하자 그제야 동천몽이 화들짝 놀라며 눈을 떴다.

"어, 팔용이로구나. 갔다 왔느냐?"

"여기."

팔용이 주머니에 담긴 백상불을 건네주었다. 동천몽은 주머니를 받아 품에 그대로 갈무리하고 늘어져라 하품을 했다.

"수고했느니라. 배 많이 고프지? 돈 걱정은 말고 먹고 싶은 것 있으면 실컷 시키거라."

그런데 팔용은 음식을 시킬 생각은 않고 동천몽을 빤히 쳐다보고 있었다.

팔용이 하도 빤히 쳐다보자 동천몽이 눈을 부라렸다.

"뭘 봐?"

"조… 존안이 너무 빨개서."

"그게 어쨌다는 거냐? 당연히 더운 곳에 있으니까 빨개지는 것 아니겠느냐?"

팔용이 고개를 갸웃거렸다.

이미 증거가 될 만한 음식과 술병은 점소이를 시켜 말끔히 청소한 뒤였다.

벌름! 벌름!

팔용이 코를 벌름거리자 희미하지만 술 냄새가 풍긴다. 술을 먹은 것이 분명했다. 그러나 뚜렷한 증거도 없이 술을 먹었다고 몰아붙였다가 자칫 맞아 죽을 수도 있었다.

심증은 가지만 물증이 없었으므로 팔용은 고개를 갸우뚱하며 만두를 시켰다. 그것도 만두 속에 고기가 들어 있지 않는 야채 만두를 시켰다.

팔용은 만두를 먹으면서도 계속 동천몽을 살폈다. 동천몽은 주위를 두리번거리며 딴청을 피웠다.

바로 그때였다. 쾅 하는 소리가 들리더니 객점 입구가 닫혔다.

쿠쿠쿵!

연이어 창문이 닫혔고, 중앙에 활활 타오르고 있던 난로도 순식간에 꺼졌다. 실내는 짙은 암흑 속으로 빠져들었다. 단순

히 빛을 차단하며 생긴 어둠과는 다른, 완전 먹물이었다. 팔
용이 만두를 먹다 놀란 눈으로 주위를 휘둘러보았는데 마주
앉아 있는 동천몽도 보이지 않을 만큼 캄캄했다.

"뭐요? 어서 문 여시오!"

팔용이 소리쳤다. 하지만 돌아오는 반응이라고는 메아리
뿐이었다.

화악!

갑자기 팔용의 눈이 커졌다.

어둠 속에서 갑자기 푸른 눈동자들이 나타났다. 그것은 먹
이를 노리고 모여드는 붉은 들개의 포악한 눈빛이었다. 언젠
가 사대법왕과 더불어 천축을 다녀오는데 굶주린 들개 떼가
몰려들었고, 지금처럼 파란 눈빛만 보였다.

객점에 들개 떼가 나타날 리 없었다. 하지만 선뜻 해답이
떠오르지 않아 입 안에 든 만두를 삼키며 파란 눈들을 보았
다.

"저게 뭐냐?"

동천몽이 신기하다는 듯 파란 눈들을 보며 물었다.

"아무래도……."

팔용의 말이 끊어졌다. 가슴을 짓누르는 엄청난 압박에 말
을 더 이상 잇기가 쉽지 않았다. 그것은 강력한 살기였는데
금방이라도 몸을 난도질할 듯 거셌다.

그때 어둠 속에서 음산한 목소리가 들렸다.

"대단한 배짱이십니다. 이런 상황에서도 느긋하게 자리에 앉아 계시다니."

누구를 향한 음성인지 알 수 없다.

그런데 동천몽이 히죽 웃었다.

"나?"

"……."

"정말 나야?"

동천몽이 팔용 쪽을 쳐다보며 물었다.

팔용이 동천몽을 쳐다보는 파란 눈들을 보며 떨리는 목소리로 말했다.

"모… 모두 대법왕님을 쳐다보고 있잖습니까?"

"이것들이… 진짜네. 그럼 뭐야? 외부와 완전히 차단했다는 것은 이곳에서 나와 같이 돼지겠다는 뜻 아니냐?"

"그… 그렇다고 봐야겠지요."

어둠 속에서 음산한 목소리가 들려왔다.

"당신의 무덤이 될지 아니면 우리의 무덤이 될지는 알 수 없습니다. 하지만 우리의 무덤이 되리라고는 생각하지 않습니다."

얼굴을 보기 위해 아무리 안력을 돋우어도 볼 수가 없었다. 자신의 내공은 상상을 초월한다. 그래서 어지간한 어둠쯤은 꿰뚫고도 남는데 시력이 무력화될 정도면 단순한 어둠이 아니라고 생각했다.

"정체를 밝혀라! 감히 대법왕님을 해치려 들다니, 너희들이 제대로 정신이 박힌 놈들이냐?"

팔용이 어둠을 향해 외쳐 말했다.

하지만 누구도 대답하지 않았고, 오로지 삼십여 쌍의 푸른 불꽃만이 어른거리고 있었다.

야생동물이 아닌 사람의 눈에서도 푸른 광채가 발산된다는 것을 동천몽은 오늘 처음 알았다.

그때 한 개의 푸른 눈이 앞으로 다가왔다.

두목일 것이다.

다른 눈들에 비해 가늘다. 눈이 가는 사람은 심성이 잔인하다는 얘기를 떠올렸다. 경험은 아니고 부친의 입을 통해 전해 들은 사실이었다. 그래서 부친은 눈이 가는 사람과는 가급적 거래를 하지 않았다.

"인사 올리겠사옵니다. 소생은 용건상이라고 합니다. 소인들의 무례를 용서하시옵소서, 대법왕님."

푸른 눈이 상하로 까닥 움직이는 것이 가벼운 목례를 하고 있음이다.

비록 움직이는 고개의 폭은 작았지만 동천몽은 용건상이라는 사내가 자신을 향해 마음을 담아 예를 차리고 있다는 것을 알 수 있었다. 동천몽의 눈이 좁혀졌다. 생활의 분야만 다를 뿐, 상인이나 무인이나 공통점이 한 가지 있다. 노회한 상인일수록 예의가 바르고 솜씨가 뛰어난 고수일수록 경거망동하지 않는다는 것이다. 익지 않은 벼는 절대 고개를 숙이지 않는다고 아버지는 말했다.

"그대들이 날 대법왕으로 예우하니 나 또한 대법왕답게 체통을 지켜 말해야겠군. 그냥 가라."

잔뜩 엄숙하고 장중한 설법이라도 나올 줄 알고 있다가 간단한 네 마디에 파란 불꽃들이 흔들렸다.

"대법왕이 되긴 했지만 난 아직 자비에 익숙하지 않다는 얘기다. 그러니 그냥 가. 그럼 산다."

"역시 소문대로 거치시군요."

동천몽이 미소를 지었다.

"그래도 지난 삼 년여 절밥을 먹으며 많이 바뀐 거야. 옛날 성질 같았으면 이렇게 긴소리 하지도 않았을 거야. 우린 말보다 주먹이 먼저 나가는 성미거든."

"이 패도무악한 용건상이 작별 인사 올립니다. 안녕히 가십시오, 대법왕님."

파란 불빛이 사라졌다 나타난 것이 용건상의 고개가 이번에는 깊숙이 숙여졌음을 알 수 있었다.

"최대한의 예의를 갖춰 대법왕님을 모셔라."

파란 눈동자들이 천천히 다가오고 있었다. 밖으로 나갈 수 있는 모든 문이 폐쇄되었다.

사실 닫힌 창문은 오늘을 위해 특별히 고안해 만든 만년한 철로 된 것이라 문을 부수고 나간다는 것은 불가능했다. 무조

건 싸워 이기는 것 말고는 이곳을 나가는 방법은 없다. 그것
은 배수의 진을 의미했는데, 적은 무슨 수를 써서라도 오늘
자신을 죽이겠다는 의지를 보이고 있는 것이다.

"감히 네놈들이."

팔용이 벌떡 일어서서 앞을 막아서려 하자 동천몽이 신경
질적으로 말했다.

"물러나거라. 어차피 놈들의 표적은 나니."

"하… 하지만 대법왕님께서 위험에 처해 계시는데 어찌 한
가로이 물러나 있을 수……."

"주접떨지 말고 비켜."

팔용이 머쓱한 얼굴로 물러났다.

동천몽이 의자에 앉은 채 뒤로 미끄러졌다.

드르르!

마치 의자가 바퀴가 달린 듯 뒤로 밀려갔다.

탁!

의자가 벽에 닿았다.

출렁!

그 순간 다가오던 파란 눈동자들이 흔들거렸다. 등을 벽에
기대는 것은 등 뒤로는 공격을 받지 않겠다는 전략이다. 하지
만 또 하나 감춰진 속내는 절대 물러서지 않겠다는 의미이다.

"한 가지 명심할 것이 있느니라."

"세이경청하옵니다."

"날 반드시 죽여라. 만약 죽이지 못하면 골치 아파진다."

"무슨 뜻인지 알겠사옵니다. 물론입니다."

슈우욱!

두 쌍의 파란 눈이 흰 섬광과 함께 달려들었다. 긴 꼬리를 물고 있는 흰 섬광은 검이 만든 기(氣)이다.

"쾌검이로군!"

동천몽의 양손이 벼락같이 흰 섬광을 쳐냈다.

딱!

따악!

두 개의 흰 섬광이 주춤 뒤로 밀려났다.

콰아아!

밀려가는 흰 섬광을 향해 두 개의 붉은 선이 곧바로 뒤쫓아 갔다.

붉은 선이 쫓아오자 밀려난 두 개의 흰 섬광이 흔들렸다. 보지 않아도 당황하고 있음을 알 수 있었다.

위기일발!

강한 반탄력에 밀려 나온 두 사내는 몸의 중심을 잡지 못했다. 그렇기 때문에 뒤따라오는 붉은 선을 피하기란 불가능했다. 붉은 선은 동천몽이 펼친 지옥금이었다.

두 명의 사내가 위기에 처하자 주위 동료들이 도움을 주기 위해 동천몽을 공격했다. 두 사내를 향하고 있는 동천몽의 지옥금을 중단시킬 의도인 것이다. 동천몽 또한 당연히 공격의 방향을 틀어 동료를 구출하기 위해 파고드는 자들에게 대항해야 옳았다.

"엇!"

"맙소사!"

두 사내의 입에서 당혹성이 터졌다. 동천몽의 장력은 동료들의 공격을 무시하고 그들의 옆구리에 박혔다.

"커억!"

"꾹!"

퍼억!

장력이 두 사내의 옆구리에 구멍을 내는 순간 동료들의 공격 또한 동천몽의 몸을 때렸다.

퍼퍼퍽!

세 개의 검이 박혔다.

휘청!

의자에 앉아 상체만 옆으로 휘청거릴 뿐, 오뚝이처럼 다시 꼿꼿해졌다.

화악!

파란 불빛들이 접시만큼 커졌다. 죽지는 않는다고 해도 최소한 피라도 흘려야 하는데 피 흘리는 모습이 보이지 않는다.

"그… 금강불괴."

누군가 더듬거렸다.

"아니다. 그건 말도 안 된다."

　자칫 금강불괴로 인정해 버리면 사기 저하가 우려되었으므로 두목으로 보이는 가느다란 파란 불이 단호히 부정했다. 진짜 금강불괴일지라도 아니라고 말해야 하는 상황이다.

　쉬이이이!

　이번에는 세 개의 은광이 파고들었는데 품 자 형이었다. 공격을 당하는 쪽에서 가장 방어하기가 어려운 전술이 품 자 형태이다. 동천몽의 손이 바빠졌다.

　붉은 섬광이 세 사람을 향해 뻗어갔다.

　"화… 확실히 지옥금!"

　앞선 공격에서는 긴가민가한 듯했다.

　그런데 장력의 정체를 확실히 읽어내고 수하들에게 주의를 주었다. 지옥금에 대한 전설은 이미 널리 알려져 있었다.

　지옥금이 극성에 이르면 무적이다. 제아무리 절세의 보검일지라도 지옥금 앞에서는 온전하지 못했다. 무엇이든 두들겨 깨버린다. 그런데 조금 전 동천몽의 공격으로 보아 아직 그에 이르지는 못한 듯했다.

　슈슈— 슉!

　손은 두 개인데 은광을 향해 뻗어가는 붉은 손바닥은 세 개다. 두 개의 손으로 한 번에 세 개의 장을 쏟아내기란 불가능하다. 방법이라면 진기를 나눠 때리는 것이다. 그렇게 되면 위력은 약화되지만 방어는 된다.

　뻑— 뻐벅!

휘청!

예상대로 강한 타격에 동천몽의 상체가 뒤로 꺾여진다. 하지만 활처럼 뒤로 휘어졌던 상체가 다시 회복되면서 손을 뻗었다. 상체가 휘어졌다가 곧게 돌아오면서 공격을 펼쳤는데 하나의 초식으로 보일 만큼 연결 동작이 자연스럽다.

"어억!"

반탄강기에 밀려난 자신들은 아직 재공격할 진기를 끌어올리지 못했는데 지옥금이 쫓아오자 누군가 놀람성을 터뜨렸다. 진기를 끌어올리지 못했으니 받아치기는 불가능하고, 유일한 방법이란 동료들의 도움을 기다리는 것뿐이었다. 하지만 이번에도 동천몽은 동료들이 반격을 해오는데도 그대로 갈겨 버렸다.

빡— 빠박!

둔탁한 소리와 더불어 비명도 없이 세 개의 파란 불이 찌그러지며 쓰러진다.

"으음!"

동천몽의 다문 입술을 비집고 답답한 신음이 흘러나왔다.

걸병광우철포공은 상처를 입지 않는다. 하지만 충격으로 인한 기혈의 울림까지는 어쩔 수가 없다.

동천몽의 계산은 아주 단순했다. 동료를 돕기 위해 검이 오든 장력이 오든 상관 않기로 했다. 그 대신 한번 표적으로 삼은 상대는 반드시 죽이기로 했다. 걸병광우철포공을 믿기 때문이기도 했지만 얻어맞는 한이 있더라도 한 명이라도 더 서둘러 없애야 유리하기 때문이었다.

한 번에 끝장을 보지 않고 공격이 이 표적, 저 표적으로 산개되면 체력만 소모될 뿐이다. 뒷골목 싸움에서도 여럿을 상대할 때는 전체를 공격 표적으로 삼아서는 안 된다.

오로지 한 놈씩만 죽인다. 한 놈을 죽이고 또 다른 한 놈을 물고 늘어지는 식으로 제압해 가는 것이 효과적이다. 물론 그런 전법은 자신도 많이 맞을 각오를 해야 한다.

"죽엇!"

동료의 죽음에 감정이 상했을까.

한 개의 백색 선이 날아왔는데 검로(劍路)이다. 동천몽이 우장을 뻗었다.

콰앙!

"컥!"

절명의 소리다. 힘 또한 아낄 필요 없다. 모조리 쏟아 가급적 빨리 끝내는 것이 좋다.

파팍!

복부와 정강이에 강한 타격이 전해져 온다. 한 놈을 죽이고 두 개의 검을 맞은 것이다.

들썩!

의자가 뒤로 넘어질 듯했다가 원 위치로 돌아왔다.

빠악!

빽!

동천몽의 손이 뻗을 때마다 적은 비명을 토했다. 보이지 않기 때문에 감각과 검이 폭사하는 검광을 보며 치고받는다.

빼어어!

동천몽 또한 엄청난 공격을 받았다. 피는 나지 않았지만 강력한 타격이 가해지며 기혈이 소용돌이쳤고, 걸치고 있던 흑의는 걸레 조각으로 변한 지 오래였다.

"마구 쳐라!"

두목의 입에서 다급한 명령이 떨어졌다. 지금까지 어떤 전술을 갖고 공격을 가했다면 이제는 앞뒤 가리지 말고 마구 퍼부으라는 뜻이었다.

푸른 불꽃들이 날아오더니 유성이 떨어지듯 동천몽의 몸을 향해 내리꽂혔다. 언뜻 불을 보고 날아드는 불나방 같았다.

붉게 달궈진 두 개의 장영이 흰 섬광들을 맞이해 갔다.

팍― 파파팟!

유성처럼 쏟아지던 섬광이 파편이 되어 튕겨 나갔다.

빠박!

그 와중에 동천몽의 앞가슴으로 세 개의 흰빛이 파고들었고, 그에 맞은 동천몽이 신음을 흘리며 휘청거린다.

의자에 앉지 않고 움직이면 조금은 피해를 줄일 수 있다. 하지만 적으로 하여금 자신의 공격 부위를 더 많이 노출시키는 위험이 따른다.

아무리 강한 적일지라도 시야를 벗어나지 않으면 상대하는 데 큰 어려움은 없다. 그런데 약한 적일지라도 시선을 벗어나 들어오면 곤란하다. 바로 거기에 배수의 진이 갖고 있는 장점과 단점이 있다.

동천몽의 눈빛이 횃불처럼 타올랐고, 혼신을 다해 쏟아져 오는 검광을 쳤다.

빡!

버버벅!

지옥금으로 단련된 손이지만 워낙 강한 검들을 쳐내다 보니 손바닥이 얼얼해 온다. 아직 완성되지 않은 탓이다. 결병광우철포공 또한 한계에 다다른 듯 몸이 붉게 달아올라 금방이라도 봇물 터지듯 피가 쏟아질 기세다.

쉭!

정면으로 빛 하나가 들어왔다.

지금까지 본 섬광 중 가장 빠르다. 엄청난 쾌검이었다.

콱!

왼손이 검기를 막았다. 주춤하는 찰나 오른손이 검신을 정통으로 후려쳤다. 검이 옆으로 비켜나며 드러난 앞가슴에 좌장이 정통으로 찍혔다.

"크억!"

"후욱!"

즉사다. 동천몽 역시 악문 입술을 비집고 신음이 흘러나왔
다.

보다 못해 팔용이 끼어들려고 하는데 귓가로 전음이 파고
들었다.

"그대로 있으시오. 당신이 끼어들면 오히려 방해만 될 뿐
이오."

팔용이 고개를 돌렸다.

아무것도 보이지 않는다.

사실 환상루는 동천몽을 노리고 완전히 개조되어 있었다.
만년한철로 창문이 바뀌어 있을 뿐 아니라 흑자야오진이란
진법이 펼쳐져 완전하게 어둠을 만들고 있었다. 흑자야오진
은 실내를 완전히 먹물로 만드는 진법이었다.

그래서 사전에 해약을 복용하지 않으면 상대를 보지 못한
다. 그러나 약을 복용하면 상대는 동천몽의 솜털까지 볼 수
있다.

"누구요?"

팔용은 적 같아 보이지 않았으므로 전음으로 물었다.

"꼼짝 말고 있는 게 돕는 것이라는 걸 명심하시오."

퍼퍼퍽!

둔탁한 소리가 연거푸 들렸다. 누가 이기고 누가 지고 있는
지 알 수 없었다. 단지 파란 불꽃이 갈수록 줄어들고 있다는
것만 확인이 가능했다.

쉬쉬쉬쉭!

파란 불빛이 불나방처럼 날아왔고, 동천몽의 붉은 손이 그들 속에서 좌충우돌했다.

뻑!

한 쌍의 눈동자가 뒤로 밀려 나갔고, 그 뒤로 빨간 손 하나가 따라가 뒤통수를 두드렸다. 바가지 깨지는 소리가 들리는 것이 상황을 짐작할 수 있었다.

버— 뻐버버벅!

두 번은 없었다. 붉은 손이 움직일 때마다 비명은 있었다. 동천몽 역시도 한 명씩 죽일 때마다 두세 개의 검이 몸을 쑤셨고, 급기야 입으로 피를 흘리기 시작했다. 내상이 곪아 터진 것이다. 피부는 이제 붉다 못해 퍼렇게 멍이 들었다.

탁!

동천몽의 왼손이 찔러오는 검신 하나를 움켜잡았다.

치이익!

상대가 검을 비틀었다. 동천몽의 왼손을 완전히 부러뜨리려는 것이었다. 다행히 걸병광우철포공으로 살갗이 찢어지고 뼈가 끊어지는 일은 발생하지 않았지만 타는 듯한 열기가 손바닥을 통해 전해온다.

동천몽이 휙 하며 검신을 잡아당겼다. 사내가 얼떨결에 끌려왔고, 오른손이 끌려온 사내의 명치를 정통으로 찍는다.

빡!

강력한 힘에 사내가 뒤로 날아갔고, 때마침 공격해 오던 두 사내의 검이 튕겨 나간 동료의 몸을 양단했다. 이미 동천몽에게 생명을 잃긴 했지만 동료를 베자 두 사내가 당황했다.

그 순간을 동천몽이 놓칠 리 없었다.

쉭!

시뻘건 혈장이 뻗어갔다.

두 사내가 정신을 차렸을 땐 이미 늦었다.

"컥!"

"으허헉!"

동천몽은 여전히 의자에 앉아 있었다. 그러나 의자 밑으로는 그의 입에서 흘러나온 피로 흥건했다. 하지만 눈빛은 꼿꼿했고 앞만 쳐다보았다.

뒤는 돌아볼 필요가 없었다. 적은 무조건 앞에 있고 앞만 살피면 된다.

"개새끼, 죽어라."

욕설을 뱉고 두 개의 검이 들어오자 동천몽이 다시 쳐냈다.

처음보다 위력이 떨어졌지만 두 개의 검은 지옥금의 충격에 좌우로 벌어지며 아슬아슬하게 어깨를 스친다. 그러나 두 사내는 아랫도리를 노출했고, 동천몽의 두 발이 바람을 갈랐다.

"헉!"

“꺽!”

정통으로 낭심을 찍힌 두 사내가 숨넘어가는 비명을 토했다.

힘이 실린 한 방이기도 했지만 급소인지라 두어 번 가쁜 숨을 몰아쉬더니 말없이 무너졌다.

“학학!”

동천몽의 호흡도 거칠어졌다. 체력이 거의 바닥에 달한 듯했는데 눈빛만큼은 무정하다. 그것은 활불로 불리는 대법왕의 눈빛과는 거리가 멀었다. 오로지 죽이고야 말겠다는 살의였다.

남은 파란 불빛은 정확히 열 쌍이었다.

진한 피비린내가 실내를 메웠고, 열 쌍의 파란 눈이 동천몽을 향해 한꺼번에 달려들었다.

촤촤촤악!

강력한 쌍장에 파고들던 검기가 주춤했다. 무형의 벽에 막힌 듯 번쩍이는 은빛 검신들이 파르르 몸서리를 친다.

십 대 일.

파파파팡!

서로 밀리지 않기 위해 엄청난 내력이 쏟아졌고, 어둠이 경련을 일으켰다.

쿠우우우!

가로막고 있는 동천몽의 지옥금을 뚫기 위해 열 개의 검신이 더욱 희어졌다. 사내들이 혼신의 진력을 검신에 주입함으로써 빛이 더욱 강해졌고, 급기야 유리처럼 투명해졌다. 동천몽의 쌍장 역시 더욱 핏빛으로 물들었다.

"우당탕!"

밀고 들어가려는 열 개의 검기와 막는 장력의 대치는 실내를 거센 기파로 가두어 버렸고, 의자와 탁자들이 견디지 못하고 산산조각이 되어 부스러졌다.

"꾸울꺼억!"

한쪽 구석에서 싸움을 지켜보고 있던 백쾌섬이 마른침을 삼켰다. 난생처음 보는 충격적인 광경이었다.

강호에서는 숫자가 적다고 지는 것은 아니다. 한 명이 백 명과 싸워서 이길 수도 있는 곳이 강호이다. 중요한 것은 상대의 능력이 어느 정도에 올라 있는 자들과 싸워 이겼느냐에 따라 그 명성이 달라지는데, 자신이 보는 장사꾼들로 변장한 자객들은 일류였다.

특히 이미 많은 적을 처치한 뒤끝이어서 내력이 상당히 소모되었을 텐데 열 명과 과감히 내공의 격돌을 벌이는 동천몽의 투쟁력은 무모하다기보다는 경이로웠다.

"아자자!"

"죽어어엇!"

사내들이 악을 썼다. 젖 먹던 힘까지 검에 실어 동천몽의 몸에 구멍을 내려는 기합이 귀청을 찢을 듯 실내를 울렸다.

추울렁!

붉은 벽이 흔들리며 동천몽 쪽으로 밀려간다. 동천몽의 힘이 부족함이다.

바로 그때, 동천몽의 눈이 이채를 띠었다. 지금까지는 죽은 사람의 눈처럼 단 한 번의 변화나 움직임없이 달려드는 적을 묵묵히 죽일 뿐이던 무정목(無情目)이 작은 파장을 일으킨 것이다.

동천몽의 발아래는 맞아 죽은 시신이 있었는데, 배 위로 한 자루 검이 가로질러 떨어져 있었다.

탁!

동천몽이 손잡이를 툭 치듯 밟았다. 그러자 검은 강한 반동에 공중으로 튕겨 올랐고, 그 순간 열 사내의 검기를 가로막고 있던 동천몽의 쌍장이 거두어졌다.

촤악!

강력하게 버티고 있던 엄청난 힘이 일시에 소멸되자 열 사람의 검기는 중심을 잃고 무너지듯 앞으로 쏟아졌다.

탁!

그때에 동천몽의 오른손이 튀어 오르는 검의 손잡이를 낚아채더니 길게 횡으로 그었다.

촤아악!

열 개의 검기는 단단히 뭉쳐 있었는데, 동천몽이 힘을 빼자 돌덩어리 같던 결집력이 흐트러진 것이다. 그때를 놓치지 않고 동천몽의 검이 십 인의 검기를 베었다.

일섬단극(一閃斷極).

만마생사혈 중 가장 빠른 쾌검이었다.

쫘아악!

그 순간 백쾌섬의 눈이 화등잔만 해졌다. 사내들의 검기가 두부처럼 깨끗하게 잘려지고 있었다. 수평으로 그어진 검은 나무를 자르듯 십 인의 허리를 단번에 싹둑 가르며 지나갔다.

죽음 같은 정적이 실내를 덮는다. 검에 베인 열 쌍의 파란 눈이 찢어질 듯 커져 있었다.

털썩!

한 쌍의 눈이 바닥으로 나뒹굴었다.

투투투투!

연이어 아홉 쌍의 파란 불빛이 상체와 하체가 양단되며 무너져 내렸다.

꿈틀!

그런데 한 쌍의 눈이 일어서고 있었다. 금방이라도 쓰러질 듯 출렁거렸지만 기어코 몸을 바로 세웠다. 하지만 제대로 서 있지를 못하고 술 취한 사람처럼 좌우로 비틀거린다.

가느다란 눈, 두목임을 알 수 있다.

“우… 우! 이… 이건 악몽……”

충격이 너무 큰 탓인지 쉿소리를 흘렸다.

어둠에 적응할 수 있는 해독약을 복용했기에 자신의 눈에는 동천몽의 모습이 처음부터 끝까지 다 보였다.

조그만 의자에 앉아 단 한 발자국도 움직이지 않고 절정고수 스물아홉을 베었다. 입가의 피를 보면 적지 않은 내상을 입은 듯했지만 목숨이 경각에 달할 만큼 위험해 보이지는 않았다.

휙!

동천몽은 핏물이 뚝뚝 떨어지고 있는 검을 던지더니 손바닥을 툭툭 털며 발을 꼬았다.

"용건상이라고 했던가?"

동천몽의 눈은 무겁게 가라앉아 있었다.

"문 좀 열지 그래. 아무리 눈에 힘을 줘도 안 보이는 것이, 무슨 진법 같은데?"

용건상은 여전히 충격에서 헤어 나오지 못한 듯 꿈쩍도 하지 않았다.

"문 열어, 이 새끼야!"

동천몽이 인상을 썼다.

용건상이 더듬거렸다.

"이… 입구 기둥 두 번째 중간 부위에 보면 진법을 해제하는 기관 장치가 있소이다."

동천몽이 팔용이 있는 곳을 쳐다보았다. 팔용이 더듬거리며 입구로 가 두 번째 기둥을 살폈는데 주먹만 한 돌출 부위가 손끝에 만져졌다.

탁!

팔용이 돌출 부위를 주먹으로 때리자 닫혔던 출입문과 창문이 일제히 열렸다.

그그그궁!

끼익!

어둡던 실내가 환해졌다.

'맙소사!!'

'아미타불!'

팔용과 백쾌섬이 앞 다투어 신음을 터뜨렸다.

상황은 끔찍했다. 수많은 시신이 걸레 조각처럼 찢어져 있었고, 일부는 눈을 부릅뜬 채 죽어 있었다. 표정이 공포와 경악으로 일그러졌다는 것은 동천몽의 지옥금이 그만큼 파괴적이었음을 보여주었는데 더욱 놀라운 것은 용건상이었다. 그는 놀랍게도 점소이였다.

"나참!"

동천몽이 어이없다는 듯 웃었다.

하지만 곧바로 이마를 찡그리더니 왼쪽 옆구리를 살폈다. 주먹만 한 멍이 생기다 못해 튀어나와 있었다. 걸병광우철포공이 버텨주긴 했지만 슬쩍 건드리기만 해도 죽은피가 폭포처럼 쏟아질 것 같았다.

"대… 대법왕님."

팔용이 걱정스런 얼굴로 쳐다보았다. 동천몽은 가볍게 신음을 한 번 터뜨린 후 시신들을 보았다.

"아는 얼굴이 있느냐?"

팔용이 시신들을 훑어보았다. 하지만 전혀 처음 보는 사람들이라는 듯 인상을 찡그렸다. 시신을 살피던 동천몽의 시선이 백쾌섬에게 멎었다. 잠시 놀라운 표정을 짓던 동천몽이 부드러운 미소를 지었다.

씨익!

느닷없는 웃음에 백쾌섬이 당황한 표정을 지었다. 백쾌섬이 웃음의 의미를 파악하지 못해 눈살을 찌푸리고 있을 때 동천몽이 목소리에 힘을 주며 말했다.

"손님이 있는 줄 알았으면 좀 더 뽀대나게 싸우는 건데."

동천몽이 어깨를 으쓱하며 웃었는데 백쾌섬을 바라보는 시선이 평범하지 않았다.

절정고수라 해도 자신과 사내들이 뿜어낸 기파에 견디기 어려웠을 것이다. 한 솜씨 하는 무인일지라도 지금 같은 싸움에 휩쓸리면 온전하지 못할 만큼 양측이 뿜어낸 기파는 난폭했다. 그런데도 전혀 타격을 받거나 영향을 받은 행색이 아닌지라 백쾌섬의 진면목을 짐작할 수 있었기 때문이다.

한편 백쾌섬은 백쾌섬대로 눈이 커져 있었다. 진법이 해체되면서 드러난 동천몽의 얼굴이 어디서 본 듯했기 때문이다. 선뜻 떠오르는 얼굴은 없지만 눈에 익었다.

"본래의 쌍판인가?"

동천몽이 묻자 용건상은 망설임없이 얼굴을 찢었다.

그러자 중년의 얼굴이 드러났다. 눈썹이 짙고 눈이 부리부
리한 것이 호안이었다.

第二章
용호대면(龍虎對面)

대 法 왕
大 법 王

동천몽이 다시 팔용을 쳐다보았다. 역시 아는 얼굴이냐는
물음인데 팔용이 고개를 저었다.

와당탕!

바로 그때, 출입문이 박살나며 다섯 사람이 뛰어들어 왔다.

"대법왕님."

"사… 살아 계셨군요."

사대법왕과 대력 선사였다. 사대법왕은 널브러진 시신들
을 보며 경악했고, 입가에 말라붙은 핏자국이 있는 동천몽을
보며 더욱 당황해했다.

"오… 옥체를 크게 상했지 않사옵니까?"

"뭣 하는가? 어서 대법왕님을 궁으로 모시게. 그리고 천룡 구십구불은 당장 객점을 포위하라."

대력 선사가 크게 대답하며 밖으로 나갔다.

"어… 어서 소승의 등에 업히소서."

천검은왕이 업히라는 듯 허리를 구부리자 동천몽이 버럭 소릴 질렀다.

"나 안 죽어!"

천검은왕이 깜짝 놀라며 비켜섰다.

동천몽이 의자에서 일어나다 말고 옆구리를 쥐며 또다시 신음을 흘렸다.

"아… 아이고, 이건……."

동천몽이 슬쩍 의복을 걷자 사대법왕이 파랗게 물든 옆구리를 보고 놀란다.

"이… 이건 너무 큰 상처이옵니다."

천장금왕이 염려스런 얼굴을 짓자 동천몽이 쳐다보았다.

느닷없이 동천몽이 야릇한 시선으로 쳐다보자 천장금왕은 움찔하며 시선을 피했다.

천장금왕이 어색함을 지우려는 듯 천검은왕을 향해 말했다.

"사제는 당장 만동승의를 불러오게."

천검은왕이 문밖으로 달려가려 하자 동천몽이 혀를 찼다.

"나 안 죽는다니까."

"하… 하지만……."

“비켜.”

동천몽이 다시 의자에 앉으며 앞을 막고 서 있는 천장금왕을 향해 손을 저었다.

동천몽이 통증을 참으려는 듯 이를 지그시 물었다.

그런데 두 눈은 고통에 젖어 있다기보다는 쉴 사이 없이 회전하고 있었다. 뭔가 나름대로 부지런히 머리를 굴리고 있다는 반증이었다.

동천몽이 다시 주위를 휩쓸어 보았다. 고기에 술 한잔하고 싶어 몰래 빠져나왔다가 지불한 대가치고는 비싸다. 하마터면 가장 아끼는 목숨을 잃을 뻔했다.

“금왕.”

“하명하소서, 대법왕이시여.”

“저자에게 왜 날 죽이려고 했는지 물어봐라. 이름이 뭔지도. 자세히.”

천장이 곧바로 용건상을 향해 물었다.

“시주는 누구요? 어디서 왔소이까?”

용건상이 웃음을 지었다. 물을 것을 물으라는 비아냥거림이었다. 그런데 다른 사람 같았으면 당연히 화를 냈을 텐데 천장금왕은 수양이 깊은 고승답게 이마만 찡그리고 넘어갔다.

“말을 해야 하오. 당신들이 공격한 분은 대법왕이시오. 이 땅의 지배자이시란 말이오.”

“답답하군.”

"대답해야 한단 말이오. 이건 중대한 일이오."

"괜한 수고 하느니 빨리 죽이는 것이 나을 것이오."

용건상의 얼굴은 담담했다. 하나뿐인 생명이 소멸될 위험에 처해 있는데도 전혀 흔들리는 표정은 찾아볼 수가 없었다. 아니, 오히려 동천몽을 바라보는 두 눈에는 희열이 차올랐고 오른쪽 입꼬리가 올라간 것이 웃고 있다고 해도 좋았다.

어느 누구보다도 위험한 삶을 살아왔다. 그래서 단 한 번도 장수는 꿈꾸지 않았다. 다만 한 가지 소망이라면 마지막 삶만큼은 화려하게 끝내고 싶었다. 최소한 이름 석 자만 대면 알 만한 거목의 손에 삶이 마무리되길 막연하지만 소원했다.

그런데 지금 그 꿈이 이뤄지고 있었다. 그것도 이 땅의 지배자 대법왕이다. 이건 두려움이 아니라 대단한 행복이며, 차라리 그 어떤 것과도 견줄 수 없는 영광이었다.

"거듭 말하지만 내 입을 통해서 뭔가를 얻으려는 생각은 일찍 버리는 것이 좋을 것이오."

"정녕 입을 열 수 없다는 말이오?"

"내가 말했지 않소? 시간 낭비라고."

"아미타불! 이보시오, 시주!"

천장금왕의 목소리가 커졌다.

"쯧쯧!"

지켜보고 있던 동천몽이 혀를 찼다.

천장금왕이 고개를 돌려 쳐다보았고, 동천몽이 몸을 일으

켜 세웠다. 옆구리가 결린 듯 휘청거리자 천검은왕이 잽싸게
부축했다.

　동천몽이 비키라는 듯 손으로 그를 밀어내고 부러진 탁자
다리 하나를 주워 들더니 지팡이 삼아 천천히 용건상에게 다
가갔다.

　척!

　용건상과 세 걸음 정도 거리를 두고 멈춘 동천몽이 빤히 쳐
다보았다.

　동천몽이 쳐다보자 용건상이 시선을 피했다.

　"말해보겠나, 어떤 새끼가 날 죽이라고 했는지?"

　동천몽의 눈이 조용히 타올랐다.

　용건상이 움찔했다. 표정은 웃지만 목소리는 무엇보다도
서늘했다.

　"누구냐, 그 새끼?"

　용건상이 침묵했다.

　히죽!

　동천몽이 다시 웃었다.

　빠악!

　짚고 있던 탁자 다리로 용건상의 머리통을 후려쳤다.

　"아이고!"

　용건상이 양손으로 머리를 감싸며 돼지 멱 따는 소릴 질렀
다. 그는 조금 전 동천몽의 일섬단극에 경문 일부가 파괴되어

무공이 소멸되었다. 그래서 보통 사람과 똑같이 고통을 느낀다. 대번에 머리가 깨지고 피가 얼굴을 덮었다.

빠— 빠빠빠박!

동천몽이 미친 듯 용건상의 대가리를 내려쳤다. 용건상의 머리에서 깨져 나온 핏자국과 살점이 파편이 되어 동천몽의 얼굴을 덮었다.

'아… 아미타불!'

사대법왕이 놀란 듯 눈을 부릅떴다.

자신들로서는 도저히 상상할 수 없는 동천몽의 행동이었다.

퍼퍼퍼퍽!

용건상은 죽는다고 비명을 질렀고, 동천몽은 타작을 하듯 연신 탁자 다리를 휘둘렀다.

용건상의 머리는 난장판이 되었다.

'여… 열 받으면 앞뒤 안 가리는 것까지 전 대법왕님이로다.'

천권동왕의 눈이 커졌다. 닮았다는 것은 즐거운 일이지만 잔혹성까지 빼닮은 것이 마음에 걸린다.

"그… 그만 하심……!"

천권동왕의 말을 천지철왕이 얼른 막았다.

"왜?"

천지철왕이 속삭이듯 말했다.

"전 대법왕님을 몰라서 그러십니까, 사형? 열 받아 있을 때

누가 끼어들거나 간섭하면 그 사람까지 팬다는 것을 정녕 모르냐는 말입니다."

흠칫!

천권동왕이 온몸을 떨었다.

지금도 기억이 생생했다. 삼십 년 전, 전 대법왕이 만마생사혈을 수련하고 있었는데 뜻대로 되지 않자 무척 흥분했다. 그래서 자신은 돕는답시고 바쁠수록 돌아가야 한다면서 이성을 되찾을 것을 주문했는데, 네놈이 뭔데 감히 대법왕인 날 가르치려 드느냐고 몽둥이로 두들겼다. 대법왕이 패는데 피할 수도 없고 해서 온몸이 시퍼렇게 멍들도록 맞아야 했다. 아직도 그때 맞은 후유증으로 비만 오려고 하면 허리가 쑤신다.

천권동왕이 안도의 한숨을 내쉬며 동천몽을 주시했다.

동천몽의 폭력은 계속되었다. 용건상의 머리통은 박살이 나고 있었다.

빡— 바바박!

몽둥이는 소낙비처럼 떨어졌고 용건상의 얼굴은 괴물처럼 우그러졌다. 용건상의 두 눈에 회색빛 그림자가 떠올랐다. 아주 짧은 순간이었지만 그것은 두려움을 느낄 때 나타나는 공포였다.

경험에 비춰 일반적으로 고문은 반드시 질문과 병행된다. 질문에 대답을 하지 않을 시 고문을 가하는 것이다. 그런데 동천몽은 한마디 묻지도 않고 그냥 때렸다. 판단하기에 따라서는 과연 알고자 하는 내용이 뭔지 모를 오리무중의 폭력이었다. 폭력의 이유를 알지 못할 때처럼 두려운 건 없다. 물론 대략 동천몽의 폭력이 무엇을 원하는지 짐작할 수 있지만 섣불리 잘못 짚고 대답했다가는 그간의 경험에 비춰 상대를 무시한 것으로 오인되어 더 맞는다. 어쨌든 자객이 갖춰야 할 최고의 능력은 비밀 엄수다.

"금왕."

동천몽이 갑자기 천장금왕을 불렀다.

천장금왕이 느닷없는 부름에 화들짝 놀라며 쳐다보았다.

"우리, 교대할까? 팔이 아파서 말이야. 이제 그대가 좀 때리지?"

천장금왕이 당황했다.

사람을 몽둥이로 때린다는 것은 끔찍한 일일 뿐 아니라 불법을 전하는 고승으로서 있을 수 없는 일이었다.

동천몽이 야릇하게 웃었다.

"싫어? 그럼 관둬."

빠아악!

동천몽이 용건상의 머리를 두 손으로 내려쳤고, 그만 머리가 쪼개지고 말았다. 용건상의 몸이 기우뚱거리더니 앞으로 고꾸라졌다. 숨이 끊어진 듯 움직임이 없었고, 바닥으로 검은 피가 흘렀다.

"뭐야? 벌써 죽은 거야? 생각보다 약하군."

동천몽이 실망했다는 듯 투덜거리며 피 묻은 몽둥이를 집어 던졌다.

동천몽이 피 묻은 손을 시체 옷에 스슥 닦더니 객점 밖을 향해 걸어갔다.

"그만 가자."

두세 걸음 걷다 또다시 옆구리를 쥐고 신음을 흘렸다.

그때 위치가 하필 백쾌섬 근처였기 때문에 그가 잽싸게 부축했다.

탁!

동천몽이 돌아보았다.

"인사가 늦었사옵니다. 소생 백쾌섬이 삼가 대법왕께 인사 올리옵니다."

동천몽이 불쑥 물었다.

"당신, 남자요?"

행색도 그럴 뿐 아니라 몸에서 희미한 향 내음까지 맡아진다.

백쾌섬이 환히 웃었다.

그때 천권동왕이 눈을 크게 뜨며 말했다.

"시주께서 천하제일 현상금 추적자 백쾌섬이란 말이오?"

"그렇습니다. 잠시 볼일이 있어 이곳에 왔습니다. 아무튼 영광입니다. 이렇게 존경하는 대법왕님을 뵙게 되다니."

천권동왕이 동천몽에게 백쾌섬에 대한 설명을 했다. 천권동왕의 얘기를 들은 동천몽이 고개를 끄덕였다.

"현상금 추적자라… 그거 상당히 흥미있군. 아무튼 반갑소. 이렇게 만난 것도 인연인데, 어떻소? 본 궁에 가면 좋은 차가 있는데 우리 진하게 한잔하는 게?"

"대법왕님께서 초대해 주신다면 이 백 모에게는 더할 나위 없는 영광이옵니다."

백쾌섬이 동천몽을 부축하여 나란히 걸었고, 그 뒤를 팔용과 사대법왕이 따랐다.

밖으로 나오자 천룡구십구불이 객점을 에워싸고 있었다.

천검은왕이 대력 선사를 향해 말했다.

"해산하라. 궁으로 돌아간다."

"철수하라!"

대력 선사의 명령에 천룡구십구불의 모습이 순식간에 사라졌다.

문득 동천몽이 물었다.

"백 형, 혹시 누가 날 죽이려 했던 자들이 누군지 짚이는 바가 있소?"

전혀 생각 못한 질문이었다. 갑작스런 질문에 백쾌섬이 당황한 표정을 지으며 동천몽을 돌아보았다. 그러나 동천몽은 앞만 보고 걷고 있었다. 아무 생각 없이 물었을 리 없다. 고통에 인상을 찡그리며 걸어가는 그의 얼굴에서 어떤 의도를 찾아낸다는 것은 불가능했다.

"왜 소생에게 그런 질문을……?"

동천몽의 의도를 알기 위해서는 직접 물어보는 것 말고는 달리 방법이 없었다. 물론 자신에게 왜 그런 질문을 던졌는지 그 이유를 말해줄 리는 만무했다.

예상대로 동천몽의 대답은 간단했다.

"갑자기 백 형은 알지 모른다는 생각이 들지 뭐요?"

그러면서 자신을 돌아보고 히죽 웃는다.

티없이 깨끗한 웃음이었다. 그러나 왠지 등골이 서늘했다. 만약 뭔가를 감추고 이토록 맑은 웃음을 짓는다면 동천몽이야말로 누구보다 심계가 깊은 사람일지 모른다는 생각이 불현듯 들었다.

하지만 백쾌섬은 속으로 고개를 저었다. 심계는 연륜에 비례한다. 아무리 대법왕이라고 하지만 이제 갓 스물 전후로밖에 보이지 않는 그가 그런 무서운 계산을 품고 있을 리는 없었다. 하지만 왜 느닷없이 그런 질문을 했는지 대수롭지 않게 여기려 해도 자꾸 마음에 걸렸다.

휘청!

동천몽이 다시 쓰러질 듯 비틀거렸고, 백쾌섬이 더욱 힘을 주어 부축했다.

"괘… 괜찮으시옵니까?"

동천몽이 고개를 떨어뜨리며 인상을 쓰고 말했다.

"금왕, 안 되겠구나. 당장 백상거를 불러라."

"당장 백상거를 오도록 하라."

백상거는 대법왕의 전용 마차이다.

푸드득!

천룡구십구불의 수장인 대력 선사의 품에서 한 마리 전서구가 날아올랐다. 비상용으로 항시 품에 담고 다니는 혈구라는 이름의 전서구다. 빠르고 날렵하며 훈련을 받아 천적을 만나도 곧잘 도망친다.

코끼리 문양이 새겨진 백상거가 나타난 것은 그로부터 반 시진 후였다.

동천몽은 곧바로 백상거 안으로 사라졌고, 마차는 빠르게 포달랍궁을 향해 달려갔다.

포달랍궁에 도착하자 만동승의를 비롯한 많은 의승들이 연락을 받고 기다리고 있었다. 백상거가 의각 앞에서 멈췄고, 곧바로 바퀴가 달린 침대 위에 동천몽은 누웠다.

의승들은 침대를 밀고 신속하게 의각 안으로 사라졌다.

동천몽의 옷이 벗겨졌다. 천 조각 하나 남기지 않고 완전히 벗겨지며 동천몽의 몸이 드러났는데, 온몸이 멍투성이었다. 피가 터져 나와야 하는데 그렇지 못하자 죽은피가 되어 이곳저곳에 몰려 있는 상황이었다.

빨리 피를 뽑아내 주어야 한다. 그래야지만 진기 소통이 원활해진다.

슥!

만동승의가 칼을 들었다. 멍든 곳을 찢어 죽은피를 뽑아내려는 것이었다. 몸에 칼은 아무나 대지 못한다. 경험이 많은 숙련된 의원만이 가능하다. 더구나 동천몽의 몸은 걸병광우철포공으로 인해 보통 칼로는 턱도 없다.

"약간 따끔하기만 할 것입니다."

"만동, 모두 내보내거라."

만동승의가 멈칫하며 누워 있는 동천몽을 바라보더니 주위에 긴장한 얼굴로 서 있는 의승들을 향해 눈짓을 보냈다. 그러자 의승들이 모두 문을 열고 사라졌다.

"왜 갑자기 모두 내보내는지……?"

"칼 댈 것 없다."

동천몽이 몸을 일으키더니 우둑둑 소리가 나도록 목을 한 바퀴 돌리고 물었다.

"만동."

"하명하소서, 대법왕이시여."

"단기토혈이라고 들어봤느냐?"

"……."

"하긴, 호신술 정도밖에 모르는 네가 알 리가 없지. 내가 배운 무공 중 걸병광우철포공이라는 외문 무공이 있다. 외부의 충격에도 피부가 찢어지거나 상처를 입지 않도록 만들어주는 일종의 철포삼 비슷한 것인데, 그중 단기토혈이라는 초식이 있다. 단기토혈은 내기를 끌어올려 마치 피가 뭉친 듯 몸 밖으로 드러나게 하는 방법이다. 내 몸 상태가 좋지 않음을 적에게 보여주어 방심을 유도하기 위한 것인데……."

동천몽이 가부좌를 틀었다. 그리고 조용히 눈을 감더니 운기에 몰입했다.

"으엇!"

바라보던 만동승의가 놀란 눈을 했다.

동천몽의 몸을 감싸고 있던 수많은 멍이 사라지고 있었다. 반 각이 채 되지 않아 언제 그랬느냐는 듯 동천몽의 몸은 깨끗해졌고, 그는 두 눈을 떴다.

놀란 만동승의를 보며 동천몽이 가벼운 미소를 지었다.

"이… 일부러 몸에 멍을 들게 만들었다는 말씀인데, 왜, 무슨 이유로……?"

"넌 알 것 없고, 상처를 꿰맨 것처럼 내 몸에 어서 천을 감아라."

만동승의가 눈을 크게 뜨고 바라보았다.

"뭣 하느냐, 어서 내 몸에 흰 천을 둘둘 감으래니까! 물론 다 감고 표면에 피로 착각할 수 있도록 지초도 묻혀야겠지."

"예, 대법왕님."

뭔지 모르지만 만동승의는 시키는 대로 동천몽의 몸에 흰 천을 감기 시작했다. 진짜 상처를 싸매듯 정성을 다했는데, 얼굴은 의혹의 안개로 덮였다. 도깨비놀음 같은 동천몽의 행동을 도무지 짐작할 수가 없었다.

촤아아!

칠공만 남기고 발끝에서부터 머리끝까지 완전히 천을 감고 붉은 지초를 묻히자 제대로 외상을 입은 환자의 모습이 되었다. 동천몽이 침대를 내려와 커다란 동경 앞에 자신을 비춰 보더니 만족스런 표정을 지었다.

"됐다. 이제 날 삼층 내 방으로 데려가라."

만동승의는 바퀴 달린 침대를 밀고 대법왕만 입원할 수 있는 백상실로 향했다.

백상실은 의각 삼층 맨 끝에 있다. 동천몽이 백상실에 들어가고 얼마 되지 않아 천장금왕이 문안을 왔다. 온몸이 피로 젖어 있는 동천몽을 바라보는 천장금왕의 눈빛이 작은 파장을 일으켰다.

"아미타불! 한마디 여쭤도 되겠사옵니까?"

동천몽의 몸 상태를 한참을 바라보던 천장금왕이 입을 열었다.

동천몽이 누워서 힘든 얼굴로 말했다.

"해보거라."

"왜 소승들에게 보고를 하지 못하도록 팔용의 입을 막았사옵니까?"

"그런 쳐 죽일 놈, 목에 칼이 들어와도 입 다물겠다고 해놓고 벌써 일러바치다니, 내 이놈을."

동천몽이 일어나려다 윽, 하며 다시 누웠다.

"아무리 중놈이라고 이렇게 의리가 없어서야 원. 두고 보자, 이놈."

"두고 안 보면 팔용을 죽일 생각이십니까?"

"넌 누가 날 죽이려고 했다고 생각하느냐?"

동천몽이 화제를 바꿔 물었다.

천장금왕의 표정이 딱딱해졌다.

"이상하지 않느냐? 쭉 생각해 봤는데 본왕을 죽이려고 했다는 것은 궁내의 누군가 나의 대법왕 즉위를 못마땅하게 여기는 세력이나 개인이 있다는 의미 아니겠느냐? 만경이 죽고 그를 따르던 대부분의 제자들 모두 소탕되거나 죄를 뉘우쳐 안전할 줄 알았는데 이런 날벼락을 맞다니, 분하구나."

천장금왕이 당황한 표정을 지으며 더듬거렸다.

"구… 궁내에 대법왕님을 노리는 세력이 있는 것은 분명해 보입니다."

너무 뻔한 대답이어서일까. 동천몽이 인상을 찌푸렸다.

"만경은 드러났지만 이번의 적은 숨어 있다. 앞에서 찔러 오는 칼보다 뒤에서 날아오는 화살이 무섭지. 보이지 않는 적이란 무조건 두려운 법이다. 아무튼 그만 나가보거라. 한숨 자야겠다. 내가 부르기 전에는 내일 아침까지 누구도 날 찾지 못하도록 해라. 그리고 백쾌섬이란 사람, 대접 잘해주어라."

그리고 동천몽이 눈을 감았다.

잠시 동천몽을 바라보던 천장금왕이 어금니를 지그시 물고 방을 나왔다. 천장금왕이 나가자마자 동천몽이 눈을 떴다. 그런데 동천몽의 두 눈에서 용암 같은 열기가 이글거렸다.

눈은 멈췄지만 하늘은 구름에 뒤덮였다. 어둠 속에서도 은은한 홍광을 발산하는 홍궁 위로 한 마리 야조가 날갯짓을 하며 날아간다. 의각이 보이는 맞은편 노송 숲에 파란 불꽃이 떠 있었다. 멀리서 보면 마치 망매(魍魅) 불처럼 보였지만 깜박거리는 것이 아니었다. 망매 불은 절대 깜박이지 않고 허공을 훨훨 떠다닌다. 열 쌍의 눈동자가 거대한 노송 아래 몸을 은신한 채 의각을 주시하고 있었는데 두건으로 용모를 완전히 가린 상태였다.

휘이이!

한자락 삭풍이 불자 나뭇가지에 쌓인 눈이 흩날렸다.

사사삭!

흩날리는 눈을 뚫고 십 인의 복면인은 의각을 향해 나아갔다. 그들은 신법을 펼치지 않고 은폐물을 이용해 도보로 접근해 갔는데 움직임이 날렵했다.

싹!

선두에 가던 복면인의 검이 어둠을 갈랐고, 털썩 하는 소리가 들리며 한 명의 무사가 쓰러졌다. 그것을 시작으로 이곳저

곳에서 털썩거리며 경계를 서고 있던 무사들이 비명 한마디 지르지 못하고 땅바닥을 나뒹굴었다.

순식간에 의각 입구를 지키고 있던 경계 무사들을 해치운 복면인들은 소리없이 문을 열고 안으로 들어섰다. 쭉 뻗은 복도는 어둠 속에 잠겨 있고 왼쪽 급환실도 불이 꺼져 있었다. 급환실은 아주 위독한 환자를 치료하는 곳인데 불이 꺼져 있다는 것은 오늘 밤은 환자가 발생하지 않았다는 뜻이다.

복도 좌우로는 상처를 꿰매는 육합실을 비롯해 약을 처방하는 제약실, 침구실 등이 있었고, 이층은 병이 깊어 장기치료를 하는 입원실이 있었다.

벽 쪽으로 달라붙어 빠르게 복도를 지나간 열 명의 복면인은 이층으로 올라가더니 곧장 삼층으로 치달렸다. 삼층은 고승들과 간부들이 치료를 받는 곳이었다.

삼층 복도가 어두운 땅굴처럼 쭉 뻗어 있었다. 이미 사전에 약속이 된 듯 복면인들은 망설이지 않고 복도 끝을 향해 미끄럼을 타듯 나아갔다.

뚝!

열 명의 복면인이 복도 끝에 멈췄다. 그곳에는 한 개의 문이 굳건히 닫혀 있는 것이, 지나온 다른 방문보다 컸고 어둠이 시야를 방해하고 있지만 한 마리 거대한 흰 코끼리 문양이 당당히 새겨져 있었다.

백상실(白象室). 대법왕이 아프면 묵는 곳이었다.

쉭!

쉬쉬쉬!

복면인들의 검이 어둠을 갈랐다. 열 개의 섬광이 문을 사분 오열시켰다.

투투투툭!

문은 정확히 열 조각이 되어 주저앉았고, 복면인들은 바람이 되어 들어섰다. 침대 위에는 한 사람이 잠을 자고 있었고 그 위로 열 개의 검이 곧바로 떨어졌다.

콰아아아!

다리에서부터 머리까지 정확히 열 조각이다.

비명도 없었다. 어찌나 빠르고 날카로운지 아무 일 없었다는 듯 침대는 그대로 있다.

십 인은 침대를 포위하며 바닥에 내려섰다.

그런데 의당 흘러나와야 할 피가 보이지 않는다. 맨 끝에 선 복면인이 검으로 이불을 확 젖혔다. 잘려진 이불이 한 조각 공중으로 들려졌고, 뒤이어 나머지 복면인들이 자신들이 벤 이불을 젖혔다.

화라락!

조각난 이불이 허공으로 날리면서 복면인들은 기절할 듯 놀랐다. 침대 위에는 아무도 없었던 것이다.

복면인들의 눈이 출렁거렸다. 무척 당황한 듯했는데 매서운 시선으로 침대를 쏘아보았다. 한참 침대를 바라보던 우두머리의 눈이 돌연 빛을 뿌렸다.

'혹시 뒷간!'

우두머리 복면인이 곁에 선 두 복면인을 보며 눈짓을 했다. 두 복면인이 알았다는 듯 문을 통해 밖으로 사라졌다. 나머지 복면인들은 사라진 두 복면인이 돌아오길 기다렸다.

잠시 후 밖을 나갔던 두 복면인이 돌아왔는데 고개를 가로저었다. 그것은 암살 대상자가 뒷간에도 없다는 신호였다. 그러자 그때까지 바윗돌처럼 가라앉아 있던 복면인들의 눈빛이 본격적으로 흔들리기 시작했다. 직감적으로 뭔가 잘못되었다는 것을 느낀 것이다.

"반드시 없애야 한다."

"어떻게?"

어디에 있는지 알 수가 없었으므로 답답할 노릇이었다.

"할 수 없다. 의각 내에 있는 생명은 모두 벤다."

흠칫!

전혀 예상하지 못한 명령에 복면인들이 놀라는 표정을 지었다. 하지만 오늘의 거사는 치밀하게 준비되었고, 반드시 성공해야 한다. 역사가 바뀌자면 적잖은 피해는 각오해야 한다.

복면인들이 즉시 흩어졌다. 잠시 후 어둠 속에서 답답한 숨소리가 쉬지 않고 들려 나왔다. 이 다경쯤 지나 의각 앞뜰로 복면인들이 모여들었다.

뚝뚝!

그들이 들고 있는 검끝에서 핏물이 떨어지고 있었다. 자신을 제외한 아홉 명 모두가 모인 것을 확인한 우두머리가 번들거리는 눈으로 물었다.

"한 놈도 살아나서는 안 된다."

"그래서 모조리 목을 잘랐습니다."

"좋다. 일단 너희들은 각자 거처로 돌아가라. 난 보고를 하고 오겠다."

아홉 명의 복면인이 뿔뿔이 흩어져 사라졌다.

잠시 홀로 서 있던 우두머리가 땅을 박차고 몸을 날려갔다. 몇 개의 전각 지붕을 넘어 날아간 우두머리가 날아내린 곳은 백궁이었다.

백궁 앞마당에는 한 사람이 뒷짐을 지고 어두운 하늘을 올려다보고 있었다. 인기척에 뒷짐을 지고 있던 인영이 돌아섰는데 그 또한 복면을 하고 있었다.

"어… 어찌 됐느냐?"

"백상실에는 계시지 않았습니다."

"이 밤에 어딜 갔단 말이냐?"

"그래서 혹시 몰라 의각 내 모든 생명을 완전히 도륙해 버렸습니다."

복면인이 잠시 놀란 표정을 지었다.

자신이 파악한 바에 의하면, 의각에는 대략 오십여 명가량의 환자가 있었다. 그런데 그들을 모두 죽였다는 얘기이다.

반란은 확률이 아니다. 정확해야 한다. 그런데 눈앞에 서 있는 우두머리는 확률에 걸었다. 무척 위험하고 좋지 않은 징조이다. 그러나 화살은 시위를 떠났으니 이제 와서 뭘 어쩌겠는가?

복면인이 입술을 지그시 물었다.

"알겠다. 돌아가 명을 기다려라."

우두머리가 고개를 가볍게 숙여 보이고 몸을 날려 사라졌다. 복면인은 우두머리가 사라진 어둠 속을 쳐다보았는데 눈빛이 흔들리고 있었다. 그것은 마음이 안정되지 않고 있다는 뜻이었다.

"진인사대천명이라고 했는데……!"

중얼거리는 복면인의 목소리가 떨리고 있었다.

복면인이 몸을 날렸다. 백궁을 넘어서고 두 개의 건물을 더 넘어가더니 멈춰 내렸다. 어둠 속에 한 채의 전각이 있었는데 비록 캄캄했지만 천량전이라는 현판이 흐릿하게 보인다.

"들어오너라."

이미 자신의 존재를 알아차린 듯 천량전 안으로부터 노쇠한 음성이 들려왔다. 잠시 불 꺼진 천량전 문을 바라보던 복면인이 마른침을 삼키고 다가섰다.

방 안은 캄캄했다. 단지 두 개의 눈빛이 들어서는 복면인을 쳐다보고 있었다. 복면인이 가볍게 목례를 하고 무릎을 꿇고 앉아 입을 열었다. 조금 전 우두머리가 했던 말을 그대로 옮졌다.

　애기가 끝났는데도 어둠 속의 인물은 아무 말도 하지 않았다. 복면인의 눈이 찌푸려졌다. 자신의 말에 아무런 대꾸를 하지 않자 불안해진 것이다.

　"아미타불! 결국은 이렇게 되는구나."

　기다란 탄식이 어둠을 흔들었다.

　"무… 무슨?"

　"바보 같은 놈, 꼬리를 달고 오다니."

　"으헉!"

　복면인이 놀라며 잽싸게 뒤를 돌아다보았다. 하지만 아무 것도 보이지 않는다.

　두 개의 눈이 복면인 뒤쪽을 보며 말했다.

　"밖에 날씨가 찹니다. 그만 들어오십시오."

　조용하던 복도로부터 발자국 소리가 들려왔다. 복면인은 기겁하며 입구를 쳐다보고 있었고, 잠시 후 한 인물이 들어섰다.

　"으어어! 대… 대법왕님?"

　복면인이 기절초풍할 듯 놀라 외쳤다.

　입구에 선 사람은 동천몽이었다. 금방이라도 죽을 듯 힘이 없어 보이던 낮의 모습과는 전혀 달랐다. 대법왕의 신분을 알리는 붉은 가사에 어둠 속에서도 똑똑히 보이는 흰 코끼리 문양이 유난히 위압적이었다.

　"네놈은 나가 있거라."

이미 복면인이 누군지 알고 있는 듯한 목소리였다.

복면인이 머뭇거리자 버럭 소릴 질렀다.

"안 나가?"

그제야 복면인이 굽실거리며 뒷걸음으로 방을 나갔다. 복면인이 허겁지겁 방을 빠져나와 마당으로 나오다 말고 또다시 벼락을 맞은 듯 놀랐다.

마당 가운데에는 두 사람이 우뚝 서 있었다.

천검은왕과 천권동왕이었다.

"패 죽일 놈, 그 자리에 꼼짝 말고 있거라. 죽을 각오를 하고."

복면인의 안색이 굳었다. 그리고 한참 후 어느 정도 마음이 안정된 듯 길게 숨을 내쉬었다. 모든 것이 잘못되었음을 느끼자 오히려 마음이 편해졌다. 복면인은 시선을 들어 불 꺼진 방문을 쳐다보았다.

"앉으십시오."

문 앞에 서 있는 동천몽을 향해 천장금왕이 조용히 말했다.

동천몽은 그냥 서 있었다. 주위를 휘둘러보는 동천몽을 향해 천장금왕이 물었다.

"무얼 찾으십니까?"

"술 같은 것 없나? 이럴 때 술 한잔하면 딱인데."

"헛헛! 가슴이 몹시 아프다는 말씀이군요."

"아프다. 진짜로."

"도대체 당신은 누구십니까?"

천장금왕이 정색하고 물었다.

"지금 소승 앞에 앉아 계신 분이 불사심법 하나를 제대로 외우지 못하고 만마생사혈 구결을 끝내 이해하지 못해 몸으로 무예를 체득한 분 맞는지요?"

동천몽이 씨익 웃었다.

어둠 탓인지 동천몽의 이가 유난히 희었다.

"그런 돌대가리가 네가 계획한 반란을 어떻게 알아차렸느냐는 질문이로구나, 천장?"

"솔직히 소승은 아직까지도 뭐가 뭔지 전혀 눈치도 못 채고 알지도 못하겠나이다."

"한심한 사람이로군. 반란을 계획한 사람이 모르면 날더러 어쩌란 말이냐?"

동천몽이 비릿한 웃음을 흘렸다.

그러더니 정색을 하며 말을 이었다.

"동오룡이란 사람을 아느냐?"

"대법왕님의 춘당이 아니십니까?"

"귀상(鬼商)으로 더 잘 알려져 있지. 내가 왜 우리 아버지 눈 밖에 났는지 아느냐?"

"……."

"살기 위해서였다면 이해가 될지 모르겠구나."

팟!

천장금왕의 눈빛이 예리한 섬광을 발했다.

처음 듣는 얘기였다.

"사실 강호의 소문과 달리 우리 아버지는 나에게 아주 각별했다. 나에게서 당신의 모습을 발견한 거지. 호랑이 새끼임을 읽어낸 것이다. 그런데 문제는 내 형들이었다. 내가 아버지의 사랑을 독차지하자 그들은 흥분했다. 날 가만두려고 하지 않았지. 더구나 난 첩의 자식이 아니더냐?"

동천몽의 목소리는 담담했다.

"위험은 잔인하게 다가왔다. 운이 좋았는지 몇 번의 암살당할 고비를 넘겼다. 그때부터 난 날마다 어떻게 하면 형들 손에서 무사할 수 있을까를 생각했다."

"그래서 생각해 낸 것이 망가지는 것이었군요."

"그 방법뿐이었다. 특히 어지간히 망가져서는 그들의 눈을 피할 수 없었다. 그래서 아버지에게까지 미움을 받을 만큼 철저히 망가졌지. 아버지까지 속이고 완전히 개망나니가 되자 마침내 그분도 날 포기하더구나. 당연히 날 죽이지 못해 안달하던 형들은 더 이상 날 경계하지 않았고."

천장금왕의 얼굴이 굳어졌다.

실로 충격적인 비사였고 생존을 위한 자기 파멸이었다. 형들의 칼을 피하기 위해 스스로 개가 되었던 것이다.

第三章
피[血]의 역습(逆襲)

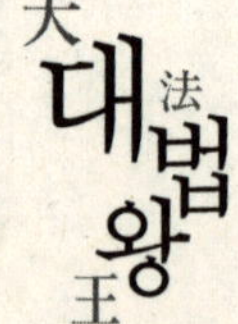

동천몽은 바보가 아니었고 돌대가리는 더욱 아니었다. 살기 위해 바보가 된 것이다. 자신은 동천몽을 구제불능의 돌대가리로 보았다. 그래서 더욱 기회라고 여기고 이번 거사를 획책했던 것이다. 그런데 자신까지 완벽하게 속아 넘어간 것이다.

"대법왕님이시여."

"말해라."

"어떻게 소승이 반란을 꾸미고 있다는 사실을 아셨사옵니까?"

동천몽이 잔잔하게 웃었다. 그러더니 창문 너머를 향해 말했다.

"은왕, 도저히 안 되겠다. 술 한 병 구해오너라."

마당으로부터 대답이 들려왔다.

"명을 받사옵니다."

"어떻게 알았냐고?"

동천몽이 불 꺼진 초를 향해 오른손 검지를 뻗었다.

쉬익!

손끝에서 한가닥 양강지력이 뻗어나가더니 팟, 하는 소리와 더불어 초에 불이 붙었다.

'지옥지(地獄指).'

천장금왕이 숨을 들이마셨다. 지옥금이 극성에 이르면 지법으로 변형이 가능하고 열기를 일으켜 불을 피울 수가 있다. 하지만 말로만 전해 들었을 뿐, 한 번도 본 적이 없는데 지금 동천몽이 시전해 보인 것이다. 결국 동천몽은 자신의 무공을 철저하게 숨겼다는 얘기다.

불빛이 실내를 밝혔고, 천장금왕은 결가부좌한 채 염주를 돌리고 있었다.

털썩!

그때까지 서 있던 동천몽 또한 마주 결가부좌했다.

"어떻게 네가 반란을 일으켰다는 사실을 알았냐고 물었더냐?"

동천몽이 잔잔하게 웃었다.

"별것 아니다. 알고 보면 아주 간단하지. 내가 환상루에 들어갔다는 사실을 아는 사람은 팔용과 나뿐이다. 맞지?"

동천몽이 정색하고 물었다.

"그런데 넌 싸움이 끝나자마자 환상루로 달려왔다. 이상하지 않느냐? 어떻게 내가 환상루에 있는 것을 궁에 있었던 네가 알 수 있단 말이냐?"

천장금왕이 흠칫했다.

자신은 전혀 생각지 못한 행동이었다. 그런데 아무 생각 없이 움직인 행동이 치명타가 될 줄이야.

"네가 환상루로 날 찾아온 것은 필시 팔용이 때문일 것이다. 그건 너희 두 사람이 한패라는 것 아니겠느냐? 즉, 팔용이 날 환상루로 데려간 것은 미리 그곳에 함정을 파놓았다는 의미겠지. 그리고 나중에 심부름 보낸 팔용은 객점 안으로 들어가지 않으려고 했을 것이다. 자칫하다간 자신도 다칠 수가 있었기 때문에. 하지만 그렇게 될 경우 내 의심을 피할 수 없다는 것을 알고 들어가기 싫다는 팔용을 억지로 설득해 밀어 넣었겠지?"

화악!

천장금왕의 눈이 더욱 커졌다.

단 한마디도 틀리지 않는 사실이었다. 팔용은 들어가지 않으면 안 되겠느냐고 애원했다. 하지만 그렇게 되면 금방 눈치를 챈다면서 별일 없을 테니 들어가라고 설득하고, 그래도 거부를 하자 위협까지 해서 가까스로 밀어 넣었다.

"하… 하오시면 몸은? 피를 토하고 거동이 불편할 만큼 부상을 입으셨잖습니까? 그래서 백상거를 이용해 이동했잖습니까?"

동천몽이 씨익 웃었다.

"입으로 피를 토하는 건 아주 쉬워. 뒷골목 대장 노릇을 하다 보면 왕왕 상인들을 협박해야 할 때가 있거든. 그때 목구멍을 강하게 자극하여 가래를 뱉으면 피가 섞여 나온다. 그것도 자주 하다 보니 이제는 식은 죽 먹기지."

"온몸에 든 멍은?"

"단기토혈이라는 게 있다. 넌 모를 것이다. 대법왕만 배울 수 있는 걸병광우철포공의 초식 중 하나이니까. 기를 끌어올려 몸 곳곳에 피가 뭉친 것처럼 보이는 일종의 속임수다."

"왜 그렇게 부상을 입은 것처럼 위장했는지요?"

"내가 자객들 따위에 부상이나 입고 쩔쩔맬 인간으로 보였더냐?"

동천몽이 피식 웃었다.

"넌 날 너무 몰랐구나. 하긴 그것이 너의 실수겠지. 어쨌든 질문에 계속 답해주지. 피를 흘리고 멍을 들게 만든 건 네 욕심을 부채질하기 위해서였다."

"욕심?"

"내가 객점에서 크게 다친 것으로 보이지 않았다면 아마 넌 반란을 장기전으로 끌고 갔을 것이다. 신중하게 움직이면서 암중에서 제자들을 선동하고 날 모함하며 함정으로 빠뜨리기 위해 갖은 수를 다 쓰겠지. 그러다 보면 자칫 본 궁은 두 개로 쪼개질 것이고."

"음!"

천장금왕이 침음성을 흘렸다.

그의 말대로 만약 동천몽의 상태가 심하지 않았다면 좀 더 시간을 갖고 기회를 노리려고 했다.

동천몽이 계속 말했다.

"그래서 난 서둘러 승부를 보기 위해 중상을 입은 척했다. 중상을 입었으니 넌 당연히 이 기회에 확실하게 끝장을 보려고 할 것이다. 내 예상은 적중했다. 넌 이 기회가 아니면 쉽지 않다고 여기고 곧바로 밀어붙이더구나."

천장금왕은 침묵했다. 빤한 눈으로 동천몽을 쳐다만 보았다. 입이 막힌 건지, 아니면 너무 충격을 받아 정신이 혼미한 건지 눈만 깜빡거렸다.

백 년을 살아왔지만 이런 경우는 처음이다. 이제 열아홉이 조금 넘은 동천몽에게 철저히 농락당하고 역습을 당한 것이다.

"넌 날 얼마나 안다고 생각하느냐? 지난 삼 년여 겪었다고 다 안다고 여긴 모양인데 웃기는 소리다. 이 세상에서 날 정확히 아는 사람은 아무도 없다. 알겠지만 난 소주제일의 조직, 형천파의 두목이다. 저잣거리 패거리 두목이라고 개나 소나 하는 줄 아느냐? 조직의 크고 작음만 문제일 뿐, 한 집단의 수장쯤 되려면 이것 없이는 안 되는 법이다.”

그러면서 자신의 머리를 손가락으로 톡톡 때렸다.

“머리는 괴상한 물건이다. 책을 읽는 능력 다르고 잔머리를 굴리는 능력 다르고 도둑질하는 능력 다르다. 머리가 똑똑하다고 해서 학문에 조예가 깊은 것도 아니고, 나쁘다고 해서 완전히 꼴통이 아니라는 얘기지.”

‘무섭다. 진정 무서운 분이다!’

만경이 있을 때까지만 해도 반란은 꿈도 꾸지 않았다. 그런데 의외로 만경이 쉽게 제거되자 그때부터 마음이 달라지기 시작했다. 가장 강력한 적수였던 만경이 사라진 포달랍궁에서 이제 자신이 경계해야 할 인물은 없었다. 특히 그를 더욱 유혹한 것은 새로 즉위한 대법왕이 너무 돌대가리라는 것이었다. 그래서 얼마든지 뒤엎을 자신이 있었다.

“날 허수아비로 봤겠지? 내가 워낙 꼴통 노릇을 하니 나 정도는 상대가 되지 않을 것이라고 여겼겠지?”

“대법왕이시여, 술을 구해왔나이다.”

문이 열리고 천검은왕이 술이 담긴 호리병 한 개를 건네고 사라졌다.

뽕!

마개를 이빨로 뽑은 동천몽이 그대로 병째 입으로 털어 넣었다.

꿀꺽꿀꺽 소리를 내며 한참을 마시던 동천몽이 커어, 하며 트림을 하고 소매 춤으로 입가를 슥 닦았다.

"그들은 누구냐?"

천장금왕이 무거운 어조로 말했다.

"일광엽(日光獵). 강호에서는 햇빛사냥꾼이라 불리는 자객 집단입니다."

"햇빛사냥꾼?"

동천몽이 눈을 좁혀 떴다.

기억이 있었다. 물론 아버지로부터였는데, 지금까지 어떤 자객 집단보다 뛰어나며 철저히 안개 속에 가려져 있다고 했다. 일파의 지존 급 아니면 아무리 거액을 주어도 청부를 받아들이지 않는다는, 명인(名人)들만을 사냥하는 최고의 자객들이라 했다. 십여 년 전 화산 장문인이 그들에게 당했다. 곧바로 화산은 복수에 나섰지만 그들의 총단은 물론 정체에 대해 아는 바 없어 끝내 포기했다고 들었다.

"대법왕이시여."

밖으로부터 천지철왕의 목소리가 들려왔다.

"의각을 기습했던 자들을 모두 사살했사옵니다. 수뇌는 대력과 그를 따르던 천룡구십구불 중 일부였습니다."

천장금왕의 눈이 조용히 감겼다.

투투투!

염주를 굴리기 시작했다.

모든 것이 끝났다. 동천몽이 쳐놓은 덫에 완벽하게 빠져든 것이었다.

"한 모금 하겠느냐?"

동천몽이 휙 술병을 집어 던졌다.

천장금왕은 얼떨결에 받아 들며 동천몽을 깊숙한 눈빛으로 쳐다보았다.

비록 술을 먹어보지는 않았지만 술이 갖고 있는 여러 의미 중 한 가지 사실만은 알고 있었다. 술은 사내들 간에 두터운 우정을 쌓게 하는 마력을 갖고도 있지만 다른 한편으로는 군신(君臣) 간에 이별을 재촉하는 의미도 담고 있었다. 그래서 예로부터 군왕은 충신을 죽일 때 안타까운 마음을 표현할 길이 없어 한잔의 술을 내린다.

"감사합니다."

천장금왕이 고개를 쳐들고 술병을 입에 대었다. 술이 콸콸 소리를 내며 목구멍으로 넘어갔다.

천장금왕이 술병을 입에서 떼고 병의 표면을 보며 말했다.

"술이라는 게 맛있는 음식이군요. 혈리홍이라고 쓰여 있는데 무슨 술이옵니까?"

"혈리홍에는 한 가지 사연이 담겨 있다. 과거 혈리(頁裡)라는 주장(酒匠)이 있었다. 어느 날 그는 진시황의 명을 받고 새로운 술을 개발하기에 이르렀지. 진시황은 뜨겁고 시원한 술을 빚으라고 했다."

동천몽이 천장금왕을 정면으로 직시하며 말을 이었다.

"혈리는 진시황이 주문한 술을 만들기 위해 불철주야 지하 주고(酒庫)에서 두문불출했다. 하지만 뜨거움과 시원함을 공존시킬 수가 없었다. 생각해 보거라. 뜨거우면 뜨거운 것이고 시원하면 시원한 것이지 서로 성질이 다른 극양과 극냉의 기운을 어떻게 함께 담을 수 있겠느냐? 결국 고심 끝에 혈리는 자신의 피를 반은 솥에 끓이고 반은 얼음으로 얼려 술을 만들었다. 그래서 이름이 혈리(血裡)가 되었다. 또한 혈리홍은 임금이 사약을 내리기 직전 신하에게 하사하는 마지막 술이 되어 붉은 피를 뜻하는 홍(紅) 자가 붙었다."

동천몽의 설명은 자신을 죽이겠다는 노골적인 의미였다.

"한때 만경의 손에서 날 지키려고 했던 것만큼은 진심이라는 것을 난 알고 있다. 너의 그런 한때의 충심을 헤아려 삼 초를 양보해 주겠다."

천장금왕이 정색하며 말했다.

"마지막까지 소승을 위해 배려해 주시는 대법왕님의 자비에 그저 고개를 들 수가 없군요. 하오면 명을 받들어 삼 초를 먼저 공격하겠사옵니다."

천장금왕이 호리병을 한쪽으로 놓고는 동천몽을 깊숙한 시선으로 바라보았다.

자신도 전혀 예상하지 못한 돌발적인 탐욕이었다.

대법왕의 자리에 전혀 관심이 없었다면 거짓말이다. 그러나 피를 흘리며 그 자리를 탈취하고 싶은 마음은 없었다. 그런데 만경이 죽고 나자 돌변했다. 특히 앞서 언급했듯 동천몽을 너무 쉽게 보았다. 자신의 눈에 보이는 동천몽은 완전히 허수아비였다.

촤악!

천장금왕이 우장을 뻗었다. 손바닥에서 푸른 광채가 쏟아져 나왔는데, 능가대강수였다. 포달랍궁의 삼대장법 중 하나로, 극성에 이르면 산을 무너뜨린다고 전해온다.

두 사람의 거리는 채 일 장이 되지 않았다. 그 정도의 거리라면, 더구나 상대가 포달랍궁의 사대법왕 중 수장인 천장금왕이라면 그 어떤 고수라도 피하지 못한다.

퍼억!

천장금왕의 장력이 정통으로 동천몽의 앞가슴을 때렸다.

"헉!"

맞은 동천몽보다 때린 천장금왕이 더 놀라 소릴 질렀다. 동천몽이 가만히 앉아 맞을 줄은 꿈에도 몰랐다. 최소한 완전히 피할 수는 없어도 피하는 시늉은 할 줄 알았다.

"왜… 왜 피하지 않으시고?"

동천몽이 피식 웃었다.

"무슨 재주로 피하겠느냐? 이 거리에서."

자신은 전력을 다해 조금 전 능가대강수를 펼쳤다. 태산이라도 무너뜨릴 위력이라 아무리 결병광우철포공을 익혔다고 해도 타격이 클 것이다. 아무리 무공을 숨기고 있다고 해도 자신의 능력이면 상당한 타격을 입었을 것이다.

"뭣 하느냐? 어서 또 공격해라."

"이초입니다."

콰아아!

조금 전보다 더 푸르다.

장력이라기보다는 푸른 돌덩이가 날아가 동천몽의 가슴을 정면으로 찍었다.

빠아악!

"후욱!"

동천몽이 신음을 흘리며 상체가 꺾여 뒷머리가 방바닥에 닿을 만큼 휘어졌다. 하지만 대나무처럼 다시 원상태로 돌아왔는데 얼굴이 창백하게 변해 있었다. 동천몽은 이를 악물었다. 필시 기혈이 넘어오려는 것을 억지로 눌러 삼키고 있을 것이다.

"훗훗! 확실히 객점의 녀석들과는 위력이 다르구나. 이제 마지막 일 초 남았다."

"대법왕님께서도 조심하소서."

천장금왕이 쌍장을 끌어올렸다. 걸치고 있는 가사가 바람을 담은 풍선처럼 부풀어 올랐다. 자신의 모든 내력을 쌍장에 담고 있음을 알아볼 수 있는 행동이었다.

휘이이이!

그의 손이 완전히 파랗게 물들었다. 장력이 아닌 손 자체가 파랗게 물들었다는 것은 능가대강수를 십이성으로 끌어올렸다는 뜻이다.

휙!

쌍장이 번득였다. 그런데 앞으로 뻗어나갈 줄 알았던 쌍장이 벼락처럼 뒤집어지더니 자신의 천령개를 찍었다.

빡!

예상치 못한 돌발 상황에 동천몽은 놀랐다.

"아… 아미타불! 놀라시는군요."

"왜?"

"소… 소승이 눈이 멀어 태산을 알아보지 못했사옵니다. 아… 아미타불! 부디 본 궁을 서장제일에서 천하제일로 이… 끄… 끌어주… 시… 기를…….”

쿵!

천장금왕은 앞으로 고꾸라지며 얼굴을 방바닥에 박은 채 숨을 거두었다. 동천몽이 무거운 시선으로 천장금왕을 쳐다보았다. 한참을 쳐다보던 동천몽이 한숨을 내쉬더니 한쪽에 서 있는 호리병을 쥐고 술을 들이켰다. 우울한 낯빛으로 엎드려 죽은 천장금왕을 쳐다보던 동천몽이 자리에서 일어났다.

동천몽이 전각 밖으로 걸어나가자 복면인이 번개처럼 다가와 엎드렸다.

"사… 살려주십시오, 대법왕님. 소승이 잘못했습니다.”

동천몽이 엎드린 복면인을 내려다보았다.

복면인은 이마를 땅에 처박고 연신 굽실거렸다.

"대자대비하신 대법왕님이여."

"뒤집어쓴 것이나 벗을래?"

확!

복면이 벗겨지고 팔용이 모습을 드러냈는데 식은땀을 뻘뻘 흘리며 얼굴이 창백했다.

"한 번만 봐주소서. 기회를 주시면 평생 대법왕님을 위해 살다 죽겠나이다."

와락!

팔용이 동천몽의 발목을 붙잡고 매달렸다.

"살려주십시오. 살려주십시오."

"팔용아."

팔용이 발목을 부여잡은 채 대답했다.

"마… 말씀하소서."

"내가 어제 말하지 않던? 비록 내가 포달랍궁의 대법왕이 긴 하지만 아직 자비에는 그다지 익숙하지 않다고 말이다. 아직은 열불나면 이것저것 안 가린다."

"대… 대법왕님."

"놓을래?"

"안 됩니다. 제발……."

"나, 피곤하다."

"대… 대법왕님! 어어엉!"

"이놈이 감히 뉘 앞이라고."

천검은왕이 오른손을 뻗자 팔용이 무형의 힘에 저절로 끌려갔다.

팔용이 걸어가는 동천몽을 향해 악을 썼다.

"예… 옛정을 생각해서라도 한 번만 안 되겠습니까? 그냥 가지 마시고."

"궁장(宮葬)으로 치르게나."

방에 죽어 있는 천장금왕을 향해 하는 말이다. 궁장은 대법왕이 입적했을 때만 거행하는 최고의 장례식이다.

동천몽이 어둠 속으로 사라졌고, 천검은왕이 팔용을 향해 인상을 썼다.

"은혜를 원수로 갚은 놈, 대법왕께서 네놈을 얼마나 아끼셨는데."

빠악!

천검은왕이 걷어찼다.

"으악!"

팔용이 저만치 나가떨어졌다. 천검은왕은 천장금왕과 다르다. 사대법왕 중, 아니, 포달랍궁에서 동천몽 다음으로 성질이 과격하다고 해도 과언이 아니다. 화가 나면 앞뒤 안 가리고 두들겨 팬다. 그래서 제자들 사이에서는 왕폭탄이라 부른다.

"너 같은 놈은 그냥 죽이면 안 돼. 일단 충분히 팬 다음에 천천히 아주 말려 죽여도 약하지.”

천검은왕이 팔용을 걷어차기 시작했다. 한 번씩 걷어찰 때
마다 팔용은 십여 장씩 날아가 떨어졌다. 천검은왕은 번개처
럼 쫓아가 땅에 떨어지려는 팔용을 걷어차기를 반복했는데,
그 모습이 꼭 제기를 차는 것 같았다.

얻어맞는 팔용을 쳐다보는 눈이 있었다. 잠이 오지 않아 잠
시 산책을 나왔던 백쾌섬은 처음부터 끝까지 모든 것을 보았
다. 복면인들이 백상실을 덮치는 것에서부터 동천몽이 팔용
의 뒤를 밟아 천량전으로 따라가는 것까지 모두 보았다.

물론 천리지청술을 전개하여 두 사람의 대화까지 엿들으
려 했지만 여의치 않았다. 하지만 돌아가는 상황을 짐작하기
에는 별 어려움이 없었다.

천장금왕의 반란도 충격적이었지만 백쾌섬이 놀란 것은
그 모든 것을 동천몽이 거울 보듯 들여다보고 있었다는 것이
다.

태어나면서부터 천재 소리를 들었다. 그리고 철저히 제왕
수업을 받으며 성장한 자신이다. 역대 어느 대종사보다 뛰어
난 자질과 지혜를 지녔다고 수많은 원로들이 입에 침이 마르
도록 극찬을 아끼지 않은 자신이지만 천장금왕의 반란을 귀
신같이 알아낸 동천몽의 능력에는 숨이 넘어가는 줄 알았다.

‘으음!’

혼란스러워졌다. 얼굴 생김새는 틀림없는 동오룡이 찾고
자 하는 동천몽이지만 반란을 일거에 잠재운 뛰어난 역량을
봐서는 거리가 조금 있었다. 자신이 아는 동천몽은 그 정도로
뛰어난 지모를 갖고 있지 못했다.

대법왕이란 사람에 흥미가 느껴진다.

동천몽을 추적하는 것도 중요하지만 강호에 저토록 무서
운 두뇌의 소유자가 있다는 것은 꺼림칙한 일이다. 그래서 당
분간 이곳에 좀 더 머물며 동천몽을 살피기로 했다.

등을 돌려 걸어가는 백쾌섬의 귓가로 팔용의 비명성이 끊
이지 않고 이어졌다.

멀리 동녘 하늘이 밝아오고 있었다. 백궁의 창문 너머로 밝
아오는 대설산을 쳐다보았다. 이름 아침의 대설산은 유난히
희었다. 천량전에서 돌아와 한숨도 자지 못했다. 잠을 자지
못한 것이 아니라 잠이 오지 않았다. 동천몽의 머릿속에는 온
통 천장금왕의 생각으로 가득 채워져 있었다.

부하들에게 둘러싸여 야월루에서 가장 비싼 정신일도하사
불주를 잔에 가득 채우고 건배를 할 때 천장금왕이 방으로 들
어섰다. 취기에 젖은 부하들이 기루에 웬 중놈이냐고 호통을
쳤고, 세상 말세라고 갖은 욕을 다 퍼부었다. 이왕지사 만난
것도 인연인데 한잔하라고 부하들이 천장금왕의 손을 잡아끌
었다. 술 먹는 중이 있다는 말은 들었지만 붉은 가사를 그대

로 걸치고 기루를 출입하는 중은 처음 보았기 때문이다.

천장금왕은 귀찮게 구는 부하들을 가벼운 손짓 하나로 모두 석상으로 만들어 버리더니 자신 앞에 무릎을 꿇고 통곡하듯 외쳐 말했다. 자신은 포달랍궁의 사대법왕 중 수장이며 동천몽더러 타계한 전 대법왕님의 환생자라면서 동행할 것을 요구했다. 워낙 말 같지 않은 소리였기 때문에 동천몽은 싱거운 소리 그만 하고 내 부하들에게 가한 금제나 풀어달라고 했다. 천장금왕은 이후 두 번을 더 동행을 청했고, 동천몽이 일체 응하지 않자 단 일격에 마혈을 제압해 사라졌다.

그에게 강제로 끌려왔지만 사실 천장금왕은 단 한 번도 자신에게 불손하게 대한 적이 없었다. 자신 또한 그를 부하로 여기기보다는 어른으로 대우했다.

'쳐 죽일 욕망!'

인간은 누구나 꿈을 먹고 자라며 산다. 그런 의미에서 천장금왕 또한 꿈을 꾸지 말란 법은 없다. 더구나 강력한 경쟁자인 만경이 없어졌으니 자신의 천하라고 해도 좋았다. 누가 봐도 성공할 가능성이 높은 반역이었다. 문제는 사람마다 꿈을 이루어낼 그릇이 되지 못하면 그건 반드시 욕망이 된다는 것이다. 천장금왕 또한 그랬다. 반란의 수괴는 다르다. 잔인하고 교활하며 치밀하고 이중성을 가져야 하는데 그는 아무런 조건도 지니지 못했고, 그저 단순한 욕심에 움직였을 뿐이다.

부친은 말했다, 야망은 아무나 갖는 게 아니라고.

오시가 되자 거대한 행렬이 창문 너머로 나타났다. 열두 명의 제자가 천장금왕의 시신을 통나무로 엮은 상교(喪轎) 위에 메고 지나갔고, 그 뒤로 수천 명의 제자가 독경을 외며 따랐는데 그 소리에 포달랍궁이 울리고 있었다.

포달랍궁의 승려들이 죽으면 풍장을 지낸다. 홍산의 여러 봉우리나 골짜기에 그냥 가져다 버리면 시신은 짐승이나 조류의 밥이 되어 뼈만 남고, 그것마저 세월이 흐르면 삭아 흩어진다. 살아서 중생을 제도하고 죽어서는 축생을 제도한다는 부처의 정신에 철저히 따르는 것이다.

동천몽은 장사 행렬을 먹먹한 눈으로 바라보았다.

장사 행렬이 눈앞에서 사라진 지 반 시진 만에 다시 나타났다. 시신을 짐승들이나 야생 조류들 눈에 잘 띄는 곳에 놓고 오면 그것으로 장례는 끝나는 것이었다.

"대법왕이시여."

입구에 천검은왕이 숙연한 얼굴로 서 있었다. 비록 반역을 꾀하긴 했지만 자신의 사형이니 마음이 편할 리 없을 것이다. 하룻밤 사이에 무척 수척해진 얼굴이다.

"미시에 홍궁 앞에서 수많은 제자들이 보는 가운데 팔용의 목을 벨까 하옵니다. 허락해 주소서."

동천몽이 천검은왕을 빤히 바라보았다.

불교 집단이지만 어느 산사보다 율법을 엄하게 집행하는

곳이 포달랍궁이었다. 더구나 일벌백계의 차원에서 공개로 처형을 하자는 것이 원로원의 주장이었다.

"수라옥에 가두거라."

천검은왕은 깜짝 놀랐다. 하지만 이내 고개를 숙였다.

"명을 받습니다."

대법왕의 명령은 곧 하늘의 뜻이다. 천검은왕이 물러났다. 수라옥은 살아서 들어가지만 반드시 죽어 나오는 뇌옥이다. 물론 절대 못 나오는 곳은 아니지만 그만큼 중죄인들만 가둔다는 뜻이었다.

동천몽이 몸을 돌려 백궁을 빠져나왔다. 오랜만에 화창한 날씨였다.

아무리 잊으려 해도 눈앞에서 천장금왕의 얼굴이 어른거린다.

'쳐 죽일 늙은이 같으니!'

답답했고 뭔가 목에 탁 걸린 기분이었다.

걷다 보니 어느새 영탑전 앞까지 와 있었다. 영탑전은 역대 대법왕들의 유물과 신위가 모셔져 있는 성역이었다. 영탑전을 들어가 삼가 역대 조사들에게 자신의 부덕을 고하고 죽은 천장금왕의 영혼이 하늘 길을 편히 가도록 재를 지내고 싶었다.

뚝!

영탑전을 향해 두 걸음 정도 내딛던 동천몽의 발걸음이 멈쳤다.

영탑전 좌측 길로부터 한 명의 백의사내가 내려오고 있었다. 여인보다 더 화려한 차림의 사내는 어제 자신이 초대했던 백쾌섬이었다. 백쾌섬이 동천몽을 발견하고 서둘러 다가오더니 정중히 포권지례를 올렸다.

"대법왕이시여, 심심한 조의를 표합니다."

천장금왕의 죽음을 두고 하는 얘기였다. 그런데 천장금왕은 동천몽을 해치려고 했기 때문에 적이다. 그래서 조의를 표한다는 백쾌섬의 말은 언뜻 무례일 수도 있었다. 그러나 그것은 단순한 계산법일 뿐이고, 백쾌섬의 의도는 성군일수록 설혹 반역자라 해도 뛰어난 수하의 죽음을 아파한다는 것에 착안한 위로였다. 한마디로 동천몽을 뛰어난 대법왕으로 치켜세운 것이다.

"별말씀을. 그나저나 백 형을 초대해 놓고 대접이 너무 소홀했소이다."

동천몽이 호탕하게 말했다. 상대가 우울한 인사를 한다고 해서 함께 우울해하면 자신을 좁게 본다. 오히려 환하게 표정을 바꿈으로서 상대의 허를 찌를 필요가 있었다.

백쾌섬의 눈빛이 잠깐 변했다. 예상을 뒤엎고 밝게 치고 나오는 동천몽의 행동에 놀란 것이었다.

두 사람은 금세 밝은 표정으로 얘기를 시작했다. 어깨를 나란히 하고 걸었는데, 백쾌섬을 만났으므로 하는 수 없이 영탑전을 가는 것을 포기하고 동천몽은 반월지를 향했다. 반월지는 반달 모양의 연못으로, 영탑전에서 우측으로 백여 장 떨어진 곳에 있었다. 주위로 수백 년 묵은 사류(絲柳)들이 빼곡히 둘러싸고 있어서 공부하다 지친 제자들이 휴식을 취하러 자주 찾는다.

"소생이 서장에 온 목적을 물으셨사옵니까?"

백쾌섬이 돌아보자 동천몽 또한 몸을 돌려 백쾌섬을 쳐다보았다.

백쾌섬이 잔잔한 연못의 물결을 바라보며 말했다.

"사실은 한 사람을 찾기 위해 왔습니다."

"당연히 사람을 추적하는 직업을 가졌으니 짐작은 하고 있었소이다. 그런데 누구요? 상대가 누구기에 중원에서 이 먼 곳까지 오셨소이까?"

동천몽은 곁에 선 백쾌섬을 돌아보았다. 가까이서 본 백쾌섬은 더욱 화려했다. 나비 모양의 귀고리가 유난히 눈에 띄었고 그 밑으로 뻗어 내려간 하얀 목선이 마치 여인을 방불케 했다.

천검은왕의 말에 의하면, 이름도 없이 그냥 현상금 추적자, 또는 백쾌섬으로 불린다고 했다. 백쾌섬이라고 부르는 이유는 눈보다 흰 백의와 번개처럼 빠른 검을 갖고 있다고 해서 붙었다고 했다.

"중원의 대부호 한 분께서… 정확히 말하면, 삼 년여쯤 자식 한 명을 납치당하는 사건이 일어났습니다. 처음에는 금전을 노리는 단순 납치인 줄 알았는데 단 한 번도 흉수들로부터 어떤 거래 제의가 들어오지 않은 것을 보면 전혀 다른 목적의 납치인 듯싶습니다.”

“다른 목적이라면?”

“글쎄요. 저도 아직 뭐라고 단정을 내릴 수는 없지만…….”

“그 부호의 이름이 뭐요?”

“귀상(鬼商)이라 불리는 거상으로, 동오룡이란 분이지요.”

그러면서 백쾌섬은 동천몽을 돌아보았다. 동천몽은 연못을 바라보고 있었는데 아무런 표정의 변화가 없었다.

백쾌섬의 눈이 가늘어졌다.

‘아니란 말인가?

여러 가지 정황을 보아 그가 소주에서 납치된 동천몽일 가능성이 무척 높았다. 특히 생긴 것은 거의 완벽하게 닮아 있었다. 소년에서 성인이 됨으로써 신체의 변화가 있긴 했지만 틀은 확실했다.

더구나 형천파 부하들의 말에 의하면, 납치범들은 승려라고 했다. 포달랍궁 또한 사찰이므로 제대로 맞아떨어진다. 그런데 동천몽이 남의 애기 듣듯 전혀 변화를 보이지 않았으므로 잠시 혼란스러워졌다.

한 대의 마차가 포장된 소주의 뒷골목을 소리없이 지나가고 있었다. 어디서나 흔히 볼 수 있는 평범한 이두마차였다.

마부석에는 오십가량의 흑의인이 앉아 있었는데 죽립을 깊게 눌러쓴 탓에 생김새는 알아볼 수가 없었다.

마차는 포도 위를 미끄러지듯 나아갔다. 말 또한 뛰지 않고 한 발씩 짝을 맞추며 걸었다. 인적은 드물었고 해는 서쪽으로 조금씩 떨어져 가고 있었으며, 손님 없는 가게의 주인들은 대부분 낮잠을 자거나 옆 가게 주인과 장기 따위를 두며 시간을 보내고 있었다.

마차는 골목을 따라 한참을 올라가더니 한 채의 저택 앞에서 멈췄다.

저택은 거대한 청색의 철문이 성채처럼 육중하게 출입자를 가로막고 있었는데, 마차가 다가가자 안에서 보고 있던 듯 자동적으로 문이 열렸다.

그그긍!

문이 열리고 마차는 저택 안으로 사라졌다.

저택 안으로 들어서자 또다시 포장된 길이 나타났다. 주먹만 한 자갈을 거꾸로 박아 매끈하게 다듬어놓아 마차가 전혀 진동하지 않았고, 좌우로는 아름드리 노송과 기화이초가 빼곡히 길을 따라 가꾸어져 있었다.

마차가 저택 앞에 이르자 흑의와 백의를 걸친 두 명의 인물이 미리 나와 기다리고 있었다. 백의인은 사십 중반쯤 되어 보였는데 얼굴이 둥근데다 적당한 살집이 올랐고, 특히 입가에 가느다란 미소를 짓고 있는 것이 언뜻 부처를 닮았다.

흑의사내는 서른 중반가량으로 약간 왜소했는데, 두 눈이 쭉 찢어 올라갔고 왼쪽 얼굴에 칼자국 흉터까지 더해져 약간 음험해 보였다.

마부석에 앉아 있던 죽립인이 뒤로 돌아가 마차 문을 열었다. 그러자 잠시 후 안으로부터 백의사내가 내렸다.

"어서 오십시오, 대공자님."

두 무사는 마차에서 내린 동천비를 향해 깍듯이 예를 취했다.

동천비가 주위를 스윽 한번 훑더니 두 사람을 빤히 보았다.

"멀리 동영에서 온 상인들과 면담이 길어지는 바람에 조금 늦었소."

"아니옵니다. 별말씀을. 어서 안으로 드십시오."

동천비는 곧 두 사람의 안내를 받아 안으로 들어섰다.

저택 안으로 들어선 동천비는 곧바로 가장 깊숙한 곳에 있는 방으로 안내되었다. 방은 꽤 넓었고 벽 쪽으로 서가가 있었으며, 상당한 분량의 책이 꽂혀 있었다. 방 안 곳곳에는 한 시대를 주름잡았던 화공들의 그림이 공간을 메웠고, 황혼이 조금씩 들어오는 창가로 윤기 나는 자색 탁자가 놓여 있었다.

그때 백의사내가 자릴 권했다.

동천비가 먼저 자리를 잡고 이어 백의사내와 흑의사내가 맞은편에 앉았다. 마차를 몰았던 총관 여추량은 동천비 뒤에 시립했다.

문이 열리고 이미 준비가 된 듯 두 명의 아름다운 시녀가 차를 놓고 사라졌다.

"드십시오. 대공자님께서 용정을 좋아한다고 해서 특별히 준비했습니다."

동천비가 가벼운 미소를 지었다.

찻잔에서 올라온 향을 맡던 동천비가 조용히 말했다.

"사천 것이로군."

흑백의 두 사내가 깜짝 놀랐다. 향기로 어디에서 난 용정인지를 알아낸다는 것은 자신들로서는 상상할 수도 없는 일이었기 때문이다. 다도에 일가를 이뤘다고 자부하는 사람도 차 맛은 구별해도 어느 지역에서 난 것인지까지는 쉽게 알지 못한다.

"과연!"

"다신의 경지에 이르렀다더니… 그렇사옵니다. 사천에서 생산된 것이옵니다."

"뭐니 뭐니 해도 용정은 사천 것이 최고이오."

동천비가 흐뭇한 표정을 짓자 두 사람의 낯빛 또한 밝아졌다. 자신들의 대접에 손님이 마땅해한다는 것은 즐거울 일이었고 무척 순조로운 징조이다.

"곡렴수로군."

화악!

두 사내의 눈빛이 다시 커졌다.

차의 산지를 알아내는 것도 충격이었는데 물의 종류까지 알아맞히자 소스라치게 놀란 것이다.

곡렴수(谷簾水)는 여산의 곡렴 폭포의 물을 말한다. 물이 깨끗하고 무색 무미하여 차 맛을 가장 잘 우려내어 천하제일 다수라고도 부른다. 다도를 즐기는 사람들은 곡렴수를 뜨기 위해 수천 리 길을 마다않는다. 동천비의 표정이 만족스런 기색을 띠었다.

동천비는 천천히 차를 마셨고, 두 사람은 각자 앞에 놓인 차를 마실 생각도 않고 쳐다만 보았다. 자신들이 준비한 대접이 제대로 이뤄졌다는 것이 너무나 감격스러운 듯했다.

탁!

동천비가 잔을 내리고 두 사람을 쳐다보았는데, 얼굴엔 미소가 가득했다.

"말해보시오."

그때까지 입가에 흡족한 표정을 짓고 있던 두 사내의 표정이 진지해졌다. 이제야말로 서로가 은밀히 이렇게 만나야 할 이유와 목적이 거래되는 중요한 시간이었다.

칼자국이 있는 흑의사내가 입을 열었다.

"소생 제갈팽이 한 말씀 올리겠습니다."

동천비의 시선이 제갈팽을 향했다. 그는 아무런 온기도, 감정도 들어 있지 않는 죽은 자의 눈을 갖고 있었다. 장사꾼은 거래를 할 때 상대의 관상을 가장 중요시 여긴다. 제갈팽처럼 눈이 흰자위뿐이어서 마치 죽은 시신의 눈 같은 사람을 흔히 악사목(惡邪目)이라 부른다고 부친은 가르쳤다. 악사목을 가진 자들의 습성은 성품이 잔인하다. 그러나 한번 거래를 트면 평생을 간다. 누가 돈을 더 준다고 해도 옮기지 않는다.

"아시겠지만 저희 낭도채(狼道砦)는 중원오대 낭인 집단 중 한 곳입니다."

"들었네."

"수많은 전쟁을 치렀고, 심지어 황실의 권력 다툼에까지 개입했지만 단 한 번도 실패를 하지 않았습니다."

"들었네."

"우리 형제들은 한 번 약속을 하면 죽음을 각오하고서라도 반드시 이행합니다."

"들었네."

동천비는 연속적으로 고개를 끄덕였다.

중원에는 많은 낭인 집단이 있다. 그중 최강의 다섯 개 집단이 있으니 이름하여 중원오랑(中原五狼).

낭도채(狼道砦)는 중원오랑 중 한 곳이었다.

원래 낭인이란 어떤 집단에 소속되거나 묶이지 않고 강자를 찾아 세상을 떠돌거나 이권에 개입해 밥벌이를 하는 부류를 말한다.

그런데 세월이 흐르면서 그들 또한 하나의 집단으로 뭉쳐

진 것이다. 혼자보다는 집단을 이루면 훨씬 많은 돈을 벌 수
있다는 것을 깨달은 것이다.

낭인들은 거칠다. 인간의 얼굴을 하였지만 야수에 가까운,
생사를 일상으로 여기는 자들이다. 그런 그들이 집단을 이루
자 어지간한 명문 정도는 순식간에 쑥대밭으로 만들어 버릴
만큼 강해졌다. 그래서 백도와 흑도로 나뉘진 강호에서 요즘
은 낭도(狼道)라고 하여 그들을 또 하나의 세계로 인정하고
있었다.

흑의사내는 낭도채 채주 오살자(烏殺子)이다. 검은 학살자
라 불리는 그의 악명은 오래전부터 강호를 뒤흔들고 있었다.
돈이 되는 일이라면 대상을 가리지 않고 달려든다.

"한 장을 주십시오."

"한 장이라면 백만 냥?"

"백만 관입니다."

동천비가 움찔했다. 하지만 표정은 전혀 변하지 않았다.
황금 백만 관은 상상을 초월하는 거액이다.

동천비의 시선이 이번에는 백의인을 쳐다보았다.

그러자 백의인이 입을 열었다.

"긴말 않겠습니다. 우리 혈서(血鼠) 역시 낭도채와 같은 대
우를 바랍니다."

혈서(血鼠). 일명 붉은 들쥐 떼로 불리는 오대 낭인 집단 중
한 곳이다. 그들이 한 번 지나가면 수목이든 사람이든 모든

생명은 깡그리 사라진다고 하여 붉은 들쥐 떼라 불리며, 백의인은 그런 혈서의 서주 아미타사(阿彌陀死) 원사왕이다.

소리장도(笑裏藏刀)로도 불리는 그의 미소 속에는 상상을 초월하는 살기가 담겨 있다. 그래서 그의 손에 죽은 자들은 대부분 웃고 있다.

동천비가 찻잔을 놓았다.

"여 총관."

등 뒤에서 시립하고 있던 여추량이 대답했다.

"예, 대공자님!"

"한 장씩을 더 얹어 결재하시오."

"대… 대공자님!"

여추량의 눈이 커졌다. 인생은 모든 것이 거래다. 하물며 이렇게 큰 거래를 함에 있어서 단 한 푼도 깎는 조율을 거치지 않을 뿐 아니라 오히려 백만 관을 더 얹어주라는 폭탄선언에 여추량은 그저 아연한 표정을 지었다.

놀란 사람은 여추량뿐만이 아니었다. 제갈팽과 원사왕 또한 눈을 부릅떴다.

"배… 백만 관을 더 주시겠다는 말씀입니까?"

"여 총관, 뭐 하시오?"

"명을 듣습니다."

여추량이 품에서 네 개의 봉투를 꺼냈다. 무거운 시선으로 봉투를 쳐다보더니 동천비에게 넘겼다. 처음 백만 관짜리 전표

네 장을 준비하라고 하기에 이곳 말고 또다시 거래를 위해 들를
곳이 있는 줄 알았다. 그런데 이들에게 모두 쏟아 붓기 위해서
였다니 여추량은 내심 당황했다. 한두 푼도 아니고 원하는 돈
의 두 배를 건넨다는 것은 아무나 할 수 있는 배포가 아니었다.

투툭!

동천비가 두 사람 앞에 봉투 두 개씩을 던지듯 놓았다.

"천상전장에서 발행한 전표외다."

천상전장은 중원에서 가장 신용이 높고 자산 규모가 큰 천
상각 산하 전장이다.

두 사람이 봉투 안의 전표를 꺼내 확인했다. 각 봉투마다 황
금 백 만관과 바꿀 수 있는 금액의 전표가 한 장씩 들어 있었다.

부르르!

거친 인생을 살아왔다. 피를 물 마시듯 했고 비명을 음악처
럼 들었다.

낭인들의 세계야말로 철저한 약육강식이다. 살기 위해 죽
였고, 먹기 위해 칼을 휘둘렀으며, 쾌락을 위해 겁탈을 했다.
사람이지만 짐승에 가까워 누구든 자신들을 피했다. 그래서
어느덧 낭인들의 우상으로 성장했고, 그 어떤 위협이나 위험
앞에서도 당당했다. 그런데 두 사람은 처음으로 온몸을 떨었
다. 황금 백만 관도 과하게 부른 금액인데 백 만관을 더 얹으
니 급기야 자신들도 모르게 호흡이 가빠온다.

더 이상 망설일 필요가 없었다. 자신들도 배포 하면 누구에

게 뒤지지 않는다고 자부하지만 이 정도에는 턱없다. 이렇게
되면 방법은 오직 한 가지뿐이었다.

　목숨을 던지는 것뿐이다.

　갈 때와 달리 돌아올 때는 동천비도 마부석에 앉았다. 마차
안은 답답하다면서 햇볕도 쬐일 겸 여추량 곁에 앉은 것이었
다.

　마차는 한가한 관도를 가고 있었다. 이따금 짐을 가득 실은
화물 마차만 지나갈 뿐, 대체적으로 한가했다. 해는 완전히
서산으로 기울었고, 농부들은 집으로 돌아가기 위해 하루의
일을 정리하고 있었다.

　"여 총관, 혹시 역습이라는 것을 아시오?"

　여추량이 동천비를 돌아보았다.

　동천비가 앞을 보며 말했다.

　"공격을 받고 있던 수비 측이 거꾸로 공격을 하는 것을 말
하는데, 역습을 당하면 적은 속수무책이오."

　그것은 백만 관을 더 얹음으로 그들을 역습했다는 의미이다.

　여추량의 눈이 커졌다. 사실 상대로 하여금 충성심을 유도
하기 위해 예정에 없는 좀 더 많은 액수를 내놓을 수도 있다.
하지만 무려 두 배를 내놓는다는 것은 무리다. 그래서 무척
불만스러웠는데 동천몽의 속셈을 듣고 보니 놀라웠다.

　"원하는 것만큼만 주었다면 그들과 난 철저히 거래 관계밖

에 되지 않았을 것이오. 하지만 더 많이, 그것도 물경 두 배를 주었으니 그들은 내 미끼를 아주 튼튼히 물었소. 더구나 난 그들의 힘을 원하는 게 아니라 목숨을 원하오.”

동천비의 얼굴에 자신감이 차올랐다.

“두고 보시오. 이제 그들은 내 말 한마디면 초개와 같이 목숨을 던질 것이오. 어떻소? 거래를 하려면 상대가 목숨 정도는 바치게 해야 하는 것 아니오?”

그는 자신이 던진 패에 몹시 만족해하는 얼굴이었다.

여추량이 동천몽을 돌아보았다.

‘이제 갓 이립(而立)에 들어섰거늘, 노회한 장사꾼보다 더 심오한 전략을 구사하다니……’

창업이수성난(創業易守成難)이라고 했다. 하지만 여추량의 눈앞으로 화려하고도 푸른 천상각의 미래가 보이고 있었다.

“하나 그것보다 더욱 중요한 것이 있소.”

“무엇입니까?”

“비밀 유지요. 우리의 움직임이 노출되면 그들은 절대 가만있지 않을 것이오. 그래서 내가 여 총관만 데리고 간 것이오. 당연히 아버지 또한 이 사실을 몰라야 하오.”

동오룡이 안다면 절대 가만있지 않을 것이다. 상대가 되지 않는 승부라면서 결사코 제지할 것이 뻔했다. 동오룡 또한 그들의 힘을 벗어나 보기 위해 적지 않은 수단과 방법을 써봤지만 끝내 실패로 끝났다. 그래서 끝내 적당한 선에서 공존하는 길을 택했다.

"그때도 말했지만 더 이상 그들의 주머니 노릇을 할 수는 없소. 이제 내 돈은 내 힘으로 지킬 것이오!"

멈칫!

돌연 앞을 보던 동천비의 두 눈이 빛을 뿌렸다.

석양을 등지고 맞은편에서 눈에 익은 한 대의 마차가 다가오고 있었다. 승천하는 용의 형상을 한 네 기둥과 지붕에 엎드린 한 마리 대호가 위압적이었다.

무림맹의 호송 마차 사주호룡거였다.

마부석에는 여전히 환도 가개묵이 앉아 있었는데, 그 순간 동천비의 인상이 굳어졌다. 천상각이 있는 곳에서 오고 있다는 것은 또다시 막대한 돈을 가져가고 있다는 의미이다.

"대공자가 아니오?"

가개묵이 동천비를 발견하고 알은체를 했다. 그러자 마차 뒤로부터 늙수레한 음성이 들려왔다.

"동 대공자란 말이냐? 마차를 세우거라."

마차가 멈추고 뒷문이 열리더니 무림맹의 총관 상관량이 모습을 드러냈다. 마부석에 여추량과 나란히 앉아 있는 동천비를 보며 상관량은 대소를 터뜨렸다.

"오랜만이외다, 대공자. 어딜 다녀오시는 길인가 보구려."

"예, 개인적으로 볼일이 있어서……."

그러면서 동천비의 시선은 헐떡거리는 말들을 향했다. 말이 헐떡거린다는 것은 그만큼 마차에 많은 은자가 실렸다는 뜻이다.

동천몽의 시선을 의식한 듯 상관량이 너털웃음을 지으며 말했다.

"요즘 흑도무림이 창궐하는 바람에 어찌나 자금이 많이 소요되는지 말이오. 어쩔 수 없이 부친께 또 한 번 도움을 받았소이다. 군량미를 비롯해 병기와 무사들의 피복을 준비하자면 장난이 아니어서 말이오."

"잘하셨습니다. 흑도는 반드시 토벌해야 할 대상이지요."

"댁에 돌아가면 알게 되겠지만 황하의 뱃길을 천상각에 독점으로 내주기로 무림맹에서 결정을 내렸소이다. 핫핫핫! 서로 돕고 사는 것이 인간사 아니겠소이까?"

"좋은 말씀입니다."

"공존공영(共存共榮), 이것이 무림맹의 원칙이오."

상관량의 미소가 짙어졌다.

동천비는 그런 상관량을 표정없는 얼굴로 바라보았다.

상관량에 대해 무림맹에서 가장 조심해야 할 인물이라고 부친은 말했다. 속에 능구렁이 열댓 마리가 똬리를 틀고 앉았으며 심계가 하늘을 덮는다고 했다.

"그럼 나중에 또 봅시다."

상관량이 마차 안으로 사라졌고, 가개묵이 가벼운 목례를 하며 사라졌다.

동천비의 고개는 사라지는 사주호룡거에서 쉽게 떠나지 못했다. 나중에 또 보자는 상관량의 말이 머지않아 또 돈을 얻으러 오겠다는 말처럼 들렸기 때문이다.

마차가 관도 저편으로 완전히 자취를 감출 때까지 쳐다보는 동천비의 두 눈에서 불꽃이 이글거렸다.

"훗훗! 본 가는 무림맹의 주머니로군."

여추량이 흠칫했다.

동천비의 목소리에서 한기가 느껴졌기 때문이다.

"오늘따라 석양이 붉구려."

시뻘건 석양이 동천비의 얼굴을 정면으로 태우듯 비췄다.

태어나 기억이 가능한 나이 때부터 사주호룡거를 보아왔다. 사주호룡거가 한 번씩 집에 오면 아버지는 사람들을 시켜 엄청난 돈을 실려 보냈다. 왜 그들에게 그렇게 많은 돈을 주어야 하는지 궁금했고, 어느 날 부친에게 물었다가 오히려 된통 꾸중만 당했다. 넌 네 일이나 잘하라며 자신의 의문을 깔아뭉개는 아버지의 두 눈에 선 핏발을 지금도 기억한다.

나중에 보호비 명목으로 무림맹에서 막대한 돈을 음으로 양으로 가져간다는 사실을 알면서부터 고민은 시작되었다.

그들은 무서운 세력이었다. 부친은 견디다 못해 여러 차례 저항을 시도했지만 종국에는 처참하게 무릎을 꿇어야 했다. 이후 부친은 그들의 요구 조건을 무조건 수용했고, 오늘날까지 내려온 것이다.

뿌드득!

하지만 자신은 부친과 다르다. 반드시 그들의 요구에 응하지 않을 것이다. 그들에게 힘이 있다면 자신에게는 돈이 있다. 돈이 얼마만큼 무서운 것인지 그들에게 똑똑히 보여주고 말 것이다.

동천비와 헤어진 사주호룡거는 빠르지도 느리지도 않은 속도로 관도를 가고 있었다. 가개묵은 삿갓을 밀어 올렸다. 그런데 놀랍게도 그는 한쪽 눈썹이 없었고 그 자리에 흉터가 있었다.

"마차를 세워라."

마차 뒤로부터 상관량의 음성이 들려오자 가개묵은 말고삐를 끌어당겼다. 마차 뒷문이 열리고 상관량이 마부석으로 오더니 가개묵에게 손을 내밀었다.

"말고삐를 다오."

가개묵이 놀란 표정으로 쳐다보자 상관량이 담담한 얼굴로 마부석에 앉았다.

"넌 할 일이 있다. 동천비가 어딜 다녀오는 길인지 알아보거라. 사령부에서 보내온 소식에 의하면, 요즘 놈의 움직임이 수상쩍다는 보고이다."

사령부(死令府)는 무림맹의 정보 기관이다. 죽음의 영혼들로 불리며 그들이 개입하면 결코 온전할 수 없고 누구도 감시와 시선을 피하지 못한다.

"놈은 제 아비와 다르다. 동오룡은 영리하지만 놈은 교활하다."

"존명."

가개묵이 앉은 채 사라졌고, 상관량이 마차를 몰며 갔다.

'아버지를 통해 충분히 봤을 텐데, 무림맹에 칼을 겨누려다 얼마나 큰 고초를 겪었는지.'

상관량의 입가에 차가운 미소가 떠올랐다.

무림맹은 천하제일이다. 그 누구의 도전도 용납할 수 없고, 어느 누구도 자신들의 법을 어기는 것을 눈감아줄 수 없다.

동천비가 장원으로 돌아와 마차에서 내리자마자 흑의사내 한 명이 다가와 속삭이듯 빠르게 말을 이었다.

"조금 전 백봉거(白鳳車)가 외출했습니다."

동천비의 눈이 빛나자 여추량이 물었다.

"목적지는 알아봤느냐?"

"밝히지 않고 그냥 나간 듯합니다."

"뭣들 하느냐? 당장 추적하여 따라붙어라. 그 여자가 만난 사람들 모두 조사하고 파악하라."

"존!"

사내가 빠르게 몸을 날려 사라졌다.

사라지는 사내들을 한참 쳐다보던 여추량이 동천비를 보

며 말했다.

"갑자기 무슨 일로 외출을 했을까요? 그것도 행선지를 밝히지 않고."

"대강 감은 잡히오만……."

여추량의 말했다.

"사람들은 모릅니다, 그 여인이 얼마만큼 지능적이고 교활한지. 어쩌면 가주님까지도 완전히 속고 있을지 모릅니다. 그 증거가 바로 자기 아들에게 객점을 넘겨줬다는 사실 아니겠습니까? 대공자님도 알다시피 객점이야말로 소문나지 않은 본 각의 노른자위입니다. 그 여자가 어떻게 가주님께 꼬리를 쳤으면 그런 일이 생기겠습니까?"

동천비가 나직하지만 냉혹히 말했다.

"맞소. 우리 모두가 그 계집에게 속고 있는지 모르오."

동천비의 얼굴에 살기가 떠올랐다. 그것은 결코 가만두지 않겠다는 의지였다.

第四章
살인의 추억

또 한 대의 마차가 복잡한 소주의 거리로 들어섰다. 마차는 아주 화려해 지붕에는 금방이라도 하늘로 날아오를 것 같은 한 마리 흰 봉황이 앉아 있었다.

길을 가던 모든 사람의 시선이 화려한 마차에 집중됐으며, 그들은 마차의 주인이 누군지 아는 것 같았다.

백봉거(白鳳車)는 바로 천상각의 안주인인 능씨의 전용 마차이다. 주위로 십여 명의 무사가 호위를 섰고, 마차는 조용히 소주의 저잣거리를 미끄러지듯 내려갔다. 그런 마차 주위로는 세 명의 무사가 뒤따랐다.

"다 왔사옵니다."

마차가 후미진 골목 입구에 멈춰 서자 호위하던 무사 한 명이 잽싸게 마차 뒷문을 열어주었다. 옷매무새를 다듬는지 바스락거리는 소리가 들려 나오더니 잠시 후 능씨가 모습을 드러냈다.

마차에 비해 그녀의 옷차림은 그다지 화려하지 않았다. 능씨의 얼굴은 수척했는데, 길게 한숨을 내쉬었다.

"저곳 이층입니다."

마부가 이층 목조건물을 가리켰다.

"너흰 여기 있거라. 상도만 따라오고."

능씨는 마부인 상도만을 대동하고 골목 안으로 들어섰다. 골목은 취객들의 방뇨와 온갖 쓰레기로 지저분했다.

"으휴, 더러워."

상도가 인상을 찌푸렸지만 능씨는 아무런 표정 변화가 없었다. 이층 목조건물 앞에 이른 능씨가 걸음을 세웠다. 입구에 세로로 현판이 걸려 있었고, '형천파!' 란 글씨가 제법 멋들어지게 쓰여 있었다.

"들어가시지요."

상도가 앞장을 서자 능씨가 천천히 그 뒤를 따랐다.

계단은 수직에 가까울 만큼 가팔랐고, 능씨는 치마를 한 줌 쥐어 올리며 조심스럽게 계단을 올랐다.

똑똑!

상도가 이층 문을 두드렸다. 그러자 안쪽으로부터 대뜸 짜

중 섞인 소리가 흘러나왔다.

"어떤 새낀데 그래? 그냥 들어와."

차가운 욕설에 상도가 뒤에 서 있는 능씨를 돌아보았다. 놀라지 않았느냐는 살핌이었다. 능씨가 괜찮다고 고개를 끄덕이지 상도가 문을 열었다.

삐이꺽!

들어선 실내엔 뿌연 연기가 가득했다. 아편을 가루로 만들어 태우며 생긴 아연(阿煙)이었다.

"너흰 뭐야, 인마?"

필광을 비롯한 형천파 수하들이 마주 앉아 아편을 태우고 있었다. 이미 어느 정도 취한 듯 그들은 눈이 풀리고 자세가 흐트러져 있었다.

상도가 한심하다는 듯 혀를 한 번 차더니 날카롭게 물었다.

"여기 필광이 누구냐?"

필광이 아편을 종이에 말아 담배를 비우듯 빨아대며 말했다.

"난데, 넌 누구냐? 왜 날 찾는 거냐?"

필광이 몸을 제대로 가누지 못하고 흐느적거렸다. 도저히 그 상태에서는 대화를 나눌 수 없다는 것을 간파한 상도가 필광의 턱을 걷어찼다.

빠아악!

"크악!"

아편에 취한 필광이 그대로 날아가 구석에 처박혔고, 나머지 부하들이 동시에 옆에 놓인 검을 집어 들었지만 아편에 취한 터라 동작이 느렸고, 그들이 검을 잡았을 땐 상도의 발길질이 모두 한차례 훑고 지나간 뒤였다.

퍼퍼퍽!

필광의 부하들이 길게 뻗어버렸다.

"이런 씨이!"

필광이 두목답게 욕설을 뱉으며 품에서 비수 한 개를 꺼내 달려들자 상도가 가볍게 피하며 등짝을 뒤꿈치로 박았다.

"끄럭!"

필광이 그대로 앞으로 엎어지며 거품을 물었다.

확!

상도가 필광의 멱살을 잡아 일으켜 의자에 앉혔다.

퍼어억!

필광은 정신을 차리기 위해 안간힘을 다하며 말했다.

"어디서 온 놈이냐? 감히 우리 형천파의 본거지를 공격하다니, 간덩이가 부었구나!"

따악!

상도가 필광의 뺨을 쳤다.

정신을 차리라고 때린 것이다. 하지만 필광은 계속 횡설수설했고, 상도는 그런 그의 뺨을 연거푸 십여 차례 더 때렸다. 필광의 양 볼이 빨갛게 부풀어 오르자 조금씩 정신이 드는지 눈에 초점이 생겼다.

정신이 조금 들자 필광은 본능적으로 좌측 기둥에 세워놓은 자신의 검을 향해 손을 뻗었지만 역시 상도의 발이 더 빨랐다.

휙!

상도의 발길질에 검은 허공을 날아 반대편 벽에 깊숙이 꽂혔다.

"이런 나쁜 새끼."

빽!

필광은 두목답게 쉽게 포기하지 않았고, 그 바람에 상도에게 더 두들겨 맞았다. 하지만 필광은 피가 흘러나오는 입을 소매로 닦으며 계속해서 욕설을 뱉었다.

"개자식, 가만 안 두겠어. 감히 나 필광을 때려?"

화악!

그 순간 상도가 뒤로 돌아가 필광의 머리채를 쥐어 고개를 쳐들도록 만들었다.

멈칫!

억지로 쳐들린 상도의 시선 속으로 한 명의 중년 부인이 보였다.

"지금부터 이분께서 묻는 말에 대답해라. 만약 태도가 불성실할 때는 가만두지 않겠다."

필광이 흠칫했다.

뒷골목에서 성장한 필광답게 상도의 목소리에 가혹한 살기가 담겼음을 직감한 것이다.

"물어보시지요, 마님."

능씨가 필광을 내려다보았다. 자신을 쳐다보는 능씨의 눈길에 필광이 움찔했다.

"날 알아보겠어요?"

필광이 더듬거렸다.

"부… 부인께서는 누구신지……?"

"언젠가 내 아들과 우리 집에 한 번 왔잖아요. 천상각 말예요."

"처… 천상각?"

천상각이라는 말에 필광이 기겁하며 벌떡 자리에서 일어났다. 필광은 곧바로 바닥에 무릎을 꿇었다.

"마… 마님 아니십니까?"

능씨가 눈짓을 하자 상도가 머리채를 놓아주고 조용히 한쪽으로 물러섰다.

"편히 앉으세요."

"아… 아닙니다. 감히 저 같은 것이 어떻게……."

"괜찮아요. 어려워 말고 의자에 앉아요."

하지만 필광은 전혀 그럴 마음이 없는 것 같았다. 상도는 자신 때문이라는 것을 알고 부드럽게 말했다.

"마님께서 편히 앉으라고 하시지 않느냐?"

　그제야 필광은 조심스럽게 의자에 앉았는데 잔뜩 웅크린 자세였다. 자신으로서는 감히 쳐다볼 수도 없는 사람이다. 언젠가 동천몽을 따라 천상각에 놀러 갔다가 한번 뵈었는데 무척 잘 대해주었다. 다른 사람들은 자신들을 쓰레기 보듯 했지만 능씨는 친자식 대하듯 따뜻하게 맞아주었고 손수 음식까지 만들어주었다. 주위 눈치가 보여 일찍 떠나려고 하자 더 놀다 가라고 붙잡아 밤이 늦어서야 돌아왔었다.

　어려서부터 부모의 정을 못 받고 자란 필광에게 능씨의 모습은 너무나 멋있었고 동천몽이 한없이 부러웠다. 돌아오는데 음식까지 싸주어 집에 돌아와 그 음식을 먹으며 자신도 모르게 눈물을 흘리고 말았다. 태어나 그토록 사람 대접을 받아보긴 처음이었다.

　"몇 가지 물어볼 것이 있어 이렇게 왔어요. 아는 대로 대답만 해주세요."

　"무… 물론입니다. 뭐든지 물어주십시오, 마님."

　능씨가 웃으며 말했다.

　"마님이라뇨. 우리 천몽이 친구들인데 그냥 어머니라고 불러요."

　획!

　필광의 고개가 발끈 쳐들렸다.

　그의 시선이 닿은 곳엔 능씨가 입가에 따뜻한 미소를 지으며 자신을 내려다보고 있었다.

"편하게 대답해요, 아주 편하게."

"네… 네, 어머니."

필광의 눈가에 습기가 배었다. 얼마나 불러보고 싶었던 이름인가. 늙은 노모를 모시고 저잣거리에서 맛있는 음식을 사주는 아들들을 보며 얼마나 부러워했던가. 어머니가 없다는 것이 그처럼 미치도록 서글픈 일인지 몰랐다. 자신을 주워 키워준 개방 무사의 말에 의하면, 핏덩이로 강보에 싸여 개천가에 버려진 자신을 주워다 키웠다고 했다. 어려서는 자신을 버렸다는 것에 분노하여 어머니에 대한 적의만 쌓였다. 하지만 나이가 들면서 어머니는 그냥 어머니일 뿐이라는 것을 깨달았고, 그때부터 어머니를 찾기 시작했다. 그러나 어머니가 누군인지 알 수 있는 단서가 단 한 가지도 없었기 때문에 끝내 찾을 수가 없었다.

필광이라는 이름 또한 개방 무사가 지어주었다.

빛나는 붓이란 뜻으로, 훌륭한 선비가 되라고 지어준 이름인데 어쩌다 보니 이렇게 뒷골목 생활에 빠져들고 말았다.

"천몽이 말이에요."

"예, 뭐든지 물어주십시오. 아는 대로 대답하겠습니다, 어머니."

"천몽이가 스님들에게 끌려갈 당시 함께 있었다고 했지요?"

"예, 술을 마시며 있었습니다."

"그 스님들 말예요, 무공을 사용했다고 했는데 중원 사람들이었나요?"

팟!

필광의 두 눈이 빛을 뿌렸다.

지금까지 승려라는 것만 알았지 그들이 중원 사람인지 아닌지에 관해서는 한 번도 생각해 본 적이 없었고, 또 어느 누구도 물어보지 않았다. 그런데 지금 곰곰이 생각해 보니 소림사 승려들과 약간 차이가 있는 것 같았다. 말투도 달랐고 가사와 법의를 걸친 모습도 조금은 특이했다.

"중원 사람인지 아닌지는 모르겠지만 지금 생각해 보니 소림사 스님들과는 조금 다른 것 같았습니다."

"어떻게요?"

능씨가 두 눈을 빛냈다.

"몇 마디 말을 하지는 않았지만 말끝이 아주 뭉텅했습니다. 필시 어느 지역의 방언 같았는데……."

순간 능씨의 눈이 가늘어졌다. 그녀는 어려서부터 많은 글을 읽고 배웠다. 그래서 중원 각 지역의 방언에 대해 상당히 알고 있지만 끝이 뭉텅한 말은 중원에 없다.

"틀림없었나요?"

"제… 제가 어찌 거짓을 아뢰겠습니까? 진짜입니다. 구르듯 뭉텅했습니다."

능씨의 아미가 찌푸려졌다.

한참 이마를 찡그리고 생각하더니 돌연 소매 속에서 서찰 세 장을 꺼내 들었다.

첫 번째 서찰을 펼치자 한 명의 승려가 그려져 있었다.

"잘 보세요. 이런 차림이었나요?"

필광이 서찰에 그려진 승려의 복장을 뚫어져라 보더니 고개를 좌우로 저었다.

"아닙니다."

첫 번째 서찰의 승려는 소림사 복장이다. 중원 승려의 대표적인 복장이라 해도 과언이 아니었다.

"이건 동영 스님들의 모습이에요. 바다 건너 닌자술이 발달한."

스윽!

두 번째 서찰을 펼치자 역시 승려 한 사람이 그려져 있었다. 묵빛 가사에 목에 긴 염주를 걸고 있었는데 눈썹이 유난히 길었다.

"잘 보세요."

필광이 한참을 보더니 고개를 저었다.

"아… 아닙니다. 다릅니다."

능씨가 세 번째 서찰을 펼쳤다.

역시 승려 한 명이 그려져 있었는데, 소림사 승려와 비슷했지만 가사와 법의에서 약간의 차이가 있었다. 소림사 승려들은 법의 안에 옷을 입는데 그림 속 승려는 아무것도 입고 있지 않았다.

"마… 맞습니다. 그들입니다. 그 복장을 하고 있었습니다."

능씨의 눈이 커졌다.

"잘 봐요. 틀림없나요?"

"맞습니다. 그 새끼들이에요. 내가 왜 어머니께 거짓말을 하겠습니까? 확실합니다, 어머니."

능씨의 얼굴이 굳어졌다. 세 번째 승려는 서장에 있는 포달랍궁의 복장이었다. 여기서 포달랍궁이 있는 서장까지는 수천 리이다. 어쨌든 필광의 말 그대로 해석하면 동천몽은 포달랍궁으로 끌려갔다는 얘기가 되었다.

"다시 한 번 생각해 보거라. 잘 보고 대답해야 한다."

상도가 힘주어 말했다.

필광이 단정하듯 말했다.

"감히 제가 어찌 어머님께 거짓말을 하겠습니까? 분명합니다. 이런 복장이었습니다."

능씨의 눈이 가늘게 떨렸다. 지난 삼 년 동안 단 하루도 동천몽을 잊어본 적이 없다. 남편 동오룡이 다방면으로 찾고 있었기 때문에 속만 태우며 지켜보았고, 기다려도 희망적인 소식이 없어 자신이 직접 나선 것이다.

능씨의 눈가에 어느덧 습기가 그렁그렁했다. 아들을 데려간 것이 확실한지는 아직 밝혀지지 않았지만 가능성이 있었으므로 와락 그리움이 솟구친 것이다.

능씨가 아편에 취해 바닥에 쓰러져 있는 부하들을 훑어보더니 조용히 말했다.

"나쁜 짓이에요. 이제 나이도 먹을 만큼 먹었으니 올바르게 살아야죠."

필광이 아무 소리 못하고 고개를 떨어뜨렸다. 능씨가 소매 속을 뒤척이더니 주머니 한 개를 꺼냈다.

"받아요."

"어머니, 이건……."

"얼마 되지 않지만 새 인생을 개척하는 데 도움이 될 거예요. 다시 말하지만 이제 이런 짓은 그만 해요. 아주 나쁜 짓이에요."

필광은 감격을 주체할 수 없어 말을 하지 못했다. 돌아서는 능씨를 바라보는 필광의 눈가에 방울이 흘러내린다. 한참 동안 닫힌 문을 바라보던 필광이 소매로 눈물을 닦아냈다.

쏴아아!

능씨로부터 받은 주머니를 거꾸로 쏟자 갑자기 실내가 환해졌다. 십여 개의 손톱만 한 구슬이 모습을 드러냈다.

"유… 육채보환주!"

육채보환주는 황금 한 냥과 맞먹는다.

퍼억!

그대로 문 쪽을 향해 필광이 무릎을 꿇었다.

"어… 어머니, 감사합니다. 어머님 말씀대로 이 나쁜 자식,

이 바닥을 떠나겠사옵니다, 어머니!"

고개를 숙여 외치는 필광이 멈췄던 눈물을 다시 흘렸다.

정말로 떠나고 싶었다. 하지만 손에 쥔 것이 없었기 때문에 항상 머물러 있었다. 그런데 이제는 정말로 미련없이 저잣거리를 떠나 새로운 인생을 개척하고 싶었다.

필광이 고개를 떨군 채 흐느끼고 있을 때 덜컹 문이 열렸다.

필광이 눈물을 닦고 고개를 쳐들었는데 흑의사내 한 명이 떡 버티고 섰다. 자욱한 아연에 이마를 찌푸리던 흑의사내가 바닥에 큰대자로 뻗어 완전히 아편에 취한 부하들을 보며 욕설을 뱉었다.

"이런 개자식들, 꼬라지 좀 봐라. 모두 일어나 새끼들아!"

흑의사내가 닥치는 대로 걷어찼다. 거센 발길질에 아편에 취해 쓰러져 있던 부하들이 꿈틀거리며 몸을 세우려 했지만 자꾸 넘어졌고, 흑의사내는 더욱 난폭해졌다.

"똑바로 서지 못해, 패 죽일 놈들아!"

그는 의자 한 개를 들어 인정사정없이 두들겨 찍었고, 피를 흘리며 필광의 부하들이 겨우 몸을 바로 세웠다.

"네놈은 누구… 커억!"

필광이 덤벼들다 말고 흑의사내의 주먹에 나가떨어졌다.

필광이 넘어지면서 능씨로부터 받은 육채보환주가 바닥에 깔렸다.

흑의사내의 두 눈이 커지더니 한 개를 주워 들고 놀라 더듬거렸다.

"아니, 이건 육채보환주!"

와락!

겨우 일어선 필광의 멱살을 거머쥐고 잡아먹을 듯한 시선으로 물었다.

"이것, 어디서 났어? 사실대로 말하지 않으면 너 오늘 내 손에 뒈질 줄 알아?"

코피를 흘리며 필광이 말했다.

"어… 어머니께서 주신 것입니다. 맘 잡고 살라고."

"어머니? 네놈에게 무슨 어머니가 있어? 이 새끼 봐라? 똑바로 말 못해!"

"지… 진짭니다. 마님께서……."

"마님이라니, 조금 전 나간 그 계집 말이야?"

"예."

"마님 좋아한다, 개자식."

흑의사내는 주먹으로 필광의 복부를 갈겼다.

필광은 바닥을 나뒹굴었고, 흑의사내는 바닥에 떨어진 육채보환주를 주워 자신의 주머니에 담았다.

"이건 압수다. 감히 그 계집년이 어디서 이런 것이 났단 말이냐? 건방진 년!"

자신의 품속에 넣고 의자를 끌어당겨 앉더니 필광을 비롯한 사내들을 향해 말했다.

"그 계집년이 무슨 말을 했느냐? 하나도 빠뜨리지 말고 모두 토해라! 만약 날 속였다가는 모가지가 성치 못할 것이다!"

흑의사내의 악독한 시선에 필광을 비롯한 부하들이 부르르 몸을 떨었다. 경험에 비춰 눈앞의 흑의사내 같은 부류는 사람의 목숨을 별로 소중히 여기지 않는다. 필광은 자칫 내년 오늘이 자신의 제삿날이 될 수도 있다는 것을 직감했다. 하지만, 그 순간 그의 눈앞으로 조금 전 다녀간 능씨의 얼굴이 떠올랐다. 능씨는 자신에게 어머니라는 의미와 존재를 새삼 깨닫게 해주고 뭉클한 인간의 정을 느끼게 해주었다.

필광은 흑의사내에게 능씨와 나눴던 얘기를 해주고 싶은 마음이 생기지 않았다.

"별말씀 없었습니다."

거짓말을 할 때는 당당해야 한다. 동천몽의 말이었다. 사람은 누구나 양심을 속이면 자신도 모르게 얼굴에 드러난다고 했다. 그러기 때문에 거짓말을 할 때는 더욱 어깨를 펴고 당당히 말해야지 그나마 상대를 속일 수 있다고 했다.

"너 이 새끼, 그걸 내가 믿을 것이라고 지금 헛소리하는 거야? 똑바로 말 안 해? 그 계집년이 육채보환주를 그냥 줬단 말이야?"

"아닙니다. 저잣거리에서 상인들을 괴롭히는 것은 나쁜 일이므로 맘 고쳐먹고 새 터전을 잡으라며 준 돈입니다."

"돈보다 그 계집이 와서 무엇을 물었느냐니까? 이 개자식아!"

혹의사내가 버럭 소릴 지르며 검의 손잡이를 쥐었다.

흠칫!

가슴이 철렁했다. 저 검이 뽑히면 자신의 목쯤은 쉽게 잘려 나갈 것이다.

"모조리 잘라주지."

시퍼런 검날이 조금 빠져나왔다.

목숨은 하나뿐이다. 모가지가 한 번 잘리면 다시 붙일 수도 없고 그것으로 끝이다. 자신의 인생이 여기서 끝난다고 생각하니 온몸에 소름이 돋았다. 그것은 절대 안 될 일이었다. 아직까지 단 한 번도 쫙 빠지게 인생을 살아보지 못했다. 이제 겨우 형천파의 두목이 되어 즐거운 삶이 막 시작되려는데 여기서 죽는다면 억울해서 돌아버릴 것 같았다.

"안 되겠구먼. 이 새끼를……."

스윽!

검이 반쯤 뽑혔다. 반도 채 뽑히지 않았는데 시퍼런 살기가 눈앞을 가득 메웠다. 저 무시무시한 검이 날아온다고 생각하자 더 이상 견딜 수가 없었다.

"마… 말할 테니 제발 그 검을 뽑지 말아주십시오!"

"진작 그렇게 나와야지. 말해봐."

"우… 우선 그 검부터 집어넣어 주십시오. 너무 떨려 말이 안 나옵니다."

"그 새끼, 생긴 것보다 은근히 겁이 많네. 알았어, 인마."

탁!

검을 힘차게 꽂았다.

"자, 말해봐. 그 계집이 와서 무엇을 묻고 사라졌는지."

필광이 침을 꿀꺽 삼켰다.

살아야 한다. 개똥밭에 굴러도 이승이 낫다고 했다. 어차피 말 좀 해준다고 해서 나쁠 것은 하나도 없었다.

흑의사내로부터 보고를 받은 동천비의 표정이 심각해졌다. 보고 그대로라면 동천몽은 포달랍궁으로 잡혀간 것이다.

"이건 심각한 일입니다. 그 아이들이 거짓말을 했을 리는 없으니 거의 정확하다고 봐야 할 것입니다."

여추량이 굳은 얼굴로 말했다.

그때 발자국 소리가 급하게 들리더니 한 인물이 들어섰다.

"서장에서 온 전서구입니다."

동천비가 둘둘 말린 조그만 서찰을 폈다. 겉보기에는 손가락 절반 굵기밖에 되지 않았는데 워낙 단단히 말려서 펼치자 큰 서찰 한 장이 되었다.

동천비가 서찰을 읽어가기 시작했다. 서찰을 읽어가는 동천비의 얼굴이 점차 환해졌다. 숨죽이며 눈치를 살피던 여추량이 동천비가 서찰에서 시선을 떼자 기다렸다는 듯 물었다.

"무슨……?"

"그쪽에서 우리 제의를 받아들이겠다고 하는군."

동천비의 심각해진 얼굴이 풀어졌다. 그리고 입가로 야릇한 미소가 떠올랐다. 역시 돈의 위력은 절대적이다. 문제는 돈을 어떻게 쓰느냐이다. 아버지는 지금까지 돈을 제대로 사용할 줄 몰랐다. 하지만 자신은 다르다. 돈이면 불가능한 것이 없다는 것을 기어코 증명하고야 말 것이다.

"전서구를 띄워라."

"내용은?"

"우리 제의에 응해준 것을 고맙게 생각하며 혈맹의 징표로 당장 해야 할 일이 있다고 말이다. 지금부터 내가 불러줄 테니 그대로 써서 전하거라."

동천비가 잠시 고개를 들고 어두워진 하늘을 올려다보았다. 하늘은 어느새 반짝이는 별들로 무성했다. 오늘따라 유난히 반짝이는 별빛이었다. 저 반짝이는 별빛처럼 자신의 이름 석 자를 세상에 반짝이게 할 것이라고 생각하니 가슴이 떨려온다.

길게 숨을 내쉰 동천비가 전서구 내용을 말해주기 위해 입을 열었다.

진흙 속에 뿌리를 내리면서도 더러움에 물들지 않은 연꽃이 막 하나둘 피기 시작하고 있었다. 다산의 상징이자 덕을 높이 칭송받는 연꽃을 보며 능씨는 길게 한숨을 내쉬었다.

필광은 포달랍궁 복장의 승려들에게 동천몽이 끌려갔다 했지만 확실하다고 단정할 수는 없었다. 그렇지만 지푸라기라도 붙잡고 싶은 능씨에게는 그것조차 큰 희망이며 단서였다.

"부르셨습니까?"

상도가 다가와 그녀의 등 뒤에 섰다.

능씨가 물위에 분홍빛 꽃망울을 터뜨리는 있는 연꽃을 보며 말했다.

"포달랍궁에 다녀와야겠구나."

천천히 능씨가 돌아섰다.

상도를 보며 조용히 말했다.

"아무도 모르게 조용히 다녀와야겠다."

"다녀오겠사옵니다."

"고맙구나."

능씨가 소매 춤에서 묵직한 주머니 한 개를 꺼내 내밀었다. 상도가 조심스럽게 다가와 두 손으로 주머니를 받았다.

"집 나가면 고생이다. 더구나 주머니 사정이 열악하면 행동이 움츠러드는 법. 넉넉하게 준비했으니 아끼지 말고 쓰거라."

"감사하옵니다."

"제발 그곳에 몽이 녀석이 있었으면 좋겠구나."

"곧바로 다녀오겠사옵니다."

"다시 말하지만 누구의 눈에 띄어서도 안 된다. 몸조심하거라."

"그럼."

상도가 가볍게 포권을 해 보이고 몸을 감췄다.

능씨가 길게 한숨을 내쉬었다. 한 번도 죽었을 것이라고 생각은 하지 않았다. 말썽을 피우긴 했지만 워낙 영악하고 눈치가 빨라 어지간한 위험쯤은 충분히 헤쳐 나갈 능력을 지닌 아이다. 하지만 여느 부모와 다름없이 불안하기는 마찬가지였다.

능씨가 움직였다. 오랜만에 인근에 있는 여풍사에 가 불공을 드려야겠다고 마음먹었다.

대법왕에 즉위하고 단행한 직제 개편이 대대적이었다면 이번 개편은 일부였다. 반란으로 공석이 된 천장금왕의 위(位)와 대력 선사를 대신할 역량있는 인물과 부족한 천룡구십구불을 채우는 일이었다.

작은 개편이지만 자리의 중요성을 인식한 동천몽은 원로들을 비롯해 궁내 의견을 착실히 수렴했다. 출가인에게 있어 최고의 덕목은 도덕성이다. 하지만 그에 뒤떨어지지 않는 조건이 있으니, 바로 무공이었다. 포달랍궁은 무공을 깨우침을 중요한 가치로 여기는 무찰이기 때문이었다.

"십이법신 중 수석인 고굉 선사를 천장금왕 자리에 앉히잔 말이냐?"

삼대법왕과 동천몽이 원탁을 놓고 앉아 애길 나누고 있었다.

천검은왕이 말했다.

"고굉 선사는 연륜도 저희들보다 십여 년 위이며 사형뻘이 되옵니다. 뿐만 아니라 그분 역시 장법에 능하고 인품 또한 나무랄 데 없다는 것이 궁내의 대체적인 평입니다."

"모두들 같은 생각이더냐?"

동천몽이 삼대법왕을 쳐다보았다. 천검은왕 말고 다른 두 사람의 생각까지 같다고 여길 수는 없었다. 말은 하지 않지만 고굉 선사를 수석 법왕 자리에 앉히는 것을 마땅치 않게 여길 지도 모른다.

"조금이라도 마음이 내키지 않는다면 말하거라. 난 너희들 의견을 철저히 따를 것이니."

"아니옵니다. 은왕 사형의 말씀에 소승들 또한 공감하옵니다."

"진짜? 나중에 뒷소리하지 말고 장부답게 이 자리에서 할 말 있으면 해봐."

"우린 대법왕님의 결정에 무조건 따를 것이옵니다."

천지철왕이 고개 숙여 말했다.

일목에게 죽은 천지철왕을 대신해 그와 같은 항렬인 십이법신 중 제오장로인 대해 선사를 임명했다.

동천몽이 다시 한 번 세 사람을 훑어보며 말했다.

"좋다. 너희들 의견이 그렇다면 고굉을 금왕의 자리에 앉히겠다. 그럼 천룡구십구불의 수장인 대력을 대신할 인물은 누가 좋겠느냐?"

천룡구십구불은 포달랍궁의 최정예다.

이번 천장금왕의 거사에 그들이 모두 참여했다면 상황은 달라졌을 것이다. 다행히 대력이 비밀 누출을 우려해 평소 자신과 친분이 두터운 수하들만 골라 움직였기 때문에 큰 화를 미리 막을 수 있었다. 그래서 역대 대법왕들은 천룡구십구불의 수석 자리에는 항상 자신이 가장 믿고 신뢰할 수 있는 인물을 앉혔다.

"대법왕님께서 결정하소서. 그 일은 소승들이 관여할 자리가 아니옵니다."

자신들은 이래라저래라 할 수 있는 입장이 아니라는 것이다. 그것은 그만큼 천룡구십구불이 차지하고 있는 위치가 절대적이기 때문에 동천몽의 뜻에 무조건 따르고 나아가 가장 믿음이 가는 사람을 앉히라는 의미이기도 했다.

"천룡구십구불의 수석 자리는 당분간 공백으로 두겠다."

몇 명 눈여겨본 인물들이 없지는 않다. 하지만 워낙 중요한 자리인만큼 시간을 두고 결정하고 싶었다.

"나머지 소속 기관들의 수장은 그대들의 의견을 전폭 따르겠다. 눈치 볼 것 없이 말해보아라.”

처음에는 눈치만 보고 주저하던 세 사람이 본격적으로 입을 열기 시작했다. 단순히 사람만 천거하는 것이 아니라 왜 그 사람이 그 자리에 적당한지 그 이유와 당위성을 역설했다.

포달랍궁에서 무려 백 년을 보낸 고승들이다. 하루 이틀 관찰하여 내린 평가가 아닌 것이다.

“지금까지 거론되었던 어떤 자리보다 중요한 직위가 있사옵니다.”

어느 정도 가닥이 잡히자 천검은왕이 정색하고 말했다.

“대법왕님을 시위하고 수발을 들 대법위입니다.”

얼마 전까지 대법위는 팔용이었다. 갑자기 팔용의 얼굴이 떠오르며 마음이 무거워진다. 그는 지금 수라옥에 갇혀 있다.

“대법위 문제 또한 본왕이 알아서 하겠다.”

“한 가지 더 있사옵니다.”

동천몽이 고개를 들어 천검은왕을 바라보았다.

천검은왕이 조심스럽게 입을 열었다.

“일목이란 자 말입니다.”

“일목! 그 눈 하나밖에 없는 놈 말이냐? 그놈이 아직 안 죽었단 말이냐?”

“대법왕님의 지시대로 한 끼의 음식도 주지 않았는데 아직까지 살아 있습니다.”

동천몽의 눈이 커졌다. 만경이 죽고 곧바로 체포하여 수라

옥에 가두었다. 일체 음식도 주지 말라고 했는데 무려 삼 년
이 넘도록 살아 있다니, 믿어지지가 않았다.

"그… 그자가 아직까지 살아 있다는 것이 정말이냐?"

"아마 뇌옥의 이끼와 물로 연명한 것 같사옵니다. 아무튼
하도 생존 능력이 불가사의하여 문득 아깝다는 생각이 들더
군요. 그래서 감히 소승의 독단으로 회유를 해보았습니다."

"호오! 그랬더니?"

"일언지하에 거절당했사옵니다.

"이유가 뭐야?"

"자신은 장부이기 때문에 두 주인을 섬길 수 없다는 것입
니다. 진정한 장부는 오로지 한 명의 주인을 목숨으로 보좌하
다 죽는 것이라는 것입니다."

"한마디로 불사이군이라는 얘기 아냐?"

순간 삼대법왕의 눈이 커졌다. 동천몽이 사자성어를 쓴 것
이다. 그것도 거침없이 썼기에 놀란 표정을 지었다.

세 법왕의 시선에 담긴 의미를 모르지 않는 동천몽이 헛기
침을 했다.

"허험! 너무 그런 눈으로 보지 말거라. 나, 아주 책 안 본 것
아니다."

"소… 송구하옵니다. 용서하소서."

천검은왕이 고개를 숙였다.

"죽었으면 죽었지 두 명의 주인을 섬기지 않겠다고? 크하

하하! 그 자식, 눈깔 하나 있는 놈치곤 뼈대가 있구나.”

“어떻게 할까요? 그냥 고통스럽지 않게 죽여 버릴까요?”

동천몽이 천검은왕을 빤히 쳐다보더니 묘한 표정을 지었다.

“어서 죽여달라고 아우성입니다. 오래 살아 있는 것도 자신의 주인인 만경 사숙에 대한 배신이라면서 빨리 목을 베어달라고 합니다.”

“그렇게 죽고 싶은 놈이 이끼와 물은 왜 먹고 버텨?”

동천몽이 눈을 빛냈다. 죽고 싶었으면 이끼와 물을 먹지 말았어야 정상인 것이다.

엄지손톱만 한 두께의 쇠사슬이 손목과 발목을 칭칭 동여매고 있었다. 만강환삭은 쇠이지만 질기다. 그래서 특별한 보검이 아니면 잘리지 않는다. 일목은 벌써 삼 년이 넘도록 손발이 꽁꽁 묶인 채 수라옥 바닥에 처박혀 있었다. 무공까지 폐쇄된 몸으로 차가운 수라옥 바닥에서 삼 년을 묶여 있는데도 그의 하나뿐인 두 눈은 번갯불을 토하고 있었다. 더구나 음식 한 끼를 주지 않았는데도 힘들어 보이는 기색이라고는 전혀 찾아볼 수가 없었다.

저벅! 저벅!

하나뿐인 눈을 감고 있는 일목의 귓가로 발자국 소리가 들려왔다. 보나마나 사대법왕일 것이다. 근래에 들어 돌아가면서 찾아와 회유를 했다. 하지만 죽어도 자신은 그들과 손을 잡고 싶지 않았다. 자신의 가슴속에는 오직 죽은 만경 말고는 다른 사람은 결코 담을 수 없었다.

일목은 결가부좌한 채 더욱 눈을 질근 감았다.

저벅! 저벅!

발자국 소리를 보아 두 명이 다가오고 있었다. 보나마나 한 명씩 안 되니 이제 두 명이 떼거리로 찾아와 설득하려는 것이 뻔했다.

'웃기는 놈들!'

일목은 속으로 코웃음을 쳤다. 배교의 후예는 절대 두 주인을 섬기지 않는다. 그게 배교의 전통이다. 보나마나 오늘도 대법왕께 아뢰어 목숨을 부지토록 해줄 테니 포달랍궁의 사람으로 거듭 태어나는 것이 어떻겠느냐고 유혹할 것이다. 하지만 턱도 없는 소리다. 불사이군, 장부는 죽을지언정 두 주군을 섬겨서는 안 된다고 배교의 율법은 가르치고 있었다.

척!

발걸음이 자신이 갇혀 있는 쇠창살 앞에서 멈춘다. 안 봐도 뻔하다. 지금쯤 자신을 내려다보고 있을 것이다. 일목은 더욱 어깨에 힘을 주고 당당한 자세를 취했다.

"네 이놈, 당장 눈을 뜨지 못하겠느냐?"

목소리를 보아 사대법왕 중 가장 성질 더러운 천검은왕이다. 천검은왕에게는 몇 번 쥐어박힌 경험이 있었다. 그래서 일목은 눈을 떴다. 괜히 또다시 맞으면 자신만 손해다.

흠칫!

천검은왕만 온 줄 알았는데 곁에 동천몽이 서 있었다.

"이놈, 대법왕님을 뵈었으면 당장 예를 차리지 못할까?!"

천검은왕이 버럭 소릴 질렀다.

일목이 무표정하게 말했다.

"보… 보다시피 이렇게 묶여 있는데 어떻게 예를 차리란 말이오?"

"저… 저놈이 어디서 말대꾸를."

그 순간 동천몽이 나직한 목소리로 천검은왕을 불렀다.

"은왕."

"하명하소서, 대법왕이시여."

"풀어주어라."

"예옛?"

천검은왕이 놀란 표정을 지었다.

동천몽이 다시 말했다.

"당장 풀어주어라."

"저 패 죽일 놈은 만경의 부하로서 대법왕을 시해하려 했던 흉악무도한 대죄인이옵니다."

"본 궁의 최대 덕목이 뭐더냐?"

"그야 물론 자비……."

"풀어주어라."

동천몽의 표정은 엄숙하였다. 천검은왕이 잠시 못마땅한 표정을 지었다가 하는 수 없다는 듯 쇠창살로 된 잠긴 문을 열고 일목의 온몸을 묶고 있는 만강환삭을 풀었다.

촤라락!

만강환삭이 풀렸는데도 일목은 일어날 생각을 하지 않았다. 대신 커다란 눈을 깜빡이며 창살 밖에 서 있는 동천몽을 바라볼 뿐이었다.

"삼 년이 넘도록 묶여 있었으니 혼자 힘으로는 어려울 것이다. 어서 부축하여 일으켜 세워주거라."

천검은왕이 일목을 부축했다. 갑자기 일어나자 일목은 똑바로 서지 못하고 휘청거렸다. 현기증이 일어나면서 동굴이 거꾸로 보인다. 적응을 위해 하나뿐인 눈을 깜빡거리며 한참을 서 있던 일목이 부축하고 있는 천검은왕의 손을 벗어났다.

"일목이라 했더냐?"

"예… 예, 대법왕님."

자신도 모르게 대법왕님이란 말이 나오자 그는 깜짝 놀라는 표정을 지었다.

동천몽이 자애로운 얼굴로 말했다.

"얼마나 힘들었느냐? 본 법왕을 많이 원망했겠지. 분명히 말하지만 널 이렇게 고생시킨 것은 네가 미워서 그런 것이 아니니라. 죄는 미워도 인간은 미워하지 말라고 했느니라."

"아… 압니다."

"몸이 많이 야위었구나. 만경 이외에는 누구도 섬기지 않겠다는 꿋꿋한 너의 의지에 본왕은 솔직히 감복했다. 사내대장부라면 목에 칼이 들어와도 불사이군의 정신을 가져야지. 비록 한때 내 반대편에 섰지만 너의 그 충심을 본 법왕은 존중한다. 그동안 고생 많았느니라."

슉!

동천몽이 오른손을 뻗자 네 가닥 지력이 날아갔다.

파파파팍!

혈도를 격중당한 일목의 전신이 경련했다. 폐지된 무공을 동천몽이 회복시켜 준 것이었다. 일목은 물론 천검은왕까지 소스라치게 놀란 표정을 지었다. 석방도 이해할 수 없는데 무공까지 회복시켜 주다니, 더욱 있을 수 없는 일이었다.

"대… 대법왕님!"

동천몽은 천검은왕의 놀란 표정에도 아랑곳하지 않고 말했다.

"운기를 해보아라."

일목이 가볍게 운기를 해보았다. 처음에는 반응이 없더니 두어 번 더 구결을 따라 일으키자 단전에서 진기가 꿈틀거린다. 확실히 무공이 회복된 것이다.

"어떠냐?"

일목이 믿을 수 없다는 얼굴로 더듬거렸다.

"되… 됩니다."

"너 가고 싶은 대로 가거라. 이제 넌 자유의 몸이니라. 어딜 가도 막지 않겠다."

일목이 벙찐 표정으로 동천몽을 쳐다보았다.

도무지 이해가 되지 않았다. 자신을 죽이려 했고, 심지어 사대법왕 중 한 명을 죽이기까지 했다. 그런데 이렇게 무공까지 회복시켜 풀어준다는 것이 이해가 되지 않았다.

자신 같으면 절대 이렇게 살려주지 않는다. 자신이 대법왕이라면 갈기갈기 찢어 죽였을 것이다. 절대 용서해서도 안 되고, 용서할 수도 없다.

"뭣 하느냐? 어서 가보거라. 네가 어디로 가든 절대 붙잡거나 가로막지 않겠다. 듣자 하니 배교의 후예라던데, 문으로 돌아가도 좋고, 어디로 돌아가든 네 맘이다."

"저… 정말 가도 되는 거요?"

동천몽이 자비로운 미소를 지었다.

"아, 그럼!"

"진짜지요?"

"그렇다니까? 얼른 가."

여전히 믿겨지지 않는 듯 눈을 깜박거리던 일목이 다시 물었다.

"나중에 다른 소리 하기 없기요?"

"아미타불! 본 법왕의 명예를 걸고 자신있게 말한다. 가거라."

하나뿐인 일목의 눈에서 묘한 광채가 뿜어져 나왔다. 녹광에 가까운 광채는 섬뜩할 만큼 사악했다.

천검은왕이 경계 태세를 갖추었다.

배교의 환혈심법을 끌어올리면 지금과 같은 눈빛이 뿜어진다. 극성에 이르면 눈빛만으로도 상대의 이성을 제압할 만큼 사악한 마공이었다.

여차하면 살수를 쓰기 위해 잔뜩 양손에 내력을 끌어올리고 있는데 다시 녹광이 사라지고 원래의 표정으로 돌아왔다. 그에 따라 천검은왕도 끌어올렸던 내력을 다시 풀었다.

퍼억!

갑자기 일목이 무너지듯 무릎을 꿇었다.

천검은왕뿐만 아니라 동천몽까지 놀란 표정을 지었다. 배교의 인물들은 자신이 주인으로 인정하지 않는 사람에게는 절대 무릎을 꿇지 않는다.

"얼른 집으로 돌아가라니까 무릎은 왜 꿇고 그러느냐?"

일목이 고개를 쳐들어 말했다.

"날 거두어주시오. 난 갈 곳도 없고, 솔직히 말하면 대법왕님께 감동했습니다."

동천몽의 두 눈이 야릇하게 빛났다.

일목이 거듭 소리쳐 말했다.

"저 같으면 절대 안 살려주거든요. 그런데 대법왕님은 저 같이 나쁜 놈을 무공까지 회복시켜 풀어주시다니, 정녕 위대

하십니다. 괜찮으시다면 소인을 거두어주십시오. 스스로 뭔
가를 알아서 하는 능력은 떨어지지만 시키는 명령은 잘 듣습
니다. 곁에 두시면 요긴하게 쓰실 수 있을 것입니다."

"그건 안 될 말이다. 듣자 하니 너도 일문의 주인이라는데,
어떻게 본 법왕의 수하가 될 수 있단 말이냐? 더구나 수하가
되려면 머릴 깎아야 하고."

"머리, 깎겠습니다."

"……."

"까짓것 깎지요, 뭐."

"중이 되겠다는 것이냐?"

"못 될 것도 없지요. 어서 중으로 만들어주십시오. 머리도
깎고 법의도 주십시오."

동천몽의 입가에 맺힌 미소가 더욱 짙어졌다.

"후회 않겠느냐? 중이 되면 제약이 많이 따른다. 우선 고기
를 먹지 못하고 술은 더욱 먹지 못하며……."

"전 원래부터 고기를 싫어했고, 술은 한 잔만 해도 얼굴이
빨개집니다."

"중이 되면 성질이 나도 참아야 하고 가급적 욕도 자제해
야 하며 어지간한 상대의 잘못은 눈감아주어야 하는데 너의
성질로 그것이 가능하겠느냐?"

일목이 똑바로 쳐다보며 말했다.

"좀 어려운 일이긴 하지만 노력하겠습니다. 하늘은 스스로

돕는 자를 돕는다고 했습니다."

"정말 후회 않겠느냐?"

"전 후회할 일은 하지 않습니다. 평생 대법왕님을 모시며 살다 죽고 싶습니다."

"너의 뜻이 정히 그렇다면 나 또한 기꺼이 수용하겠다. 그러나 언제든지 싫으면 떠나도 된다."

"우린 한 번 약속하면 죽어도 밀고 나갑니다. 두고 보시면 알 것입니다."

일목의 표정에는 진심으로 충성을 다하고자 하는 열의가 피어나고 있었다.

지켜보던 천검은왕의 눈이 파르르 떨렸다.

'놀라운 분이시다.'

자신뿐만 아니라 동천몽을 알고 있는 사람 모두가 그를 구제불능의 돌대가리로 알고 있었다. 천장금왕이 반란을 일으켰던 것도 동천몽 정도면 충분히 자신있다고 여겼기 때문이고.

동천몽이 비록 대법왕이긴 하지만 모든 사람의 마음속에는 그를 존경하는 마음보다는 아래로 내려다보는 무시가 짙게 깔려 있었다.

그런데 환상루의 습격 사건을 천장금왕의 짓으로 읽어낸 안목과 계산은 그런 인식을 일거에 뒤집어 버렸다. 그 누구도 동천몽을 가장 가까이서 모시고 받들던 천장금왕이 암살 음

모를 꾸몄으리라고는 생각 못했다. 그런데 동천몽은 냉정하게 상황을 분석하고 계산하여 한 치의 오차도 없이 흉수를 읽고 반란을 무력화시킨 것이다.

그런데 이제는 일목을 감화시킨다. 지난 삼 년 동안 자신들은 일목의 감정만 자극했을 뿐, 그로부터 어떤 협조나 충성의 다짐 따위는 전혀 얻어내지 못했다. 워낙 일목의 재능이 아까웠기 때문에 포섭하여 포달랍궁의 인물로 쓰고 싶은 마음이 있었지만 방법을 찾아내지 못했던 것이다. 그런데 동천몽은 너무도 간단히 그를 무릎 꿇리고 있는 것이다.

"은왕, 본인이 원하니 당장 일목의 머리를 깎고 법의를 입혀라."

천검은왕이 고개 숙여 대답했다.

"대법왕님의 명을 따르나이다. 따르거라."

일목이 천검은왕의 뒤를 따라 나섰다.

두 사람이 실내를 나가자 동천몽의 입가에 흡족한 미소가 떠올랐다.

일목은 단순하고 우직하다. 그런 부류는 절대 강압적으로 해결하려 들어서는 마음을 돌리지 않는다. 오히려 이쪽에서 단순하고 우직하게 접근해야 한다. 무식은 무식에 약하기 때문이다. 거기다 슬쩍 인간적인 감동을 섞으면 금상첨화이다. 이 모든 건 부친이 아랫사람을 다스릴 때 눈여겨봐 놨던 용인술이었다.

문을 열고 밖으로 나섰다. 이곳도 봄이 오고 있는지 바람이 훈훈하다. 대설산의 눈이 유난히 반짝거리는 건 봄기운에 녹아 흘러내리고 있기 때문일 것이다.

백궁을 벗어난 동천몽은 발걸음을 재촉했다. 지나가던 제자들이 동천몽을 발견하고 황급히 허리를 숙이며 엄숙히 예를 취했다. 동천몽은 가볍게 고개를 끄덕여 주며 경내를 벗어났다.

오솔길에는 눈이 아직 쌓여 있었고 간간이 짐승의 발자국이 찍혀 있었다. 눈을 밟는 뽀드득 소리가 주위를 울리고, 산달 한 마리가 인기척에 부리나케 바위틈으로 숨어들었다.

이 다경 가까이 산을 오른 동천몽이 커다란 바위에 올라섰다. 십여 장 높이의 수직 바위에서 내려다보는 포달랍궁은 흰 눈 속에 고요히 잠겨 있었다.

지난 일천 년 동안 오직 불도에만 정진했던 은둔의 대가람.

중원의 피바람도 결코 이곳까지는 미치지 못했다. 몇 번 중원의 세력들이 침략을 감행했지만 모두 처절한 패배의 쓴맛을 다시며 물러나야 했던 절대 무찰.

침략하지 않으면 결코 일어나지 않는다.

잠시 포달랍궁을 내려다보던 동천몽은 다시 산길을 올랐다. 반 식경쯤 오르자 조그만 토굴 하나가 눈에 들어온다. 입구에 마른 낙엽과 풀이 깔려 있는 것이 사람이 기거하고 있음을 알 수 있었다.

“허험!”

동천몽이 기침으로 인기척을 냈다.

그러자 대뜸 안에서 욕설이 튀어나왔다.

“어떤 새끼냐? 나 지금 인간은 왜 살아야 하는지에 대해 거의 깨달아가고 있으니 방해하지 말고 꺼져 줄래?”

동천몽이 토굴을 보며 말했다.

“그게 정말이오? 인간이 왜 살아야 하는지에 대한 해답을 얻었단 말이오?”

“입을 비뚤어져도 말은 똑바로 하라고 했다. 깨우쳤다는 것이 아니라 절반쯤 깨우쳐 가고 있다고 했다.”

“그 절반이라도 좀 가르쳐 주시오. 인간은 도대체 왜 사는 것이오?”

“아미타불! 그거, 별것 아니다. 복잡하게 생각할 것 전혀 없다. 태어났으니까 사는 것이다. 생각해 보거라. 태어나지 않았으면 어떻게 살겠느냐?”

“호오! 듣고 보니 과연 그렇구려.”

“너도 나도 태어나지 않았다면 살 필요가 없지? 내 말이 틀리냐?”

“전혀. 맞소이다. 태어나지 않았으면 살 필요가 없다. 가히 누구도 깨우치지 못한 진리외다.”

“그런데 넌 누구냐? 감히 나 덕배에게 말을 함부로 거는 걸 보니 보통 배짱이 아닌 것 같은데?”

“상천감초라 하오.”

“헉!”

다급히 숨넘어가는 소리가 들리더니 토굴에서 한 노승이 뛰어나왔다.

마치 비렁뱅이를 방불케 하는 낡은 법의를 걸친 오 척 단구의 왜소한 노승은 동천몽을 보자 기겁하며 그 자리에 엎드렸다.

“소… 소승 덕배가 대법왕님을 뵈오이다.”

너무나 당황한 듯 고개를 쳐들지 못했다.

덕배 선사(德培禪師). 올해 세수 아흔다섯으로 얼마 전에 죽은 천장금왕과 같은 항렬이었다. 성격이 워낙 다혈질이어서 사형제 간에도 쉽게 어울리지 못했고, 특히 이십 년 전 자신의 발낭(鉢囊)을 훔쳐 간 합기채라는 산적 집단 일백 명을 도륙하여 서장을 발칵 뒤집어놓았다.

第五章
맨발의 덕배

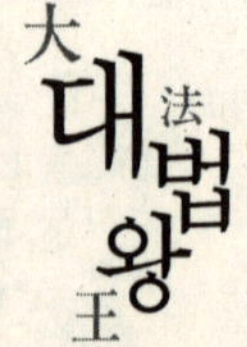

천축을 다녀오던 길에 만곡령이라는 고갯길에서 잠시 휴식을 취하던 중 깜박 잠이 들었는데 그 틈에 산적들이 발낭을 훔쳐 간 것이다. 그렇다고 발낭 속에 중요한 물건이 들어 있는 것도 아니었다. 밥을 얻어먹을 때 사용할 발우와 갈아 신을 낡은 신발 한 켤레가 전부였다. 하지만 분기탱천한 그는 참지 못했다.

그 사건 이후 스스로 자신의 살업을 털어내기 위해 토굴을 찾아들어 단 하루도 밖으로 나오지 않았으며, 얼마 전 대법왕 즉위식 때도 제자들을 통해 간단한 소식만 전해 들었을 뿐이었다. 뛰어난 자질로 나이 서른에 아직까지 누구도 제대로 얻지 못한 포달랍궁의 절대 비술 한 가지를 완숙하게 터득했으며, 무공의 강함으로만 따진다면 만경에 버금간다고 전해진다. 하지만 이십 년 전의 사건으로 인해 두 번 다시 그의 손에서 무공이 펼쳐진 것을 본 사람은 없었다.

"대법왕님께서 이 누추한 곳까지 어인 행차시옵니까?"

덕배 선사가 더욱 자세를 낮추었다.

"아까 하던 얘길 계속하자꾸나. 태어나지 않았으면 살 필요가 없다고 했는데, 하면 태어나지 않기 위해서는 어떻게 해야 하느냐?"

"네?"

"흔히들 인생을 고해라고 하지 않느냐? 그러다 보니 너나 할 것 없이 태어나면서부터 죽을 때까지 하루도 맘 편히 살지 못하는데 태어나지 않는 방법이 있단 말이지?"

"물론 있지요?"

"오, 그래, 그것이 무엇이냐?"

"태어남이 무엇이옵니까? 남자와 여자가 혼인을 함으로써 잉태되는 불씨 아니옵니까?"

"그렇지."

"그러니까 일체 혼인을 하지 못하도록 막는 것입니다. 그러면 태어날 사람도 없고, 고생할 필요도 없지요."

화악!

동천몽의 눈이 커졌다.

동천몽이 입을 열지 못하자 자신의 깨우침이 완벽하다고 여긴 듯 덕배가 더욱 언성을 높였다.

"생각해 보소서. 인간이 왜 태어나더이까? 그 패 죽일 혼인 때문이 아니옵니까?"

"네 말이 틀리지는 않지만 만약 아무도 혼인을 하지 않으면 이 땅에 인간의 씨가 마를 것이 아니냐?"

흠칫!

엎드린 덕배 선사의 몸이 떨렸다. 미처 거기까지는 생각을 못한 것이다.

"생각해 보거라. 너도 남자와 여자가 혼인을 했기 때문에 생겼고 나 역시 그러한데 아무도 혼인을 하지 않으면 인간의 씨가 마를 것이 아니냐?"

퍼억!

덕배가 이마를 찍었다.

"송구하옵니다. 처음부터 다시 공부를 하겠나이다. 그 점을 미처 소승이 생각하지 못했사옵니다. 하온데 어인 일로 소승을 찾아오셨사옵니까? 설마 소승의 깨우침을 알아보기 위해서 오셨단 말입니까?"

"일단 일어나거라."

"아니옵니다. 소승은 이 자세가 편합니다."

"늙어 뼈도 약할 텐데 그 자세가 편하단 말이냐? 나도 대법왕이기 전에 사람이니라. 늙은 네가 무릎을 끓고 엎드려 있으니 몹시 불편하구나. 일어나거라.”

“대법왕님의 마음이 불편하시면 그것 또한 대죄, 일어나겠나이다.”

말을 마치고 덕배가 벌떡 일어났다.

일어나 봤자 워낙 키가 작아 동천몽이 고개를 숙여 내려다보아야 했다.

“고개를 들어라.”

고개를 쳐든 덕배를 보며 동천몽이 흠칫했다. 얼굴에 살점이라고는 하나도 없고 햇빛을 보지 못해 시체처럼 창백했다. 오로지 두 눈만이 뇌전처럼 살아 이글거렸다.

“너에게 부탁을 하러 왔느니라.”

“부, 부탁이라는 건 말이 안 되옵니다. 그냥 말씀하십시오.”

—“너, 이제 그만 깨우쳐라. 솔직히 말하는데, 넌 그쪽보다는 아무래도 무예 쪽으로 승부를 보는 것이 빠를 듯하구나. 미안한 얘기지만 무려 이십 년을 공부한 결과가 고작 그것이라면 이미 볼장 다 봤다고 해야 하지 않겠느냐?”

“으음!”

덕배가 이를 지그시 물었다.

동천몽이 눈을 치켜떴다.

“왜? 기분 나쁘단 얘기냐?”

덕배가 화들짝 놀라며 말했다.

“아… 아니옵니다. 기분이 나쁘다니요. 감히 뉘 앞이라고.”

“한때 한 솜씨 했다고 들었다.”

“하… 한 솜씨라뇨? 부끄럽사옵니다.”

“어떠냐? 천룡구십구불을 네가 맡아줘야겠다.”

홰액!

덕배가 고개를 번쩍 치켜들었는데 무척 놀란 표정이었다.

“천룡구십구불은 대력, 그 아이가……?”

“그 아이, 죽었느니라.”

“대력이 죽다뇨?”

“아무튼 천룡구십구불을 맡거라. 이것이 널 찾아온 목적이니라.”

덕배가 망설였다. 하고 싶지 않았지만 감히 대법왕의 뜻을 거역한다는 것은 있을 수 없는 일이다.

“가자.”

동천몽이 등을 돌렸다.

동천몽이 서너 걸음 걷다 다시 돌아섰다. 덕배가 아직 그 자리에 서 있었기 때문이다.

“왜 그러고 서 있느냐?”

“아… 알겠사옵니다. 대법왕님의 뜻을 따르겠나이다. 하지만 몇 가지 짐도 챙겨야 하고…….”

“짐?”

“발우도 있고 세 번밖에 입지 않은 법의도 한 벌 있사옵니다.”

동천몽이 인상을 썼다.

"그냥 가자."

동천몽이 앞장서서 내려갔다.

하는 수 없다는 듯 덕배가 토굴을 아쉬운 표정으로 한 번 쳐다보더니 맨발로 따라나섰다.

덕배 선사가 이십 년 토굴 수행을 끝내고 천룡구십구불의 수장이 되어 산을 내려왔다는 소식은 커다란 폭풍이 되었다. 특히 그의 하산을 가장 긴장의 눈으로 보는 시선은 역시 천룡구십구불이었다. 반란에 가담했던 인원도 보충되었고 그동안 수장만 공석이었다. 그들이 긴장한 이유는 덕배 선사의 불같은 성격 때문이었다. 덕배는 말보다 주먹이 앞선다는 인식이 깔려 있었는데, 그건 사실이었다. 물론 이십 년 전 일이지만 아직도 제자들 머릿속에는 주먹을 앞세우는 그의 무서움이 짙은 공포로 각인되어 있었다. 포달랍궁의 제자 중 그에게 한 번이라도 맞아본 적이 없는 제자는 없을 것이라는 게 대다수의 의견이었다.

아흔여덟 명이 숨을 죽였다.

맨발에다 바느질 자국이 거미줄처럼 쳐져 있는 법의를 걸치고 들어선 덕배 선사에게 시선이 고정되었다.

척!

덕배가 단상에 올라섰다. 하지만 워낙 키가 작아 바닥에 서 있는 천룡구십구불을 올려다봐야 했다.

움찔!

'우웃!'

살인 광선 같은 덕배 선사의 시선을 받은 제자들이 내심 신음을 터뜨렸다.

"나, 덕배다."

덕배의 목소리가 울렸다.

"한 가지만 말하겠노라. 우리 천룡구십구불은 오로지 대법왕님만을 위해서만 존재한다는 사실이니라. 듣자 하니 얼마 전 대력이란 놈이 못된 꿈을 가진 모양인데, 두 번 다시 그런 놈이 생기면 그땐 모가지를 난도질해 버리겠다."

모가지를 난도질해 버리겠다는 말에 천룡구십구불 사이에 작은 파장이 생겼다. 너무나 직설적이고 섬뜩한 표현이었기 때문이다.

"우린 오로지 대법왕님을 위해 존재하며 대법왕님을 위해 살아야 한다. 알겠느냐?"

"아─미─타─불!"

웅장한 불호 소리가 포달랍궁을 울렸다.

한편, 백궁으로 돌아온 동천몽은 깜짝 놀랐다. 문 앞에 낯선 승려 한 명이 우뚝 서 있었기 때문이다. 아마 눈이 하나뿐이라는 것만 아니었다면 일목인지 도저히 알아보지 못했을 것이다.

"혹시 너, 일목이 아니냐?"

"일목이 삼가 대법왕님을 뵈옵니다."

"법명은 무엇으로 받았느냐?

"천검은왕께서 그냥 그 일목이라는 본래 이름을 법명으로 쓰라고 했습니다."

"흐음! 일목 선사라… 의외로 깔끔하고 좋구나."

동천몽이 헐렁한 가사를 걸치고 옆구리에 한 자루 청강검을 매고 있는 일목을 훑어보았다. 마치 목석에 옷을 입혀놓은 듯했으므로 웃음이 터져 나오려 했다. 하지만 웃었다가는 무슨 오기를 부릴지 몰랐으므로 근엄한 얼굴로 말했다.

"너의 임무가 무엇인지는 알고 있겠지?"

"이미 교육받았사옵니다. 대법왕님의 그림자이고 사지이며 위험에 빠지면 몸을 던져 막아야 한다고 배웠습니다."

"믿겠다."

"염려 마십시오. 내가 있는 한 어떤 놈도 대법왕님을 해하지 못할 것입니다. 건방진 놈들."

그러면서 옆구리에 차고 있는 검을 불끈 쥐었다.

금방이라도 눈앞에 적이 있다면 단검에 베어버릴 흉흉한 기세였다.

석공과 용새는 동갑이다. 둘 모두 올해 서른여섯이며 열두 살 때 부모 손에 이끌려 포달랍궁으로 들어왔다. 두 사람 모두 불심이 깊고 무예 수련 또한 게을리 하지 않아 같은 연륜의 사형제들보다 앞서 가고 있었다.

두 사람은 금룡당 소속으로 사시부터 오시까지 산문 위사를 선다. 금룡당은 산문을 비롯해 포달랍궁의 외곽 경비를 맡은 기관이었다.

두 사람은 자신들의 키만큼이나 큰 죽장(竹杖)을 왼손에 쥐고 우뚝 서 있었다. 사시에서 오시 사이에 포달랍궁을 출입하고자 하는 사람은 지위 고하를 막론하고 두 사람의 허락을 받아야 한다.

두 사람은 포달랍궁의 산문 아래로 쭉 뻗은 산길을 뚫어져라 노려보았다. 산문 위사는 눈도 깜빡여서는 안 된다. 석상인지 사람인지 방문자가 알아볼 수 없을 만큼 일체의 움직임을 허락하지 않았다. 그만큼 금룡당의 율법은 엄했다.

부릅뜬 눈으로 산문을 향해 올라오는 길을 바라보던 석공과 용새의 눈이 파장을 일으켰다. 산 아래로부터 두 사람이 올라오고 있었다.

두 사람 모두 흑의를 걸쳤는데, 오른쪽 사람에 비해 왼쪽 사람은 허리도 잘록했고 긴 머리가 바람에 흩날리는 것이 여인이다. 두 사람 모두 옆구리에 검을 차고 있었는데 먼 길을 온 듯 신고 있는 가죽 신발에는 흙이 진창이었다.

저벅저벅!

두 사람은 눈이 녹아 질퍽한 산길을 성큼성큼 걸어왔다.

"아미타불! 두 분 시주께서는 잠시 걸음을 멈추시오."

용새가 한 걸음 앞으로 나아가 근엄한 목소리로 말했다.

예상대로 일남일녀였다. 여인은 대략 스물 초반쯤으로 보였는데 눈이 휘둥그레질 만큼 절색이었다. 큰 키에 마치 버들잎처럼 수려하고 진하며 맑고 경쾌한 눈썹 끝이 천창을 향해 뻗어가고, 반짝이는 두 눈은 흑백이 분명하고 눈가의 주름이 빼어나게 긴 것이 총명함을 말해주었다. 우뚝 선 코는 윤택하며 도도함을 지그시 담았다. 윤택하고 붉으며 도톰한 입술은 사내들의 혼을 빼앗을 듯 도발적이며 그 아래로 뻗어 내려간 흰 목선은 흐르는 물결을 보는 듯하다. 경장 위로 도톰하게 솟아오른 가슴과 잘록한 허리는 둔부를 더욱 탄력있게 추켜세운다.

불심이 깊어 흔들림이 없던 용새의 눈이 작은 파장을 일으켰다. 지금까지 수많은 향객을 보아왔지만 흑의여인처럼 자극적이며 매혹적인 여인은 보지 못했다.

"아미타불!"

석공이 불호로 용새의 혼미한 정신을 일깨운다. 용새는 자신의 추태를 깨닫고 길게 숨을 몰아쉬며 정색했다.

"아… 아티마불! 어디서 오셨습니까?"

"여기가 포달랍궁인가요?"

은 쟁반에 옥 구슬 굴러가는 목소리다.

용새가 나직이 목례를 하며 대답한다.

"그렇소이다, 여시주. 이곳은 포달랍궁이외다. 방문 목적을 말해주시면 안에 기별을 하겠소이다.”

“대법왕을 뵈러 왔어요.”

흑의여인의 입에서 대법왕이라는 말이 거침없이 흘러나오자 용새는 물론 뒤에 서 있던 석공까지 깜짝 놀랐다.

대법왕은 아무나 부를 수 있는 이름이 아니다. 포달랍궁의 제자들일지라도 입에 담기를 적지 않게 두려워하고 담더라도 가급적 최대한의 경외의 표정을 담는다.

더욱 아무나 대법왕을 만날 수 있는 것은 더욱 아니다. 최소한 대법왕을 만나려면 열흘 전에 미리 약조를 하거나 일정한 절차를 밟아야 한다. 그래도 사나흘은 족히 걸린다.

“약속이 되어 있는지요?”

“아뇨. 약속은 하지 않았어요. 하지만 아주 급한 일로 찾아왔으니 만나게 해주시겠어요?”

용새의 표정이 굳어졌다.

다른 사람도 아닌 지고무상한 대법왕을 만나는데 약속도 하지 않고 불쑥 찾아왔다는 것에 불쾌감을 느꼈다. 대법왕은 사람이되 사람이 아니라는 것이 용새의 생각이었다.

“미리 약속이 되어 있지 않다면 곤란하오. 돌아들 가시오.”

“이보시오, 우린 여기서 오백 리나 떨어진 아주 먼 곳에서 대법왕님을 뵙기 위해 사흘 밤낮을 쉬지 않고 달려왔소이다. 비록 일방적인 우리의 방문에 문제가 있다고는 생각하지만 이대로 돌아가라는 것은 너무하지 않소?”

흑의여인과 같이 온 사내가 인상을 썼다.

사내는 서른 초반쯤 되어 보였는데 눈을 부라렸다.

"우리도 대법왕을 만나려면 이렇게 불쑥 찾아와서는 안 된다는 것쯤은 안단 말이오. 오죽 다급했으면 이런 결례를 무릅썼겠소. 그러니 안에 기별이라도 좀 넣어주시오."

용새의 얼굴이 굳어졌다.

적반하장도 유분수지, 사내의 큰 소리에 비위가 상한 것이다. 엎드려 빌어도 불가할 판에 목청을 높이자 용새가 가만있을 턱이 없었다.

"아미타불! 두 분 시주는 그만 돌아가시오. 더 이상 입 아프게 떠들고 싶지 않소."

흑의사내의 인상이 험악해졌다.

"뭐 이런 개 같은 경우가 있어? 이거 포달랍궁 맞아? 백성이 어려운 사정을 고하기 위해 달려왔으면 만사를 젖혀두고 사정을 들어줘야지. 이거 듣기와는 완전 딴판이군그래?"

용새의 입술이 물렸다. 속에서 불길이 치솟았지만 인내와 자비를 최고의 가치로 여겨야 하는 승려로서 같이 화를 낸다는 것은 안 될 일이었다.

"그냥 가시지요?"

겨우 화를 누르며 힘들게 말했다.

"그냥은 못 돌아가겠소. 젠장, 오늘 기어코 대법왕인지 뭔지 하는 사람을 만나야겠소."

화악!

용새의 눈이 찢어져라 커졌다.

'대… 대법왕인지 뭔지?'

용새는 자신의 귀를 의심했다. 하늘 같은 대법왕을 마치 지나가는 사람 부르듯 하는 흑의사내의 경박한 말투에 참았던 화가 터지고 말았다.

대법왕을 향한 용새의 존경심은 누구보다 절대적이었다. 얼마 전 즉위식 때 대법왕님의 입에서 나온 말씀은 그야말로 환상이었다. 온몸이 벼락을 맞은 듯 찌르르했고 너무도 감동스러워 눈물까지 흘렸다. 그날 이후 어떻게 해서라도 대법왕을 위해 살다 죽겠다고 명심하고 다짐했다. 이 세상에서 가장 존경하는 부모님보다 열 배는 더 존경하는 대법왕님을 깔아뭉개는 흑의사내의 발언은 결코 용납해서도 안 되고, 용납할 수도 없는 가공할 대죄였다.

"너… 너, 지금……!"

너무나 흥분하여 말이 제대로 나오지 않는다.

부르르!

몸이 떨리고 침이 목에 걸렸다.

"이노옴! 네놈이 간이 배 밖으로 튀어나왔구나!"

"튀어나왔소. 그래서 어쩔 거요?"

"어… 어쩔……?"

용새의 눈이 붉게 변했다. 더 이상 참을 수 없을 만큼 흥분하면 용새의 두 눈은 빨개진다.

그때 심상치 않음을 느낀 듯 흑의여인이 얼른 나섰다.

"오라버니, 그만 해요."

"너는 자존심도 없느냐? 도움을 요청하기 위해 오백 리 길을 달려온 우리에게 어디 이따위로 대접할 수가 있단 말이냐? 이 인간, 정말 중 맞냐?"

"주… 중 맞냐?"

어느새 용새의 눈은 붉다 못해 파랗게 변해가고 있었다.

흑의여인이 빠르게 말했다.

"아쉬운 사람은 우리예요. 제발 참아야 해요."

"크으으! 안 되겠구나. 부처께서 말을 듣지 않으면 두들겨 패라고 했으니."

휙!

잔뜩 흥분한 용새가 바람처럼 날아가 흑의사내를 주먹으로 때렸다.

그런데 흑의사내 역시 만만치 않았다. 가볍게 상체를 좌측으로 움직여 용새의 일권을 피하더니 옆구리에 차고 있는 검을 뽑아 곧바로 반격해 왔다.

촤악!

단번에 일도양단의 기세로 파고드는 기세에 용새가 흠칫했다. 무릎을 꿇고 사죄를 해도 용서가 어려울 판인데 맞공격을 해오자 그나마 마지막 한 올의 자비심까지도 사라져 버렸다.

"내가 오늘 널 살려두면 용새가 아니라 용개다!"

반격해 오는 검을 향해 좌권을 뻗었다.

쾅!

용새의 주먹과 검이 충돌했다.

"큭!"

"후웁!"

두 사람 모두 비명을 지르며 한 걸음씩 물러났다.

용새는 용새대로 충격을 받은 얼굴이고, 흑의사내 역시 놀란 표정을 감추지 못했다.

산문을 지키는 한낱 위사의 무예가 당 내에서 아버지 다음으로 무공이 높은 자신과 동수를 이룬다는 것을 믿을 수가 없었다. 아무리 무가는 아니라지만 무(武)의 중요성을 깨달은 부친은 어려서부터 혼신의 노력을 다해 자신을 가르쳤다. 그런데 자신의 무위가 포달랍궁의 위사와 겨우 엇비슷한 실력밖에 되지 않는 것에 갑자기 화가 치밀었다.

"간다앗!"

흑의사내는 노호성을 터뜨리며 자신이 배운 표풍대검식을 펼쳐 갔다.

서장 동부 지역에서 이름을 날리고 있는 표풍자에게로부터 배운 검식이었다.

용새 역시 눈알이 뒤집히고 말았다. 이름도 모르는 허름한 사내를 한 방에 때려눕히지 못했다는 것은 서장제일문 포달랍궁의 제자답지 못한 부끄러운 일이었다.

"네놈을 죽여 버리겠다!"

처음에는 팔 하나 정도 부러뜨릴 생각이었는데 이제는 죽여야 직성이 풀릴 것 같았다.

콰아아!

용새가 비룡권을 펼쳤다. 용이 허공을 날 때 휘젓는 발 모양에서 착안된 비룡권은 무척 거칠다.

콰콰콰!

용새의 주먹이 흑의사내의 검기를 일거에 박살 내버리며 파고들었다.

그 순간 흑의사내의 얼굴이 굳어졌다. 자신의 표풍대검식이 순식간에 깨진 것이다.

'이… 이럴 수가!'

쾅!

가슴이 쇠망치에 맞은 듯했다.

"크억!"

비틀거리며 뒷걸음질치는 흑의사내를 향해 용새의 우권이 뻗어갔다.

"건방진 시주."

쇄애액!

용새가 숨 돌릴 틈을 주지 않고 연권을 쏟았다.

미칠 것 같은 분노가 담겨 있어 맞았다 하면 흑의사내는 온

전하지 못할 위력이다.

이에 흑의여인이 소리쳤다.

"제발 멈추세요!"

하지만 용새의 주먹은 멈추지 않았고, 흑의여인이 뛰어들었다.

촤라락!

그녀는 흑의사내를 구하기 위해 검을 뽑아 용새의 팔목을 내려쳤다. 용새가 주먹을 회수하지 않으면 잘릴 것이다.

"이… 이런 연놈 시주들이!"

용새는 씩씩거리며 주먹을 회수한 후 곧바로 흑의여인에게 달려들었다.

쿠우우!

한눈에 봐도 살기가 뭉쳐진 주먹이다. 흑의여인이 입술을 깨물며 검을 수평으로 그었다. 설혹 상대가 안 될지라도 가만히 앉아 맞아 죽을 수는 없었다.

하지만 흑의여인의 얼굴에는 암울한 표정이 떠올랐다.

바로 그때 한줄기 단호한 외침이 들려왔다.

"아미타불! 멈추어라!"

뚝!

매섭게 돌진해 가던 용새의 우권이 거짓말처럼 정지했다. 용새는 잽싸게 주먹을 거두고 돌아섰다. 어느새 산문 앞에는 붉은 가사를 걸친 비쩍 마른 노승 한 명이 서 있었다. 금룡당의 당주 남화 선사였다.

"당주님을 뵈옵니다."

용새가 잽싸게 허리를 구부렸다.

남화 선사가 굳은 표정으로 물었다.

"어인 싸움이더냐?"

용새가 자초지종을 설명했다. 그중에서 대법왕을 모욕했다는 것에 힘을 주었다.

획!

남화 선사가 흑의사내를 돌아보았는데 그 시선엔 냉기가 깔려 있었다.

"사실인가? 정직하게 말하시오!"

"그렇지 않아요, 선사님."

흑의사내를 대신해 흑의여인이 나섰다.

"소녀는 자정경이라 해요. 저희 오라버니께서 조금은 무례했지만 결코 대법왕님의 존엄성을 해치려는 목적은 절대 없었음을 말하고 싶습니다."

그러더니 흑의사내를 보며 자정경이 말을 이었다.

"오라버니, 뭐 하는 거예요, 어서 사과를 하지 않고?"

그러면서 한쪽 눈을 찔끔 감았다.

아무리 화가 나도 형식적이나마 사과를 하라는 신호였다.

흑의사내가 어쩔 수 없다는 듯 다가와 남화 선사를 향해 포권의 예를 취했다.

"소생은 자청단이라 하오. 이유야 어쨌든 소란을 피워 송구하오이다."

말은 사과를 하고 있었지만 자청단의 얼굴은 굳어져 있었고 용새를 잡아먹을 듯 노려보고 있었다.

눈썹이 있었지만 고작 털 두 개밖에 없었다. 왼쪽 눈썹 한 개, 오른쪽 눈썹 한 개다. 눈썹이 없으면 심성이 차갑다. 그래서인지 중년 승려의 얼굴은 희다 못해 창백하여 섬뜩한 인상을 풍긴다. 거기다 눈을 떴는지 감았는지 구분이 안 될 만큼 가늘어 난폭한 기운까지 느껴진다.

사대법왕의 시선이 중년 승려를 향해 있었다. 새로 천장금왕이 된 고굉 선사 역시 맨 상석에 앉아 중년 승려를 바라보고 있었다.

"과거 계율을 위반했던 제자들을 중심으로 은밀히 감시하고 있습니다. 특히 죽은 대력 선사를 비롯해 천장금왕과 자주 왕래했던 제자들은 밀착 감시하고 있지요."

천장금왕이 힘주어 말했다.

"거듭 말하지만 두 번 다시 이번 사태와 같은 일이 생겨서는 안 되네. 만약 또다시 반란이 발각된다면 그땐 자네를 가장 먼저 처단할 걸세."

"너무 심려 마옵소서. 두 번 다시 그런 일은 발생하지 않을 것이옵니다."

이미 선사(二眉禪師). 사불각의 각주이다. 사불각은 세속의 집단으로 표현하면 정보 기관인 셈이었다. 서장에 퍼져 있는 많은 무가의 움직임을 관찰하고 포달랍궁의 고승들과 일반 제자들의 일상을 낱낱이 지켜본다.

"만경 사숙의 반란은 어쩔 수 없었다고 하지만 이번 반란을 사전에 감지하지 못한 것은 무조건 사불각의 책임일세. 다시 말하지만 절대 앞으로는 이런 불상사가 있어서는 안 될 게야."

천장금왕이 위엄 가득한 목소리로 말했다. 조용히 말했지만 어떤 경고보다 소름이 끼침을 이미 선사는 느꼈다.

"명심하겠나이다."

"조금이라도 이상 징후가 보이면 곧바로 보고하고 시간이 촉박하거든 독단적으로라도 처리하게. 위험이 발견되어 손을 썼다는데 누가 뭐라고 한단 말인가?"

"예, 금왕님."

"손님이 찾아오셨습니다."

그때 밖으로부터 음성이 들려오자 모두들 문 쪽으로 고개를 돌렸다.

드르륵!

문이 열리고 남화 선사가 들어섰다.

"남 당주가 여긴 어인 일이오?"

모두가 알은체를 했다.

남화 선사가 문밖을 보며 말했다.

"들어오시오, 두 분 시주."

자정경과 자청단이 방 안으로 들어섰다.

두 사람은 들어서자마자 다섯 사람을 향해 공손히 예를 취했다.

"자씨 남매가 포달랍궁의 큰스님들께 인사 올립니다."

그런데 모든 사람들이 눈이 찢어질 듯 크게 떠지며 일제히 자정경에 고정되었다. 비록 산사의 스님들이지만 그녀의 아름다움에 똑같이 놀란 얼굴들이었다.

"소승은 이만 물러가겠나이다."

남화 선사가 사라지자 천장금왕이 눈을 치켜떴다.

"두 분 시주께서는 어디서 오셨소?"

"저흰 흑수당에서 왔사옵니다."

"흑수당?"

천장금왕이 처음 듣는다는 듯 이미 선사를 돌아보았다.

그러자 이미 선사가 조용히 설명했다.

"흑수당은 사천과 인접한 덕격에 자리한 상가입니다. 서장 제일의 상가이지요."

"흑수당… 들어본 것 같기도 하군. 그런데 본 궁에는 무슨 용건으로……?"

천장금왕이 다시 물었다.

자정경이 정색하여 말했다.

"거두절미하고 찾아온 용건만 말씀드리겠어요. 대법왕님

을 뵙고 한 가지 도움을 요청하기 위해 왔어요."

단아한 연꽃 한 송이가 말을 하는 듯했고 목소리는 은 쟁반에 옥 구슬이 굴러가는 것 같았다. 모든 사람들이 숨을 삼켰다. 오랜 세월 불심에 깊이 묻혀 사는 노승들이었지만 아름다움에 반응하는 것은 본능이리라.

"아미타불! 혹시 여시주께서는 자정경 낭자가 아니시오?"

침묵하고 있던 이미 선사가 물었다.

"맞아요. 소녀가 자정경이에요."

"천하쌍미."

이미 선사가 신음을 뱉듯 말했다. 그리고 궁금해하는 사대법왕에게 천하쌍미에 대해 설명하기 시작했다.

그녀가 천하에서 가장 아름다운 두 여인 중 한 명이라고 하자 모두가 입을 쩌억 벌리고 놀라는 표정을 감추지 못했다.

자정경과 자청단이 포달랍궁을 찾아온 용건을 들은 사대법왕과 이미 선사의 얼굴은 무거워졌다. 자청단 남매는 이미 빈각으로 안내되었고, 방 안에는 다섯 사람만 남아 있었는데 모두 난감한 얼굴들이었다. 원래 포달랍궁은 이런 일이 잦았다. 억울한 일을 당한 사람들이 수시로 찾아와 하소연하고 도움을 요청했다. 가급적이면 그들의 요청을 거절하지 않고 대부분 시간이 걸리더라도 모두 해결해 주었다. 그렇지만 이번처럼 대법왕을 찾아오는 이는 없었다. 몇 번 있긴 하지만 대부분 대법왕을 만나야 할 절대적인 목적이 있어서라기보다는 하도 억울하다 보니 찾아온 것뿐이었다.

대법왕은 신성이었다. 아무나 만날 수도 없을뿐더러 세인들 앞에 자주 모습을 드러내지 않는다.

그런데 이렇게 대법왕을 만나겠다고 직접 찾아온 전례가 없었던 사태에 다섯 사람은 더욱 이마를 찡그렸다.

"흑수당에 대해 자세히 말해보게. 조금 전에 서장제일상가라고 한 것 같던데?"

천장금왕이 이미 선사를 돌아보며 물었다.

그에 이미 선사가 잠시 생각하는 듯하더니 천장금왕을 보며 말했다.

"그렇습니다. 흑수당은 서장제일상가이지요. 삼백여 년 이상의 역사와 전통을 자랑합니다. 서장을 통째로 사고도 남는다는 말이 있을 만큼 대상가입니다. 하지만……."

"하지만 뭔가?"

"그다지 세간에서는 좋은 평을 듣지 못하고 있습니다."

"말해보게."

"아미타불!"

이미 선사가 이마를 찡그렸다. 어디서부터 입을 열어 설명해야 할지 난감한 표정이었다. 잠시 고민하는 듯하던 이미 선사가 고개를 쳐들고 말했다.

"한마디로 말하면 악덕 상가라고 할 수 있습니다. 수십 개

의 군소 상가를 막강한 자금력을 이용해 흡수하고 통폐합시
켜 오늘의 가세를 이뤘습니다. 특히 시장에서의 독점적 위치
를 철저히 악용하여 물건 값을 자신들 마음대로 조정하고 형
성해 엄청난 중상들을 파산으로 몰아갔습니다.”

“아미타불!”

천장금왕이 굳은 얼굴로 불호를 외웠다.

이미 선사가 말을 이었다.

“이런 말을 드리기가 조금은 그렇지만, 사실 아직까지 본
궁에 단 한 푼의 시주도 하지 않았습니다. 어려운 백성들을
위한 자선은 더욱 없었고요.”

사대법왕의 안색이 굳어졌다.

머릿속에 흑수당이라는 상가의 이미지가 그려진 것이었다.

“소승이 알기에 이따금 찾아 예불은 올렸지만 단 한 푼의
시주도 없었던 것으로 기억하옵니다.”

“그렇다면 천하의 수전노가 아닌가?”

천검은왕의 짙은 눈썹이 꿈틀거렸다.

“그런 놈이 무슨 면목으로 자식들을 보내 본 궁에 도움을
요청한단 말인가? 낯짝도 좋군.”

직설적인 성격답게 천검은왕의 표정이 험악해졌다.

“당장 내쫓아 버립시다.”

그러면서 천장금왕을 돌아보았다.

천장금왕이 손에 쥔 염주를 굴리며 조용히 말했다.

“한마디로 서장의 모든 상권을 쥐락펴락하는 곳이란 얘기 아닌가?”

“그렇사옵니다. 그런데 두 자식을 직접 보낸 것으로 보아 뭔가 심각한 문제가 생긴 것 같습니다. 어지간해서는 절대 우리에게 도움을 요청할 자추동이 아닙니다.”

자정경과 자청단은 무슨 일로 대법왕을 만나려고 하느냐는 천장금왕의 질문에 직접 만나 얘길 하겠다면서 입을 다물었다.

“어떡하면 좋겠는가? 두 사람을 대법왕님께 데려가는 게 좋을 것 같은가, 아니면…….”

“대법왕님께서는 평범한 분이 아니십니다. 전 대법왕님만 보더라도 아무나 만나지 않으셨지요.”

천검은왕이 발끈하며 목청을 높였다.

“자네들은 어찌 생각하는가?”

천권동왕와 천지철왕이 동시에 입을 열었다.

“소승들도 은왕 사형의 말씀에 공감합니다. 부처님을 숭배한다고 하면서도 단 한 푼의 시주도 바치지 않은 자이옵니다. 물론 금전으로 인간의 불심을 잴 것은 아니지만 해마다 굶주린 백성들을 위한 본 궁의 구호 사업도 외면했다고 들었습니다.”

“소승 또한 철저히 모른 체했다가 갑자기 찾아와 도움을 요청한다는 것은 뻔뻔하기 이를 데 없는 행동이라고 봅니다.”

그때 이미 선사가 입을 열었다.

“소승이 한 말씀 더 드려도 되겠는지요?”

"물론이네. 해보게."

이미 선사가 천장금왕을 보며 말했다.

"소승의 생각으로는 대법왕님과 만나도록 주선하는 것이 좋을 것 같사옵니다."

"이유를 말해보게."

"대법왕님을 새롭게 즉위하셨습니다. 당분간은 사람들에게 후덕한 인품과 따뜻한 모습을 충분히 보여주어야 할 때라고 생각하옵니다."

"만천하에 대법왕님의 자비스러움을 널리 알리는 차원에서라도 외면해서는 안 된다는 얘긴가?"

"그러하옵니다. 필시 거절했다간 온갖 악의적인 소문을 퍼뜨릴 가능성도 배제할 수 없습니다."

"그렇기만 해봐. 내가 흑수당을 가만 놔두나."

천검은왕이 눈을 크게 떴다.

이미 선사의 말은 계속되었다. 천장금왕의 표정이 부드러워졌고 천검은왕을 제외한 나머지 이대법왕 또한 고개를 끄덕이며 이미 선사의 말에 공감하는 표정을 지었다. 유일하게 천검은왕만이 절대 안 된다고 고집을 피웠다.

빈객당으로 안내를 받은 자정경과 자청단은 가만 앉아 있지 못하고 실내를 서성거렸다. 조금만 기다리고 있으면 기별을 해준다고 했는데 벌써 반 시진이 훌쩍 넘어가고 있었다.

"도대체 언제까지 기다리라는 거야?"

자청단이 투덜거렸다.

"포달랍궁, 이렇게 안 봤는데 알고 보니 형편없는 집단 아냐?"

자정경이 정색했다.

"오라버니, 말씀 좀 가려 하세요."

"내가 뭘?"

자청단이 눈을 치켜떴다.

자정경이 말했다.

"자세히는 몰라도 본 가는 아직까지 단 한 번도 포달랍궁에 한 푼의 시주도 하지 않았던 것으로 기억해요."

"그게 어쨌단 말이냐?"

"어쨌다뇨? 포달랍궁이 일 년에 굶어가는 민초들을 위해 쏟아 붓는 돈이 적지 않다고 들었어요. 심지어 승려들의 끼니까지 줄이며 구호 사업을 하고 있다고 들었어요. 그런 포달랍궁에 아버지는 단 한 번도 시선을 돌리지 않았다는 얘기죠."

"그렇다고 그것을 나쁘다고만 할 수는 없다. 시주를 하고 하지 않고는 철저히 아버지의 불심일 뿐이다."

"틀린 말씀은 아니에요. 한 푼의 시주도 하지 않은 것을 굳이 나쁘다고 할 수는 없죠. 누구라도 불심이 깊지 못하면 시주는 당연히 가벼워질 수밖에 없으니까요. 중요한 것은 불심을 떠난 자선 행위를 말하는 거죠. 서장에서 가장 부자이면서도 우린 빈자들을 철저히 외면했다는 거예요."

"남을 돕기 위해 돈을 버는 건 아니다."

"쓰기 위해 버는 게 돈이에요. 그리고 부자는 당연히 가난한 사람을 위해 도움의 손길을 펼쳐야 해요. 그건 책임이고 의무예요."

"그건 억지가 어디 있느냐?"

"아무튼 엄밀하게 말하면 우리의 행동은 뻔뻔할 수도 있어요. 그러니 가급적 말조심하고 이들의 비위를 건드리지 않았으면 해요."

"암튼 난 이곳 중놈들의 행태가 마음에 들지 않는다. 건방진 놈들."

자청단의 눈이 이글거렸다. 부잣집 외동으로 태어나 수많은 사람들 위에 군림하며 성장했다. 누구든 자신의 말 한마디면 굽실거렸고, 죽으라고 하면 죽는 시늉이라도 했다. 자신은 그들의 생명을 마음대로 좌지우지할 수 있는 절대군왕이었다. 아직까지 자신의 의견에 이의를 제기하거나 세운 뜻을 가로막는 사람은 없었다. 부친 또한 철저히 자신이 무엇을 하든 가로막거나 꾸중하지 않았다.

그런데 오늘 처음으로 자존심이 짓밟힌 것이다. 이런 수모는 난생처음이었다. 더구나 출가한 승려들에게 무시를 당했다는 것이 더욱 속을 뒤집어놓았다. 자신은 아직까지 포달랍궁이든 어디든 승려는 사람으로 보지 않았다. 만날 놀고먹는 승려들이야말로 철저히 기생충이라고 여기고 있었다.

드르륵!

문 열리는 소리에 두 사람의 고개가 동시에 돌아갔다.

자신들을 안내했던 스님이 입을 열어 말했다.

"소승을 따라오십시오."

"대법왕을 만나러 가는 것이오?"

자청단이 뒤를 따르며 물었다.

하지만 스님은 아무 말도 하지 않고 묵묵히 걷기만 했다.

"이보시오, 대법왕을 만나러 가는 길이냐고 묻잖소?"

"소승은 아무것도 모르오."

스님은 뒤도 돌아보지 않고 무뚝뚝하게 내뱉었다.

자청단의 인상이 또다시 찡그려졌다. 도대체 어떻게 된 절간이기에 겪으면 겪을수록 마음에 들지 않는다.

스님은 자신들이 처음 들어갔던 천량전으로 데려갔다.

여전히 그곳에는 사대법왕이 있었는데 이미 선사만이 자리에 없었다.

두 사람을 데리고 온 스님을 돌아가자 자청단이 대뜸 물었다.

"또 뭐요? 대법왕을 만나게 해달라고 했더니 왜 또 이곳으로 데려온 것이오?"

그 말에 천검은왕이 눈을 부라렸다.

"젊은 시주, 말을 조심하게. 난 자네가 무척 마음에 들지 않네. 그리고 이곳은 포달랍궁일세. 사찰이라고 해서 잘 참는 사람들만 있는 게 아닐세. 한 번만 더 경거망동하면 가만두지 않겠네."

천검은왕의 눈에서 살기가 뻗어 나오자, 자청단은 자신도 모르게 움찔했다. 금방이라도 살수를 펼칠 것 같은 기세에 얼굴이 굳었다.

"따라오시오."

천장금왕이 앞장을 섰고 그 뒤로 자정경과 자청단에 이어 삼대법왕이 뒤를 이었다.

일행은 백궁 입구를 들어서자 어디서 나타났는지 두 명의 승려가 앞을 막았다. 그러나 곧 사대법왕을 발견하고는 허리를 구부려 예를 취했다.

"천룡구십구불이 법왕님들을 뵈옵니다."

천장금왕의 반란 이후 천룡구십구불이 백궁을 에워싸 버린 것이었다. 그전까지 천룡구십구불은 자신들의 거처에서 묵으며 비상사태가 발생하면 출동했다. 하지만 덕배 선사가 수장이 되면서 천룡구십구불을 동천몽의 친위대로 바꿔 버린 것이다.

뿐만 아니라 지위 고하를 막론하고 동천몽을 만나기 위해서는 천룡구십구불의 검문을 받아야 했다.

第六章
정검세구로천동지흥대명상

신분패를 요구하는 두 사람의 말에 천장금왕을 비롯한 사대법왕은 군소리하지 않고 보여주었다. 그리고 자정경과 자청단의 신원에 대해서도 설명하자 통과하라는 허락이 떨어졌다. 하지만 일행은 백궁 안에서 또 한 번 검문을 당해야 했다.

척!

일목이 앞을 가로막았다.

사대법왕을 보고서도 예 따위는 차리지도 않았고 오히려 하나뿐인 일목의 눈을 보며 자정경과 자청단은 자지러질 듯 놀란 표정을 지었다.

'세… 세상에!'

'도… 독목(獨目)의 인간이 있다니!'

일목의 주먹만 한 눈에서 차가운 한기가 쏟아져 나왔는데 오싹했다.

"대법왕님 계시느냐?"

"우선 신분패부터 보여주시오."

이미 일목에 대해서 알고 있었다. 천하 없어도 신분패를 보여주지 않고서는 들어갈 수 없다는 것 또한 알고 있다. 어쩌면 대법왕까지도 신분패를 보여주어야 인정받을지도 모른다는 우스갯소리가 궁내에 나돌 만큼 대법위로서 일목의 근무는 철저하다 못해 우직했다.

네 사람은 아무 말 않고 패를 보여주었다. 그런데 사대법왕은 통과를 시켰는데 일목이 자청단과 자정경을 가로막고 나섰다.

"두 분 시주께서 혹시 병기나 그 이외에 위험한 물건을 갖고 계시면 당장 꺼내놓으시오."

멈칫!

두 사람은 검을 지니고 있었지만 이미 빈각에 놓고 나왔다. 병기 정도는 풀고 대법왕을 만나는 것이 예의라는 것쯤은 알고 있었다.

"이미 풀어놓고 왔어요."

"그 말을 나더러 믿으란 말이오?"

흠칫!

자정경이 놀랐고, 지켜보던 사대법왕도 눈을 크게 떴다. 아무래도 분위기가 심상치 않다.

"이… 이보게, 일목 대법위."

"말씀하소서, 금왕님."

일목이 천장금왕을 향해 각듯이 허리를 숙였다.

천장금왕이 말했다.

"두 분의 신분은 본 금왕이 보장함세. 그러니 그냥 통과시켜 주는 것이 어떤가?"

"안 됩니다. 만약 뒤져서 쇳조각 하나라도 나오면 그땐 가만 안 둘 것이오."

"소… 소녀의 몸을 뒤지겠다는 말인가요?"

자정경이 기가 막힌다는 표정을 지었다.

일목은 망설임없이 대답했다.

"몸을 조사할 테니 양손을 벌리시오."

"이보게, 일목. 자네, 미쳤나?"

천검은왕이 나서며 인상을 험악하게 만들어 말했다.

"우리가 이분들의 신원을 보장한다고 말했잖은가? 당장 그만두지 못하겠나?"

"전 지금 대법위로서의 임무에 충실하고 있습니다. 누구도 저의 행동을 제약하거나 가로막을 권한은 없습니다. 이건 저에게 주어진 고유 책무이자 엄격한 의무입니다."

사대법왕의 눈이 커졌다.

일목의 입에서 너무나 어려운 말이 유창하게 나왔기 때문
이다.

자정경의 표정이 여러 번 변했다. 하지만 일목에게 결코 악
의가 없다는 것을 발견하고는 망설이지 않았다.

"좋아요. 맘대로 하세요."

그러면서 자정경이 양팔을 벌렸다.

일목이 뒤지려 하자 자청단이 소리쳤다.

"이보시오! 당신 지금……!"

"그만두세요. 오라버니는 절대 내 일에 관여하지 마세요."

자정경이 쐐기를 박듯 말하자 일목이 겨드랑이부터 더듬
거리며 내려갔다.

"다리도 벌리시오."

자정경이 다리를 벌렸다.

일목은 거침없이 허벅지 안쪽으로 손을 넣어 발목까지 더
듬어갔다.

띠요용!

사대법왕의 눈이 화등잔만 해졌다. 특히 일목의 손이 자정
경의 허벅지 안쪽을 더듬거릴 때는 민망한 듯 고개를 돌려 버
렸다.

"다음 당신."

자정경을 검사한 일목이 이번에는 자청단을 바라보았다.

"아니, 이 사람……."

‘이 사람이 지금 미쳤나’ 하고 말하려던 자청단이 얼른 입을 다물었다. 일목의 하나뿐인 눈에서 백색의 광채가 쏟아져 나왔는데 너무나 소름 끼쳤다.

“아… 알았소.”

자청단이 양다리와 팔을 벌리자 일목은 자정경에게 했던 것처럼 몸을 수색했다.

“당신도 통과!”

일목이 큰 소리로 말했다.

“아미타불!”

천장금왕이 고개를 설레설레 내저었다. 일목의 행동은 누구도 말릴 수 없다.

자청단이 일목을 한 번 쏘아본 후 뒤를 따라 들어갔다.

백궁의 문이 열리고 일행은 안으로 들어섰다. 넓은 백궁은 조용했다. 천장에서 으스름한 붉은 야명주가 대낮인데도 아름다운 광채를 내뿜고 있었다.

백궁은 동천몽이 정사를 보는 곳이다.

그러나 아무리 휘둘러 봐도 동천몽의 모습은 보이지 않았다.

“이보거라, 일목, 대법왕님은 어디 계시느냐?”

문이 열리고 일목이 들어섰다.

“모릅니다. 확실한 건 절대 밖으로 나가시지 않았다는 것입니다.”

사대법왕이 백궁 곳곳으로 동천몽을 찾기 위해 흩어졌다. 천장금왕은 서재가 있는 곳으로 들어갔다. 서재는 가장 안쪽에 있었는데 정사를 보는 대전과 한 개의 문을 사이에 두고 있었다

삐이걱!

천장금왕이 문을 열고 서재로 들어서다 말고 깜짝 놀랐다. 동천몽이 책을 보고 있었기 때문이다.

화악!

천장금왕의 눈이 부릅떠졌다. 너무 충격을 받은 듯 천장금왕은 한동안 꼼짝을 하지 않았다. 사실 서재에 있으리라고 생각하여 온 것은 아니었다. 그냥 찾기 위해 흩어지다 보니 자신도 모르게 서재 쪽으로 걸음이 옮겨진 것이다.

동천몽은 자신이 오는지도 모르게 독서에 푹 빠져 있었다. 듣기로는 책이라고 하면 기겁을 하며 머리가 나빠 심법 구결 한 줄 외우는 데도 몇 달씩 걸렸다고 했다. 가장 싫어하는 것이 책 보는 것이며, 그래서 절대 책을 강요하지 말라고 천검은왕이 주의를 주었다. 그런 동천몽이 눈앞에서 근엄한 얼굴로 책을 보고 있다.

"허험!"

헛기침으로 동천몽의 이목을 일깨웠다.

하지만 동천몽으로부터는 아무런 반응이 없었다. 반짝이는 시선은 여전히 책에 집중되어 있었다.

"아미타불! 허허험!"

좀 더 소리를 높였는데도 여전히 동천몽은 돌아보지 않았다.

'도대체 얼마나 책에 심취하셨으면!'

자신도 책을 좋아한다. 그래서 한번 독서에 빠지면 누가 와도 잘 모른다. 그런데 동천몽은 옆에서 소리를 내는데도 알아듣지 못하고 있다.

"대법왕님께서 안 계시옵니다."

"외출하셨는지 아무리 찾아도 보이지 않는군요."

뒤쪽으로부터 사제들이 중얼거리며 다가왔다. 그러다 천장금왕의 어깨너머로 동천몽을 발견하고는 모두 경악을 금치 못했다. 도저히 상상할 수 없는 광경이 눈앞에서 벌어지고 있었던 것이다.

모두가 놀라자 대전 입구에 서 있던 자정경과 자청단까지 다가와 동천몽을 바라보았다.

흠칫!

자정경의 눈이 커졌다.

새로 환생한 대법왕에 대해 나름대로 상상을 해봤다. 그녀의 머릿속에 가장 먼저 떠오르는 인상은 산문을 들어서자마자 만난 우락부락하게 생긴 사천왕이었다. 무공을 익히고 서장을 다스리자면 인상부터가 덩치도 크고 생김새도 무시무시해야 할 것이라고 믿었다. 그런데 지금 두 눈으로 보는 동천몽은 절세의 미공자라고 하기에 부족함이 없었다. 어디 그뿐인가. 얼마나 독서에 빠져 있으면 이렇게 많은 사람들이 다가와 떠드는데도 모를 수가 있단 말인가.

"대법왕님."

천장금왕이 내공을 실어 동천몽을 불렀다.

그제야 동천몽이 고개를 돌렸다.

"금왕 아니냐? 네가 여긴 웬일이냐?"

그러면서 '으와' 하며 양손을 쳐들어 기지개를 켰다.

이윽고 고개를 좌우로 흔들며 피곤한 표정을 짓고 말했다.

"아미타불! 아후, 눈이야."

양 손가락으로 눈 안쪽을 지그시 누르며 오랫동안 책을 봤다는 것을 강조했다.

탁!

동천몽이 책을 덮었다.

그때 책 표지를 읽은 천장금왕이 기겁하며 놀랐다.

정검세구로천동지홍대명상(亭劍洗劬勞天洞地紅大明狀).

책 제목이 무척 길었다. 하지만 천장금왕이 경악한 건 긴 제목 때문이 아니었다. 정검세구로천동지홍대명상이라는 책 때문이었다. 천문지리의 총서라고 할 수 있으며 어지간한 학문의 깊이로는 한 줄도 이해할 수 없는 무척이나 어려운 책이었다.

놀란 사람은 천장금왕뿐만이 아니었다.

자정경의 두 눈 또한 휘둥그레졌다. 자신도 동천몽이 읽고 있는 책을 알고 있었다. 하지만 너무 어려워 도중에 그만두고 말았는데 동천몽은 그 책을 거의 절반 넘게 읽고 있었던 것이다.

"그래, 무슨 일이냐? 어! 못 보던 분들이 있구나?"

동천몽이 자리에서 일어났다.

자정경을 바라보는 동천몽의 표정이 더욱 엄숙해졌다.

동천몽이 밖으로 나오자 모두 한쪽으로 비켜섰다. 동천몽이 헛기침을 하고 태사의에 앉았다.

천장금왕이 두 사람의 신분에 대해서 설명했다. 동천몽은 고개를 끄덕였는데, 그의 두 눈은 시종 자정경에게 멎어 있었다.

"그래, 날 만나려 한 용건을 말해보시오."

자청단이 우두커니 서 있는 자정경에게 눈치를 주었다. 네가 말하라는 뜻이었다.

자정경이 한 걸음 앞으로 나섰다.

"먼저 늦었지만 대법왕님이 되신 것을 축하드려요."

동천몽이 자상한 미소를 가득 담고 고개를 끄덕였다.

"소녀는 자정경이라 해요."

"자정경? 무척 좋은 이름이군. 그래, 계속 말해보시오."

"소녀의 아버님은 자추동이라 불립니다. 단도직입적으로

말씀드리겠어요. 대법왕님께 본 가를 도와달라고 부탁을 드리기 위해 왔습니다."

"도와달라?"

"소녀가 알고 있기에는 포달랍궁의 대법왕님께서는 백성이 어려운 일에 처하면 결코 외면하지 않는다고 들었습니다."

"물론이지요. 백성이 어려움에 처했는데 어떻게 대법왕으로서 모른 체할 수 있단 말인가? 어려움이 무엇인지 남기지 말고 털어놓아 보시오."

"본 가 흑수당은 지금 생사의 위기에 처해 있어요."

자정경의 얘기를 요약하면 이러했다.

보름 전 한 통의 괴서찰이 흑수당으로 날아들었다. 서찰의 내용은 아주 간단했다. 흑수당의 모든 재산과 상권을 자신들에게 넘기라는 내용이었다. 말도 되지 않고 너무도 어이없는 요구였기 때문에 흑수당의 당주인 자추동은 콧방귀를 뀌었다. 장사로 잔뼈가 굵어온 자추동은 그따위 협박 서찰에 굴복할 사람이 아니었다. 자신은 물론 선조들은 그보다 훨씬 더 험난한 위기에서도 흑수당을 지켜왔고 서장의 상권을 삼백 년 동안 장악해 왔다.

그런데 그 다음날 멀리 회회국으로 원행을 떠난 상단 오십오 명이 모조리 몰살을 당하는 전대미문의 사건이 일어나고야 말았다. 흑수당 사상 최악의 사건이었고, 인명 피해였다. 그래도 자추동은 눈 하나 깜박이지 않았다.

　그런데 열흘 전 또다시 원행을 나간 상단 쉰일곱 명이 몰살을 당했다. 타고 가던 말까지 모조리 도륙한 끔찍한 사건이었다. 그제야 자추동은 사태가 심상치 않음을 느끼고 무사들을 끌어 모으기 시작했다. 떠돌이 무사들에서부터 인근에서 활동하는 자객들까지 달라는 대로 돈을 줘가며 가문과 상단 호위대로 쓰기 위해 모집한 것이다.

　하지만 사흘 전, 힘들게 모은 일백이십 명의 무사가 하룻밤 사이에 모조리 처소에서 시신으로 발견되었다. 자추동이 더욱 놀란 것은 일백이십 명의 목숨이 사라지는데도 자신은 전혀 기척도 느끼지 못했다는 것이다.

　"가만!"

　동천몽이 자정경의 말을 잘랐다.

　"도대체 그럼 보름 사이에 몇 명이 죽은 거야? 처음에 쉰다섯 명이 죽었고, 그다음에 쉰일곱 명이 도살당했고, 긁어모은 무사 일백이십 명이 죽었으니……."

　동천몽이 눈을 깜빡거렸다.

　입술이 달싹거리는 것이 한참 계산을 하는 중이 분명했다.

　"이… 칠에 십사, 삼칠… 에 이십일, 그러니까… 한마디로……."

　"모두 삼백삼십이 명이에요."

　자정경이 말하자 동천몽이 맞장구를 쳤다.

　"맞아, 딱 삼백삼십이 명이로군. 정확해!"

천검은왕의 얘기를 듣건대, 부친과 이복 형들 밑에서 살아 남기 위해 망나니가 되었고, 천장금왕의 반란을 단번에 짚어 내는 머리는 가히 살인적이라 할 만큼 빨랐다고 들었다. 그런 데 그 간단한 셈을 못해 쩔쩔맨다.

'그렇다면 조금 전까지 했던 독서는?

문득 천장금왕의 눈이 빛났다. 갑자기 이상한 생각이 들기 시작했다. 정식으로 천장금왕의 위(位)에 오르기 전 천검은왕 을 통해 동천몽에 관한 모든 정보를 얻어 들었다. 천검은왕은 혹시라도 생길지 모르는 불상사를 막기 위해 습관에서부터 말투, 성격은 물론 취미 생활까지 하나도 빠뜨리지 않고 가르 쳐 주었다. 그중 천검은왕이 가장 강조했던 두 가지 중 하나 는 머리가 상상을 벗어날 만큼 나쁘다는 것이었고, 또 하나는 책을 가장 싫어한다는 얘기였다.

낮잠을 잘지언정 책은 가까이하지 않는다고 했다. 그런데 조금 전 자신이 찾아와도 모를 만큼 독서에 빠져 있었다.

'뭔가?

의문은 꼬리를 물고 이어졌다. 책도 어지간한 학문의 깊이로 는 이해할 수 없는 정검세구로천동지홍대명상을 읽고 있었다.

팟!

돌연 천장금왕의 두 눈에서 이채가 떠올랐다.

백궁에는 두 개의 의자가 놓여 있었다. 한 개는 손님을 접대 하거나 대법왕의 위엄을 나타내는, 지금 앉아 있는 백상의(白

象椅)이고, 다른 한 개의 의자는 앉아서 정무를 보는 의자다. 그런데 지금 정무를 보는 의자가 반쯤 뒤로 젖혀져 있었다. 똑바로 앉아 조금 전까지 정무를 보고 있었다면 의자 등이 꼿꼿하게 세워져 있어야 정상이다. 그것은 누가 봐도 책상 위에 발을 올리고 의자를 뒤로 젖힌 채 잠을 잤다는 표시이다.

천장금왕은 결론을 내렸다. 정무를 보는 의자를 뒤로 젖히고 자다가 밖에서 들려오는 말소리에 잽싸게 서재로 들어가 책을 보고 있는 척한 것이다. 천장금왕은 엄숙한 표정으로 자정경의 설명을 듣고 있는 동천몽을 보며 속으로 웃음을 지었다.

전 대법왕을 닮았다는 말은 들었고, 자신 또한 몇 가지 행동에서 흡사한 점을 찾아냈다. 하지만 타인 앞에서 책 보는 척하는 것까지 닮았을 줄이야.

"그러니까 자 낭자의 말은 본 궁이 위기에 처한 흑수당을 도와달라는 것이오?"

"네, 그래요. 자비가 충만하신 대법왕님께서 소녀의 청을 결코 거절하지 않을 것이라고 믿어요."

자정경이 가벼운 미소를 지었다.

동천몽이 부르르 떤다. 뇌쇄적인 미소라고 해도 좋았다. 단순한 미소일 뿐인데 가슴이 울렁거리고 뒷골이 확 당긴다. 소주에서 수많은 기녀를 품어봤지만 단언컨대 자정경 같은 완숙미를 지니고 있는 여인은 보지 못했다.

"아미타불!"

반쯤 넋이 나가 있는 동천몽의 정신을 깨우기 위해 천장금 왕이 힘주어 불호를 외웠다.

"허험!"

동천몽이 자신의 실수를 깨달은 듯 자세를 고쳐 앉았다.

"당연히 백성이 어려움에 처했으면 손을 뻗어주는 것이 본 왕의 일이 아니겠소? 염려 마시오. 곧바로 손을 쓰겠소."

"대… 대법왕이시여."

"서… 성급한 결정이옵니다. 그런 문제는 십이법신 회의를 소집하여……."

천검은왕과 천권동왕이 제동을 걸었다. 천검은왕이 동천 몽을 바라보며 계속 말했다.

"구원의 손길을 뻗어주는 건 당연한 일이옵니다만 흑수당 을 위협하는 적의 정체도 현재로서는 파악되지 않았습니다. 피를 부를 전쟁이 상존할 것 같은 느낌을 지울 수 없는데 어 찌 이렇게 간단히 결정하시옵니까?"

동천몽이 이마를 찡그렸다.

"그래, 듣고 보니 조금은 신중할 필요가 있을 것 같군. 그 럼 당장 십이법신 회의를 소집해. 그리고 자 낭자는 잠시 빈 객당에서 십이법신 회의가 끝날 때까지 기다려 주시겠소?"

"물론이에요. 얼마든지 기다릴 용의가 있어요. 오라버니, 가요."

자정경이 다시 한 번 동천몽을 향해 방긋 웃었다.

'후우웁!'

동천몽이 속으로 숨을 삼켰다.

현기증이 일어날 것 같다.

'아미타불!'

걸어가는 자정경의 뒷모습을 바라보며 동천몽이 마른침을 삼켰다. 경장 차림이었지만 몸에 달라붙어 완연한 굴곡이 드러났기에 동천몽은 눈을 떼지 못했다.

동천몽까지 포함하여 모두 열여덟 명이 모였다. 열두 명의 장로와 사대법왕, 이미 선사가 장방형의 탁자를 놓고 마주 앉았다. 이들은 실질적으로 포달랍궁을 이끌어가는 각 기관의 수뇌들이었다.

회의가 시작된 지 반 시진가량 지났지만 격론만 이어지고 있을 뿐 여전히 결론은 내려지지 않고 있었는데 놀랍게도 동천몽과 이미 선사를 제외한 모든 사람들이 흑수당의 지원을 반대하고 있었다.

"이런 말을 하면 소승을 속 좁은 위인이라고 혀를 찰지 모르겠지만 그래도 해야겠습니다."

천검은왕이 비장한 표정으로 말했다.

동천몽이 고개를 끄덕였다.

"하고 싶은 말 있으면 모두 털어놔. 눈치 볼 것 없느니라."

"흑수당이 어딥니까? 서장에서 돈이 제일 많은 집단입니다.

한마디로 돈이 넘쳐 나다 못해 그곳에서 키우는 개새끼도 금화를 물고 다닌다는 말이 돌 만큼 떼부자지요. 그런데……."

천검은왕이 숨을 몰아쉬었다.

"아직까지 단 한 푼의 시주도 본 궁에 하지 않았습니다. 어려운 백성들을 위해서도 단 한 푼의 자선도 행하지 않은, 말 그대로 부도덕한 상가이옵니다. 아무리 대법왕의 지배를 받는 백성이라지만 그런 악덕 상가까지 보호해 줄 필요는 없다고 봅니다."

"은왕의 말은 우리가 어려울 때 단 한 푼의 돈도 보태주지 않았으니 우리도 모른 체하자는 거군."

"모른 체하자는 것이라기보다는 오는 것이 있어야 가는 것이 있다는……."

"그게 그거 아냐?"

천검은왕이 부리부리한 눈으로 말했다.

"까놓고 말하면 그렇습니다. 꼴 보기 싫어서라도 도와주기 싫사옵니다."

"또 좋은 의견들 있으면 망설이지 말고 얘기해."

"소승 율천도 천검 사형의 말에 동감하옵니다."

앉아 있는데도 서 있는 듯 키가 큰 노승이 입을 열었다. 그는 열두 장로 중 한 명인 율천으로 올해 여든다섯이다. 포달랍궁의 승려 중 비도술에 가장 능하다.

"자비를 근간으로 하는 본 궁이지만 흑수당은 그동안 해도 너무했습니다. 대법왕님께서는 잘 모르시겠지만 속된 표현을 빌리면 더러운 집구석이라고 할 수 있지요."

동천몽의 눈이 커졌다.

"도대체 얼마나 더럽기에?"

율천의 눈이 싸늘해졌다.

"그들의 더러움을 나열하자면 한도 끝도 없사옵니다. 자신들이 열심히 노력하여 부를 축적한 것도 있지만 대부분이 힘없는 중소 상가들을 인수하거나 병합하여 오늘날의 위치에 올랐지요."

"도덕성에 심각한 문제가 있다는 거군."

"자비는 상대를 가리지 않아야 함을 소승 또한 알고 있사옵니다. 하지만 질이 나쁜 자는 어느 정도 제재를 가하는 것 또한 대법왕님의 의무 중 하나라고 봅니다."

"또 다른 의견 있으면 말해봐."

"소승도 반댑니다. 흑수당의 당주 자추동은 사람이 아닙니다. 그자는 돈벌레입니다. 돈이 되는 일이라면 가리지 않고 매점매석을 하여 가격이 오르면 그때 내다 팔아 엄청난 이득을 취하지요."

긴 수염을 가슴 앞까지 늘어뜨린 노승이 핏대를 올렸다. 역시 열두 장로 중 한 사람인 탄천 선사이다. 그의 건곤미허타는 포달랍궁 제일로 알려진다.

"수많은 중소 상인들의 가슴에 못을 박은 위인이옵니다.

그뿐 아니라 막대한 자금으로 권력을 쥐고 있는 사람들을 포섭하여 항간에서는 금전법왕이라는 말이 돌고 있지요.”

“그… 금전법왕이라면, 한마디로 돈왕이라는 뜻 아니냐?”

“그렇지요. 그러니까 소승이 화를 내는 것이옵니다.”

“좋아, 계속 얘기들 해. 여긴 토론회장이니라. 내 눈치 보지 말고 마음껏 말하라.”

“소승도 반댑니다.”

“소승도 절대 안 된다고 생각합니다.”

“흑수당이 망하든지 말든지 눈 딱 감아야 한다고 힘주어 말하고 싶습니다.”

끝없는 반대 의견에 동천몽은 가만히 듣고 있었다.

일다경쯤 지나자 장내는 조용해졌다. 모두가 하고 싶은 얘기를 모두 쏟아내었다. 그들의 얼굴은 굳어진 채 흑수당에 대한 분노의 감정이 타오르고 있었다.

동천몽이 두 눈을 지그시 감고 생각에 잠겨 있자 모두가 그의 얼굴을 주시하고 있었다.

번쩍!

순간 감겨 있던 동천몽의 두 눈이 뜨였다.

“결론을 내리겠다. 흑수당을 돕는다.”

“네엣?”

“그렇게 말씀을 드렸는데도……?”

“마… 말도 안 돼.”

스윽!

동천몽이 조용히 하라는 듯 오른손을 들어 올렸다. 그러자 장내는 조용해졌고, 동천몽이 입을 열었다.

"부처께서는 말씀하셨다. 마음에 절대 미움을 두어서는 안 된다고."

형형한 안광으로 자신을 쳐다보는 고승들을 보며 말했다.

"옛말에 미운 놈 떡 하나 더 준다는 말도 있고."

"그래서 돕겠단 말입니까?"

가장 다혈질인 천검은왕이 따지듯 물었다.

"나의 백성이 눈물을 흘리며 호소하는데 어떻게 모른 체할 수 있단 말이냐? 일목."

스르르!

안개 한 무리가 나타나더니 일목이 모습을 드러냈다.

"말씀하소서, 대법왕님."

"당장 흑수당으로 떠날 채비를 갖추어라."

"명을 받습니다."

일목이 다시 연기가 되어 사라지자 가벼운 소란이 일어났다. 하지만 누구도 대놓고 동천몽에게 따지지 못했다. 그것은 동천몽의 성질을 잘 아는 까닭이었다.

빈객당으로 다시 돌아온 지 두 시진이 넘었는데도 감감무소식이자 자청단은 마음 한구석에 조금씩 불안감이 싹텄다.

부친은 무슨 수를 써서라도 포달랍궁의 도움을 얻어내야 한
다고 말했다.

그리고 마지막 팻감으로 한 가지를 귀띔해 주었다. 포달랍
궁이 움직일 기미를 보이지 않거든 일 년에 황금 십만 냥씩
향후 십 년 동안 백만 냥을 내겠다고 말하라고 했다. 그러면
서 우선 약속의 증표로 십만 냥짜리 전표를 한 장을 주었다.

물론 부친과의 일은 자신만 알 뿐, 자정경은 전혀 모르고
있었다.

하지만 자청단은 절대 십만 냥의 팻감을 쓰기 싫었다. 말이
황금 십만 냥이지, 상상을 초월하는 거금이다. 아무짝에도 쓸
모없는 중놈들에게 황금 십만 냥을, 그것도 향후 십 년 동안
무려 백만 냥을 던져 준다는 건 미친 짓이었다. 다행히도 동
천몽이 자정경의 미모에 현혹되어 도와줄 기미를 보이고 있
는 것이 고무적이었지만 아직 안심하기에는 일렀다.

원래는 자신과 총관이 오기로 되어 있었다. 그런데 부친이
가로막고 나섰다. 총관 대신 아무것도 모르는 자정경을 딸려
보낸 것이다. 일을 망치려 드느냐고 따졌더니 부친의 입에서
놀라운 말이 튀어나왔다.

사실 아직까지 자정경의 미모에 현혹되지 않은 사내를 보
지 못했다. 고관대작의 자제들은 물론 내로라하는 명숙들도
자정경을 탐냈고, 한번 그녀를 본 사내들은 거의 상사병에 걸
릴 만큼 빠져 헤어 나오지를 못했다.

부친은 사방에서 들어온 청혼을 일언지하에 거절했다. 장사꾼답게 자정경의 미모를 이용해 뭔가 획기적인 이윤을 남기겠다는 계산을 갖고 있었기 때문이다. 그렇기에 이번 길 또한 자정경을 대동하면 성공할지도 모른다는 계산을 했다. 아무리 대법왕이지만 피 끓는 청춘이니 자정경에게 빠지지 않을 리 없다고 자신한 것이다.

그런데 부친의 계산이 거의 적중하고 있었다.

"너무 초조해하지 마세요. 아마 도와준다고 할 거예요."

긴장의 표정을 감추지 못하고 있는 자청단을 보며 자정경이 위로했다.

동생이지만 착하다. 하지만 여인으로서는 장점일지 모르지만 장사꾼의 핏줄로서 선함은 그다지 달가운 일이 아니었다. 부친은 어려서부터 여러 가지 상술을 가르쳤지만 그녀는 별로 관심이 없었다.

오히려 장사보다는 무림의 일에 흥미를 갖고 있었다. 그래서 제법 이름깨나 있는 사람을 찾아가 적지 않은 금전을 지불하고 무예를 배웠다. 자신이 알기에 자정경은 이미 세 명의 스승을 두었다. 물론 덕격 인근에서는 제법 알아주는 사람들이지만 그런 관계로 무공만큼은 자정경이 자신의 솜씨를 능가한다.

그때 들려온 발자국 소리에 두 사람은 약속이나 한듯 방문을 쳐다보았다.

벌컹!

문이 거칠게 열리고 일목이 들어섰다.

흠칫!

두 사람은 약속이나 한듯 놀랐다. 아무리 봐도 일목의 몰골은 소름이 끼치기에 충분했다.

"대법왕님께서 흑수당에 자비를 내리셨소. 당장 백궁 앞으로 오라는 분부이시오."

자청단이 다그치듯 물었다.

"본 가를 도와준다는 말씀이오?"

"자비를 베풀었다고 하지 않았소."

일목이 몸을 돌려 걸어가자 자청단의 입가에 야릇한 미소가 걸렸다. 마침내 자신의 뜻대로 모든 것이 이뤄진 것이다.

탁!

앞가슴을 만졌다. 가슴속에는 언제든지 금화로 바꿀 수 있는 십만 냥짜리 전표가 들어 있다. 사용하지 않고 고스란히 챙겨 돌아가게 되었다. 이런 것이 바로 장사인 것이다.

칼을 거꾸로 박아놓은 듯한 단애 끝에 백쾌섬이 장승처럼 우뚝 서 있었다. 단애로부터 올라오는 거센 회오리바람에 걸치고 있는 백의가 찢어질 듯 펄럭거렸고, 호접 귀고리까지 땡그랑거리며 소리를 냈다. 어지간한 사람은 바람에 휩쓸려 날아갈 것 같은데도 백쾌섬은 옴짝달싹 않고 저 멀리 눈 덮인

설산을 바라보았다.

'으음!'

백쾌섬의 얼굴이 심각해졌다. 그는 지금 동천몽을 생각하고 있었다. 어느덧 자신이 포달랍궁에 들어온 지 한 달 가까이 지나고 있었다. 동천몽에 대한 확신이 없었다면 아마 오래전에 떠났을 것이다. 오래 머물 명분도 없었다. 다행히도 동천몽이 언제든지 가고 싶을 때 떠나라고 하여 지금까지 남아 있는 것이었다.

그동안 백쾌섬은 동천몽에 대한 조사를 면밀히 진행했다. 부족한 정보는 중원으로 전서구를 보내 보충했다. 조사 결과를 한마디로 말한다면, 대법왕이 납치된 천상각의 막내아들일 가능성이 팔 할 이상이었다.

넓은 중원에서 동명이인은 바닷가의 모래알처럼 많지만 어쨌든 이름이 같았고, 비록 성인이 되어 얼굴이 조금 변하긴 했지만 초상화 속의 동천몽과 거의 흡사했다. 특히 그가 사용하는 말씨는 완전한 절강성 남부 지역의 방언이었고, 그가 소주에서 왔다는 것까지 알아내었다.

여러 가지 정황은 천상각의 동천몽임이 확실하지만 딱 한 가지가 마음에 걸렸다.

그것은 바로 무예와 머리였다. 환상루에서 일광엽의 특급 자객들을 상대하던 그의 능력은 상상을 초월했다. 더욱 놀라운 일은 반란의 주모자를 끌어내기 위해 일부러 상처를 입었

다는 것이며, 그것은 소름 끼칠 만큼 치밀했고 완벽한 전략이
아닐 수 없었다. 그 덫에 천장금왕은 반항 한 번 제대로 못하
고 걸려든 것이다.

자신이 조사한 동천몽은 멍청이였다.

그런 그가 그런 섬뜩한 병략을 썼다는 것은 아무리 기적이
밥 먹듯 일어나는 강호라지만 이해하기가 힘들었다. 또한 높
은 무예일수록 어렵고 난해하다. 강한 무예를 익히기 위해서
는 머리가 좋아야 하는 것이다.

무공은 어떤 학문보다 깊고 오묘하다. 그래서 머리가 나쁜
사람은 절대 고수가 될 수 없다는 것이 강호의 정설이었다.
자신도 경험해 봤지만 강한 무공일수록 이해하기가 어렵다.
하물며 소림사와 더불어 천하제일의 대가람을 다투는 포달랍
궁의 무예, 그것도 살아 있는 활불이라고 하는 대법왕의 기예
를 배우기란 보통 사람으로서는 불가능한 일이었다. 그런데
동천몽은 대법왕의 무예를 완숙하게 익혔을 뿐만 아니라 어
쩌면 포달랍궁 사상 가장 강한 대법왕이 될 가능성이 높았다.

아무리 생각해 봐도 앞뒤가 맞지 않았다.

앞뒤가 맞아야 동천몽임을 확신하는데 말이다.

'후우!'

길게 한숨을 내쉰 백쾌섬이 몸을 돌렸다.

천천히 홍산을 내려가면서 한 달 동안 살핀 동천몽에 대해
정리를 하기 시작했다. 혹시 어디에선가 자신이 중요한 단서

를 흘리고 있을지도 모를 일이다. 두 번 세 번 꼼꼼하게 복기를 하고 되새겨 봐도 놓친 것은 없었다. 하지만 본능은 더욱 그가 천상각의 막내아들 동천몽이라고 말하고 있었다.

머릿속에 온통 동천몽의 생각으로 꽉 차 있던 백쾌섬의 걸음이 멈췄다. 어느덧 산을 내려와 빈객당 옆을 내려가고 있었는데 그 순간 자정경과 자청단이 마당으로 나오고 있었다.

'저 여인은?

백쾌섬의 걸음이 빨라졌다.

"혹시 이 백 모의 눈이 틀리지 않다면 천하쌍미 중 한 분이신 자정경 여협 아니시오?"

자정경이 깜짝 놀라며 돌아섰다.

눈같이 흰 백의에 화려한 행색을 한 백쾌섬을 보며 자정경의 눈이 커졌다. 화려한 만큼이나 용모 또한 준수하기 이를 데 없었다.

자정경이 놀란 표정으로 더듬거렸다.

"소… 소녀가 자정경인 것은 맞지만 여협이라는 말은……."

"핫핫핫! 어젯밤 꿈에 모란 한 송이가 내 가슴에 피어나 오늘 무척 좋은 일이 생기려나 했는데 천하쌍미 중 한 분인 자 낭자를 뵙게 될 꿈이었구려. 이거 영광이오이다. 소생은 백쾌섬이라 하오."

곁에 서 있던 자청단이 눈살을 찌푸렸다.

"백쾌섬이라고 하면… 가만, 천하제일현상금 추적자?"

"보잘것없는 졸명을 기억하시는군요. 그렇소이다."
"그렇소이까? 소생은 자청단이오."
"하면 여기 계시는 자 낭자와는……?"
"오라버니 되오이다."
"핫핫! 천하쌍미 중 한 분인 화왕 곁에 지혜가 사해를 덮고 기상이 태산을 넘보는 한 분의 오라비가 있다고 들었는데 바로 자 대협이시구려."
노골적인 추킴에 자청단의 입이 저절로 벌어졌다. 이는 아직 누구에게도 들어보지 못한 극찬이었다.

백궁 앞에 화려한 마차 한 대가 서 있었다. 바로 동천몽의 전용 마차인 백상거였다. 그 곁으로 십이법신과 사대법왕이 서 있었는데, 동천몽만을 제외하고는 모두 얼굴이 바위처럼 굳어 있었다.
모두가 반대하는 길을 가려는 동천몽이 못마땅한 것이었다. 하지만 그런 이들의 기분을 아는지 모르는지 동천몽의 입가에는 가벼운 미소가 끊이지 않았다. 그러면서 자꾸 빈객당 쪽을 쳐다보았다.
"일목, 어찌 된 것이냐? 자 낭자가 왜 이렇게 안 오는 것이냐?"
일목이 무뚝뚝하게 말했다.
"오라고 전했습니다."

동천몽의 시선은 빈객당 쪽에 고정되어 있었다.

"대법왕이시여, 마지막으로 한 번 더 재고해 주심이……?"

천검은왕이 힘주어 말했다.

하지만 동천몽은 못 들은 체했다.

"흑수당 그자들은……."

"그만 해!"

동천몽이 돌아보며 짜증을 냈다. 그러자 천검은왕이 흠칫하며 얼른 입을 다물었다.

"핫핫핫!"

"허허허!"

갑자기 호탕한 웃음소리가 들려와 모두가 빈객당 쪽으로 고개를 돌렸다. 그곳엔 자청단과 백쾌섬이 뭐가 그리도 좋은지 환한 웃음을 짓고 있었고, 그 뒤로 자정경이 따르고 있었다.

그 모습을 본 동천몽의 입가에 야릇한 미소가 떠올랐다. 하지만 누구도 그 미소를 본 사람은 없었고, 동천몽이 다가가며 큰 소리로 입을 열어 말했다.

"어떻게 된 일이오? 자 공자와 백 형이 잘 아는 사이인 모양이구려?"

백쾌섬이 웃으며 말했다.

"아니오이다. 뵙는 건 오늘이 처음이지만 자 대협의 명성은 익히 들어 알고 있지요."

'자 대협!'

동천몽이 속으로 중얼거리며 이를 드러내 놓고 웃는 자청단을 보았다.

'훗훗!'

자청단과 백쾌섬은 뭐가 그리도 좋은지 잠시도 쉬지 않고 떠들었다.

"그럴 게 아니라 백 형도 날 따라 흑수당으로 가는 게 어떻겠소?"

"그러잖아도 자 대협으로부터 초빙을 받아 그리할 예정이었습니다."

"아주 잘됐구려. 자자, 얘기는 가면서 나누기로 하고 일단 출발부터 합시다."

말을 마친 동천몽이 백상거 안으로 들어갔다.

벌컥!

백상거의 문을 닫던 동천몽이 고개를 밖으로 빼더니 말했다.

"모두 탈 수는 없고 연약한 자 낭자께서는 본왕과 마차로 가는 것이 어떻겠소?"

십이법신과 사대법왕의 눈이 화등잔만 해졌다.

대법왕은 사람이되 활불이다. 그래서 여자 한 명쯤 동승한다고 해서 크게 문제될 일은 아니었다. 하지만 동천몽은 피 끓는 청춘이다. 대법왕이긴 하지만 아직도 세속의 티를 완전히 털어내지 못하고 있었으므로 모두가 놀란 표정을 지었다.

하나 더욱 놀라운 것은 자정경의 반응이었다. 조금이라도 부끄러워하거나 거절할 줄 알았는데 선뜻 고개를 끄덕인 것이다.

"소녀를 생각해 주어 감사합니다. 그럼 대법왕님의 명을 받들어 마차에 타겠나이다."

"저… 정경아."

자청단이 놀라 불렀을 때는 이미 자정경의 모습이 백상거 안으로 사라지고 난 뒤였다.

백쾌섬까지 아연한 얼굴로 서 있을 때 동천몽의 음성이 흘러나왔다.

"일목, 출발해라."

"존명."

일목이 마부석에 죽립을 눌러쓰고 앉아 말고삐를 세차게 당겼다.

촤촤악!

두 마리의 흰 말이 백상거를 끌고 움직이기 시작했다.

꿀꺽!

백쾌섬이 마른침을 삼켰다.

그는 상당한 충격을 받은 얼굴이었는데 마차가 멀어지자 정신을 수습하여 뒤따랐다. 마차가 산문을 향해 나아갔고, 마당에서 지켜보던 십이법신과 사대법왕이 앞 다투어 침통한 불호를 중얼거렸다.

"아… 아미타불!"

"아미타불."

"아미타… 부우울."

"별일 없어야 할 터인데. 아미타불!"

천장금왕의 중얼거림에 모든 시선이 몰려들었다.

천검은왕이 눈을 치켜뜨며 물었다.

"사형, 무슨 말씀이오? 별일 없어야 하다니? 그럼 별일이라도 생길 것이란 말이오?"

자신을 쳐다보는 모든 시선을 쭈욱 훑어본 천장금왕이 조용히 입을 열어 말했다.

"이왕지사 이렇게 말이 나왔으니까 하겠네. 사실 대법왕님의 올해 춘추가 몇이던가?"

"춘추라뇨?"

"내 말은 그분은 지금 한참 피 끓는 연륜이라는 뜻이네. 그런 대법왕님 곁에 천하쌍미 중 한 명인 자 시주가 동승했으니 무슨 일이 생기지 않는다고 어찌 보장한단 말인가?"

"우웃!"

"그렇고 보니 이거……."

십이법신과 나머지 삼대장로가 눈을 크게 떴다.

"대법왕님이기 이전에 젊은 청춘이란 얘기지. 하나 정작 중요한 것은 다른 곳에 있네."

"다른 곳이라면?"

"자 시주 말일세. 모든 장부가 아름다운 여인을 쫓듯 여인들 또한 훤칠하고 잘생긴 사내를 사모하는 게 본능 아니던가? 우리가 모시는 대법왕님이어서가 아니라 그분이 얼마나 잘생기셨는가? 내가 여자라도 한눈에 반할 준수한 용모 아니신가?"

"그건 그래. 성질이 조금 그래서 그렇지 생긴 것 하나는 죽이지요."

"같은 남자인 나도 어쩔 때는 확 반할 때가 있는데 하물며 여자라면 사족을 못 쓸 수도 있지요. 그러고 보니 장난 아닙니다."

모두가 염려스런 표정을 지었다.

천장금왕이 계속 말했다.

"그런데다 대법왕이라는 신분은 어떤 여인이라도 반하지 않을 수 없는 완벽한 배경이 아니던가? 비록 대법왕님께서 여인을 멀리하시고 싶어해도 여인이 가만두지 않을 것이라는 얘길세."

"그럼 어떡하지요? 듣고 보니 여간 심각한 일이 아닌데."

천검은왕이 눈을 깜박거렸다.

"좋은 방안이라도……?"

"좋은 방안이라는 게 뭐 있겠는가? 모든 걸 대법왕님의 지혜에 맡길 수밖에."

"지… 지혜라고 하셨사옵니까?"

천검은왕이 눈을 크게 떴다.

"대법왕님께서 어떤 분이라는 걸 몰라서 지혜 운운하십니까? 송구한 얘기지만 대법왕님께서는 지혜라고는 아예 없사옵니다."

"소승이 보기에도 그건 좀 무리인 듯싶습니다. 지혜라는 건 말이 안 되지요."

"아미타불! 그건 그렇고, 내 자네들에게 할 애기가 있으니 가까이들 와보게."

천장금왕이 할 애기가 있다는 말에 다들 가까이 몰려들었다. 하지만 천장금왕은 쉽게 입을 열지 않고 뭔가 생각하는 듯 이마를 찌푸렸다. 그러자 성질이 가장 급한 천검은왕이 다그치듯 물었다.

"무슨 말씀을 하시려는 게요?"

천장금왕이 자신을 쳐다보는 사람들을 보며 조용히 말했다.

"사실 대법왕님께서 떠나시기 전에 날 조용히 부르셨네. 그리고 은밀히 한 가지 당부를 하셨네."

"뭡니까?"

사람들의 시선이 빛을 뿌렸다.

천장금왕이 무거운 얼굴로 말했다.

"어젯밤 천기를 봤는데……."

"으허헉! 천기?"

"대… 대법왕님께서 천기까지 보신단 말이옵니까?"

모두들 경악의 표정을 지었다.

"대법왕님의 표현을 빌리면 굳이 천기랄 것까지는 없고, 그냥 심심해서 밤하늘을 한번 올려다보았는데 평소 보던 별

자리들이 조금 이동해 있더라는구면."

"벼… 별자리도 이동을 합니까?"

"허허! 금시초문이외다."

천검동왕이 고개를 갸웃하며 물었다.

"별은 만날 그 자리에 있는 것 아니오?"

그러면서 옆에 있는 천지철왕을 쳐다보았다. 천지철왕 또한 고개를 끄덕였다.

"아미타불! 글쎄올시다. 내가 보기엔 항상 그 자리에 꼼짝도 않고 있던데?"

다른 사람들 또한 고개를 갸우뚱했다. 하나같이 천장금왕의 말에 반신반의하는 얼굴들이었다.

"암튼 대법왕님께서 천호(天虎) 경계령을 내리셨네."

"천호 경계령!"

"저… 정말이옵니까?"

포달랍궁에는 모두 세 가지의 경계 등급이 있었다. 가장 낮은 등급이 평소보다 경계를 한 단계 높이는 일호(日虎) 경계령이고, 두 번째는 지호(地虎) 경계령이며, 마지막으로 가장 높은 등급이 천호(天虎)이다.

천호는 적의 침입 가능성이 구 할 이상일 때 발령되는데, 칠십 년 전 뢰음사 침공 이후 단 한 번도 발효된 적이 없었다. 더구나 서장무림은 지금 태평천하라고 해도 좋았다. 조그만 사건들은 일어나지만 포달랍궁이 끼어들 만한 큰 사건이나

사고는 발생하지 않고 있었고, 백성들 또한 그럭저럭 부족함
이 없이 살고 있었다.

"누가 쳐들어오기라도 한단 말입니까? 아니지요. 감히 본
궁을 침략한 만한 집단이 있을 수는 없고, 혹시 저번과 같은
반란이……?"

천검은왕의 두 눈에서 광채가 쏟아졌다.

동천몽도 없는데 반란이라면 심각한 문제였다.

천장금왕이 나직이 말했다.

"대법왕께서는 내게 두 개의 주머니를 주고 가셨네."

그러면서 품에서 붉은색과 흰색의 주머니를 꺼내 보여주
었다.

"흰 주머니는 대법왕님께서 산문을 벗어나는 즉시 열어보
라고 했네."

"그럼 어서 열어보시지요."

"뭐가 들었기에……."

모두가 궁금한 표정을 지었다.

조그만 코끼리 문양이 새겨져 있는 주머니는 앙증맞기까지
했다. 마치 여인들 속곳에 달고 다니는 복주머니 같기도 했다.

스윽!

천장금왕이 흰 주머니를 열고는 이윽고 손을 집어넣어 안
에 들어 있는 내용물을 꺼내 들었다.

第七章
미소 속에 비친 함정

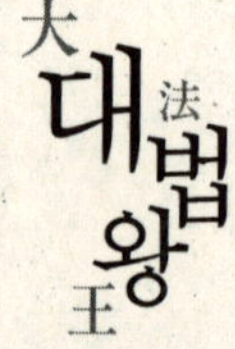

주머니 안에서는 열십자로 접혀진 분홍빛 종이가 나왔다.
천장금왕은 매듭이 지어진 분홍빛 십자 종이를 조심스럽게
풀어 헤친 후 펼쳐 들었다.

좌락!

흠칫!

서찰을 보던 천장금왕이 깜짝 놀란 표정을 지었다. 그의 안
색이 굳어지자 지켜보던 사람들이 한마디씩 내뱉었다.

"뭔데 그러십니까?"

"답답하십니다. 이리 좀 줘보십시오."

천검은왕이 천장금왕의 손에 들린 분홍빛 서찰을 빼앗아

자신이 읽었다.

　천검은왕의 눈살이 찌푸려졌다.

　~~宮入~~ 궁입 중뢰.

　"이게 무슨 말입니까?"

　천검은왕의 손에 들린 서찰을 앞 다투어 돌아가며 읽더니 하나같이 어리둥절한 표정을 지었다. 그 뜻을 헤아리기 쉽지 않았기 때문인데 천장금왕이 다시 서찰을 받아 뚫어져라 내용을 쳐다보았다.

　"글씨 네 자를 뭘 그렇게 오랫동안 보십니까?"

　천검은왕이 짜증을 내었다.

　"궁입이 무슨 뜻이던가?"

　말이 떨어지자마자 천검은왕이 그걸 질문이라고 하느냐는 듯 곧바로 대답했다.

　"본 궁으로 누가 들어온다는 말 아닙니까?"

　"그렇지, 궁입이면."

　다른 사람들이 고개를 끄덕였다.

　"하면 중뢰는 무엇입니까?"

　열두 장로 중 한 사람이 물었다.

　천장금왕의 눈살이 찌푸려졌다. 몹시 신중한 모습이었는데 쳐다보던 사람들 또한 은근히 긴장하는 표정을 감추지 못했다.

이마를 찡그리고 있던 천장금왕이 느릿하게 입을 열었다.

"서장에서 뢰(雷)의 문파가 어디던가?"

"뢰의 문이라면……."

"가만, 뢰음사?"

사람들의 눈이 커졌다.

천검은왕이 강렬한 시선으로 말했다.

"설마 뢰음사가 본 궁을 침입하기라도 한단 말입니까?"

"그런 말도 안 되는?"

뢰음사(雷音寺)와 포달랍궁은 지난 수백 년 동안 경쟁 관계에 있었다. 비록 경쟁 관계였다고는 하나 엄밀히 따지면 뢰음사는 서장 제이문이었다. 중원과 비교한다면 소림과 무당의 차이인 것이다. 그래서 뢰음사의 역대 사주들은 타도 포달랍궁을 외치며 숨을 거두었고, 신임 사주는 포달랍궁을 무너뜨리기 위해 안간힘을 다했다. 그리고 급기야 칠십 년 전에 타도 포달랍궁을 외치며 일어났지만 분루를 삼켜야 했다.

"무슨 근거로 대법왕님께서 그런 말씀을 남기셨단 말이오? 대법왕님께서 그동안 본 궁 내부 사정을 파악하느라 외부로 눈 돌릴 틈도 없었을 텐데 어떻게 뢰음사를 알며……."

"더구나 뢰음사는 칠십 년 전에 본 궁에 신물을 바쳐 완전히 신문(臣門)이 되었거늘."

그때 카랑카랑한 목소리가 들려왔다.

"오래전부터 대법왕님께서는 서장무림의 판세를 파악하고 계셨습니다."

모두가 고개를 돌렸다.

눈썹이 두 개뿐인 승려, 이미 선사가 다가오고 있었다.

그는 천장금왕을 비롯한 문의 윗사람들에게 가볍게 합장을 하고 입을 열었다.

"대법왕 즉위식이 있던 그날 밤 조용히 소승을 불러 서장무림의 판세에 대해 꼬치꼬치 물었습니다. 그래서 저는 꼼짝 않고 서서 무려 두 시진 동안 대법왕님께 설명을 해드렸지요."

모두들 믿기지 않는다는 표정이었다.

처음 동천몽이 환생자로 지목되어 대법왕으로 성장할 때까지를 봐온 자신들이다. 환생자였기 때문에 어쩔 수 없이 대법왕이 되었지만 자질이나 제자들을 휘어잡을 수 있는 절대적인 권위와 위엄은 찾아볼 수 없다고 해도 과언이 아니었다. 말과 행동은 천박하기 이를 데 없었고 걸핏하면 폭력과 욕설이 다반사였는데, 그런 대법왕이 자신들도 모르게 이미 서장무림의 흐름을 꿰뚫고 있다는 것에 충격을 받은 표정들이었다.

"대법왕님께서 궁입중뢰라는 네 글자를 써서 내게 준 이유가 무엇이겠는가? 우리 눈에는 전혀 징조가 보이지 않지만 그분의 계산으로는 충분한 가능성이 있다는 뜻 아니겠는가? 더

구나 내가 뢰음사 사주라면 대법왕님이 궁을 비운 지금이야
말로 침략의 가장 적절한 시기라고 판단하겠네.”

사람들의 눈이 반짝였다.

천장금왕과 이미 선사의 말을 종합해 보건대, 동천몽은 겉
으로 드러난 것이 진면목이 아니었다. 뭔가 가공할 능력을 지
녔으면서도 스스로 감추고 숨겨 적으로 하여금 방심케 하는
무서운 계략을 지닌 사람이 분명했다. 그렇지 않다면 이런 놀
라운 일을 예측할 수는 없는 것이다.

“당장 돌아가 제자들을 격려하고 임전 태세를 갖추도록 하
게. 또한 모든 기관과 진법을 작동시키고 각 위치에서 내 명
령을 기다리게. 그리고 자네.”

이미 선사를 돌아보았다.

“하명하소서, 금왕님.”

“천룡구십구불은 지금 어디에 있는가?”

“모두 매복에 들어가 있사옵니다.”

“제발 대법왕님의 생각이 기우이길 바라야지. 그만들 돌아
가서 준비하게.”

모두들 굳은 얼굴로 흩어졌다.

‘대법왕께서는 침략이 있다면 밤이 아니라 대낮일 것이라
고 했다. 우리의 허를 찌르기 위해.’

다른 건 백 보를 양보해서라도 이해하지만 대낮에 침략이
있을 것이라는 말만큼은 이해되지 않았다. 대낮에 전쟁을 일

으킨다는 것은 절대 말이 안 되었다.

선입견 때문인가. 갑자기 주위 공기까지 얼어붙는 것 같았다. 천장금왕이 자리를 뜨지 않고 있는 이미 선사를 향해 말했다.

"대법왕님께서 자네에게 특별히 지시한 것이 있었을 것 같군."

사불각은 정보 기관이다. 어느 집단이건 정보 기관이야말로 중추이자 핵심이다.

"물론 있습니다."

"뭔가?"

"위기가 닥칠수록 명령 계통이 하나로 단일화되어야 한다고 하시면서 금왕님의 뜻을 전적으로 따르고 명을 받으라고 하셨습니다."

천장금왕의 눈이 커졌다.

포달랍궁에 몸을 담은 지 일백 년이 넘었지만 동천몽을 곁에서 수행하는 사대법왕의 수장이 된 지는 불과 며칠 되지 않았다. 다시 말해 동천몽은 자신에 대해 전혀 알지 못한다. 천장금왕으로 앉힌 것은 철저히 자신의 연륜이 크게 작용했다지만 자리를 비우면서 모든 대법왕의 권한을 자신에게 넘겨주었다는 것은 천장금왕 자리의 임명 상황과는 전혀 다르다. 때에 따라서는 마음먹기에 따라 얼마든지 반란을 획책할 수 있고 자신이 대법왕에 오를 수도 있는 것이었다. 그런 위험을 모르지 않을 텐데도 자신에게 모든 걸 넘겼다는 것은 예상 밖이었다. 더구나 앞선 천장금왕의 반란으로 신경이 예민해질 만도 한데 전권을 위임하다니, 정신을 차릴 수가 없었다. 자신의 상식으로는 절대 있을 수 없는 일이었다.

문득 머릿속으로 네 글자가 떠올랐다.

군신유의(君臣有義).

동천몽은 자신을 완전하게 신뢰하고 있었다. 그것은 예측 못한 감동이었고 가슴 뭉클한 사건이었다.

'거목이시다!'

자신들은 겉만 보고 평가했다. 동천몽뿐만 아니라 오늘날까지 모든 사람을 외형만 보고 경솔하게 평가한 것이다. 그런데 오늘 그것이 얼마나 위험하고 잘못된 것인지 뼈저리게 느끼고 있었다.

마차는 덜커덩거리며 산길을 내려갔다.

포달랍궁에서 흑수당까지는 오백 리 거리다. 달리지 않고 이렇게 걷는다면 족히 칠팔 일은 걸릴 것이다.

"젠장!"

뒤를 따르던 자청단이 투덜거렸다.

"이렇게 가다간 어느 세월에 도착한단 말인가? 우라질!"

목소리가 크다는 듯 백쾌섬이 눈치를 주었지만 자청단은 오히려 들으라는 듯 더욱 목소리를 높였다.

"핫핫핫!"

"호호호!"

그런데 마차 안에서는 동천몽과 자정경의 웃음소리가 끊이지 않고 흘러나왔다.

자청단은 백상거를 노려보았고, 백쾌섬의 두 눈 깊숙한 곳에서 섬광이 피어났다.

백상거 안은 무척 화려했다.

바닥은 푹신한 붉은 융단이 깔려 있었고, 좌우 벽 쪽으로 의자가 붙어 있어 마주 볼 수 있게 되어 있었으며, 창문이 달려 있어 언제든지 환기를 시킬 수 있게 만들어져 있었다.

동천몽은 자정경과 마주 앉아 열심히 얘길 나누고 있었다.

"저어… 대법왕님께서는 무엇을 좋아하시나요? 취미 같은 거요."

자정경이 반짝이는 시선으로 물었다.

동천몽이 눈을 내리깔고 뭔가 진지한 생각을 하는 듯하더니 고개를 쳐들고 근엄히 말했다.

"글쎄요. 취미라고까지 할 것은 없지만 굳이 든다면 독서가 아닐까 생각됩니다."

자정경의 눈이 커졌다.

"아, 맞아요. 제가 처음 뵈었을 때도 책을 보고 계셨죠? 한 달에 몇 권 정도 책을 읽나요?"

동천몽이 눈을 게슴츠레하게 뜨며 생각하는 듯하더니 말했다.

"글쎄, 정확히 세어보지는 않았지만 대략 십여 권 정도?"

"한 달에 무려 열 권을 읽는단 말인가요?"

"그렇습니다. 기분이 좋으면 더 읽을 때도 있지요. 하지만 평균적으로 그 정도 읽지요. 아미타불."

자정경이 더욱 호기심을 일으켰다.

"그럼 어지간한 책은 다 보았겠군요?"

"그… 그렇다고 봐야지요."

"혹시 원정래오라는 책은 보셨나요?"

"……."

"주인공이 반란을 꾸민 죄로 평생을 감옥에 갇혀 살게 되죠. 그런데 처음에는 자주 찾아오던 여인이 점차 멀어지더니 급기야 떠나는 얘긴데……."

동천몽이 눈을 치켜떴다.

"아! 기억납니다."

"재밌죠, 그 책? 난 아주 감동적으로 읽었어요."

"좋지요. 참 바람직한 책이에요. 나 또한 그 책을 읽으면서 어찌나 가슴이 아팠던지."

이미 자정경이 줄거리를 대충 말해주었으므로 대략 흐름을 꿰맞추는 건 어려운 것이 아니었다. 보나마나 여자가 다른 남자와 눈이 맞아 도망쳤을 것이다.

"정말 대법왕님께서는 모르는 게 없군요. 소녀 또한 책이
라면 남에게 뒤지지 않는데 도저히 대법왕님께는 당할 수가
없어요."

"아미타불! 겸양의 말씀이오. 아름다운 용모에 풍부한 학
문까지 겸비한 자 낭자야말로 위대하오."

"과찬이에요."

자정경이 배시시 웃었다.

흰 이가 가지런히 드러나고 보조개가 살짝 만들어진다. 특
히 두 눈의 맑음은 수정을 방불케 하여 그 안으로 빨려들 것
같았다.

"꿀꺽!"

동천몽은 자신도 모르게 마른침을 삼켰다. 갑자기 아랫도
리까지 뜨거워진 것이다. 동천몽의 뜨거운 시선을 느꼈음인
가, 자정경이 시선을 피했다

마차는 산길을 벗어나 넓은 평원을 가고 있었다. 멀리 눈
덮인 대설산과 그 아래로 넓은 초원이 나타났다. 융단처럼 깔
린 초원 위로 수많은 양 떼가 풀을 뜯고 있었다. 그런데 늑대
와 맹수들로부터 양 떼를 지키던 목동들이 갑자기 말을 타고
백상거를 향해 달려오기 시작했다.

두두두두!

이십여 마리의 말이 달려오자 초원이 시끄러워졌고, 자청

단과 백쾌섬은 놀란 눈으로 쳐다보았다. 언뜻 보면 마치 백상거를 공격하기 위해 달려오는 것처럼 보였으므로 자청단이 긴장의 모습을 띠었다.

백쾌섬이 손을 뻗어 말렸다. 내버려 두라는 신호였다.

히히힝!

이십여 마리의 말이 백상거 근처에 이르러 일제히 멈췄다. 마상에는 추위로부터 몸을 보호하기 위해 여우 털목도리를 둘렀고 호피로 된 모자를 깊숙이 눌러쓴 목동들이었는데, 옆구리에는 날이 시퍼렇게 선 대감도를 차고 있었다.

목동들은 가볍게 바닥으로 뛰어내리더니 일제히 그 자리에 무릎을 꿇었다.

"대법왕이시여!"

"천상(天象)의 주인이시여!"

드르륵!

그러자 백상거 좌측 창문이 열리고 동천몽의 얼굴이 나타났다.

동천몽이 얼굴을 드러내자 엎드린 목동들이 감동과 감격으로 더욱 머리를 조아렸다.

"오오!"

"강녕하소서!"

동천몽이 손을 가볍게 내밀어 흔들며 인자한 목소리로 말했다.

"너희들에게 축복이 있길."

"가… 감사하나이다."

"천상이시여… 천상이시여!"

자정경의 눈이 커졌다. 백상거를 향해 진심으로 경배하는 목동들의 태도도 놀랍지만 그들을 향해 손을 흔들며 축복해주는 동천몽의 표정 또한 언뜻 석가세존을 보는 듯했다. 때마침 구름 사이로 나타난 햇볕이 동천몽의 얼굴을 비추면서 더욱 광휘로웠다.

'마… 맙소사!'

백쾌섬 역시 눈을 부릅떴다.

그것은 틀림없는 인간을 향한 석가의 자애로움이었다.

'사람의 얼굴이 저렇게 돌변할 수가……!'

비록 대법왕이라고는 하지만 자신이 본 동천몽의 얼굴에는 심통과 사나움이 가득했다. 이따금 자신의 감정을 다스리지 못해 아랫사람에게 거친 표현을 쏟아내는 것도 주저하지 않았다.

목동들은 백상거가 멀리 떠났는데도 일어날 기세를 보이지 않았다. 끝없이 사라지는 백상거를 향해 머리를 조아리고 또 조아렸다.

"부디 천년만년 강녕하소서!"

"세세연년 살아 소인들의 등불이 되어주소서!"

백상거는 초원 멀리 한 개의 점이 되어 사라졌다.

　백상거는 고갯길에 서 있는 주루 앞에 멈췄다. 일목이 뒷문을 열어주고 동천몽과 자정경이 나왔는데, 백쾌섬이 흠칫했다. 자정경의 얼굴에 미소가 떠올라 있었기 때문이다. 그것은 동천몽과의 동행이 무척 만족스럽다는 의미였다.
　일행이 주루로 들어서자 주인이 기겁했다.
　"으허헉!"
　선두에 서서 들어가는 일목을 보며 칠십가량 되는 주인이 쓰러질 듯 휘청거렸다.
　노안이 찢어지기 직전이었다. 칠십 평생 온갖 인생 풍파를 겪고 살아왔지만 눈이 하나뿐인 사람은 처음이었다. 그것도 미간에 떡하니 박혔는데 크기가 주먹만 했고 자신을 쳐다보는 눈엔 온통 흰자위뿐이었다.
　"어으으으!"
　주인은 너무 충격을 받은 듯 말을 제대로 잇지 못했다.
　"자리 안내 안 할 거요?!"
　일목이 버럭 소릴 지르자 눈에서 섬광이 뿜어져 나왔다.
　"하… 합니다. 이쪽으로."
　객점에는 네 개의 탁자를 잡고 십여 명의 손님이 앉아 음식을 먹고 있었는데 그들 모두 일목의 모습에 경악한 표정을 지었다.
　"뭘 봐? 밥들 먹어!"

일목이 그들을 향해 꽥 소릴 지르자 일제히 젓가락을 놀렸다.

"여기 앉으시지요."

동천몽이 가장 먼저 자정경에게 자리를 권했다.

자정경이 웃으며 사양했다.

"아니에요. 대법왕님께서 먼저 앉으시지요."

"아니오. 부처께서 말씀하시길, 여인을 먼저 배려하라고 했소. 그러니 사양하지 마시고……."

백쾌섬이 고개를 갸웃거렸다.

'언제 부처께서 여인을 먼저 배려하라는 말까지 했단 말인가?'

하지만 알지 못하니 그런 줄 알아야 했다.

"고마워요, 대법왕님."

자정경이 앉아 동천몽이 그 곁에 주저앉았다.

모두 앉았는데 일목은 여전히 동천몽 뒤에 서 있었다.

"너도 앉거라."

"아닙니다. 저는 이상하게도 서 있는 것이 편합니다."

"그래? 그럼 서 있어."

"뭘 드실 것인지……?"

주인이 일목의 눈치를 보며 물었다.

동천몽이 자정경을 보며 말했다.

"자 낭자는 뭘 드시겠소? 오늘 점심은 본왕이 살 테니 마음껏 시키시오."

자정경이 환히 웃으며 말했다.

"저, 정말이죠? 그럼 난 오향건을 먹고 싶어요."

"난 돈육 주시오!"

"난 연와탕."

자청단과 백쾌섬이 음식을 시켰다.

주인이 동천몽을 보았다.

"앵두… 백자색근."

앵두육을 달라고 하려다 자신의 신분을 떠올리며 얼른 백자색근으로 바꾸었다. 앵두육은 돼지 살코기를 주사위 크기로 잘라 설탕에 절인 신선한 앵두와 함께 항아리에 넣고 열 시간 이상 푹 삶은 것을 말한다.

"저… 저어, 어르신께서는……?"

주인이 일목을 공포에 젖은 눈으로 바라보았다.

일목이 냉랭히 말했다.

"난 안 먹소."

"알겠습니다."

부인이 부리나케 주방으로 사라졌다.

"자 낭자께서는 오향건을 좋아하나 보구려."

"네, 무척 좋아해요. 집에서도 자주 만들어 먹어요."

동천몽이 눈을 크게 떴다.

"직접 요리를 한단 말이오?"

"그럼요. 제가 얼마나 요리를 잘 만드는데요. 믿지 못하시겠다면 이번에 제가 직접 한번 보여드릴게요."

"믿지 못한다는 것이 아니라 너무 놀라워 그렇소이다. 그럼 염치불구하고 자 낭자가 만든 오향건을 한번 먹어볼 기회를 주시겠소?"

"좋아요. 집에 도착하면 곧바로 만들어 드리죠. 저, 진짜 잘 만들어요."

그 말에 자청단이 자정경을 향해 쏘아붙였다.

"요리할 시간이 어디 있단 말이냐? 지금 우리 형편을 몰라서 그딴 배부른 소릴 지껄이는 게냐?"

"오… 오라버니?"

자정경이 당황한 표정을 지었다.

"그따위 한가한 얘기할 때가 아니다. 지금 우리는 죽느냐 사느냐의 생사기로에 달려 있다. 과연 어떡해야 할지 대책이 안 서는데 요리할 생각을 하다니, 쯧쯧, 아무리 철딱서니가 없기로서니."

동천몽이 인상을 썼다.

"자… 자 형, 지금 대책이 안 선다는 말은 날 못 믿겠다는 말 아니오?"

자청단이 싸늘한 얼굴로 말했다.

"솔직히 말해 그렇소. 대법왕님의 능력은 존중하지만 과연 혼자 힘으로 정체도 알 수 없는 놈들을 가로막을 수 있을지

의심이 되오. 물론 환상루에서 일광엽 자객 삼십 인을 혼자 처리했다는 말은 들었소만… 욱!"

말을 하다 말고 자청단이 기겁했다.

어느새 일목의 검이 그의 목젖에 닿아 있었다.

"한 번만 더 대법왕님을 모욕하는 말을 하면 구멍을 내주겠다."

"일목, 그 검 빨리 안 치워?"

"건방진 놈이 감히 대법왕님을 우습게보지 않습니까."

"그런다고 아무 때나 검을 들이대면 어떡하느냐? 자 대협께 정중히 사죄해라. 참는 자에게 복이 있다고 그렇게 가르쳤거늘."

일목이 화난 표정으로 입을 열었다.

"미… 미안하다. 하지만 너, 조심해."

자청단은 아무 말도 하지 않았다.

그때 침묵을 지키고 있던 백쾌섬이 정색을 하며 말했다.

"대법왕님, 한 가지 묻고 싶은 것이 있는데, 괜찮겠사옵니까?"

동천몽이 흔쾌히 고개를 끄덕였다.

"물어보시오. 백 형이 알고 싶은 건 뭐든지."

백쾌섬의 눈이 가늘어졌다.

눈은 가늘어졌지만 그 속에서 뿜어 나오는 빛은 칼날처럼 예리했다.

동천몽의 미세한 반응 하나도 놓치지 않겠다는 뜻이다.

"혹시 고향이 절강성이 아니시옵니까?"

고향이 어디냐고 묻는 것보다 미리 단정하듯 못을 박는 게 상대를 더욱 당황시킨다. 백쾌섬의 두 눈이 동천몽의 얼굴에 찰싹 달라붙었다. 먼지 끝만 한 변화도 놓치지 않겠다는 의지였다.

"소주에서 제가 꼭 한 번 본 것 같아서 말이옵니다."

좀 더 핵심을 찔렀다.

보통 사람이라면 이 정도면 충분한 반응을 보인다.

동천몽이 환한 웃음을 짓고 있었다.

"소주라고 하면 항주와 더불어 중원의 대표적인 꿈의 미도가 아니오?"

"그곳에서 대법왕님을 뵌 것 같습니다."

"정말이오? 허허! 묘하구려. 이 몸은 단 한 번도 소주를 가 본 적이 없는데 정말 날 보았단 말이오?"

두 사람의 시선이 부딪쳤다. 동천몽은 환한 미소를 지었고, 백쾌섬의 눈이 빛났다. 아무리 뒤지고 살펴도 의심스러운 구석은 도저히 찾아볼 수가 없었다.

순간적으로 자신이 잘못 짚었을지 모른다는 생각이 스쳤다. 하지만 이내 백쾌섬은 세차게 내심 고개를 저었다. 자신의 판단은 아직 단 한 번도 틀려본 적이 없고, 곁에서 지켜본 지난 한 달여의 조사는 완벽했다.

"천상각이라고 아시옵니까?"

곧바로 중심을 찌르고 들어갔다. 이 정도면 아무리 연기력이 뛰어나고 배포가 큰 사람일지라도 어떤 흔들림을 보인다. 그것은 지난 시절의 경험이었다.

"천… 천상각?"

"그렇습니다. 절강제일의 상가이자 근자에 이르러 중원 상권의 팔 할을 거머쥔 곳이옵니다. 대법왕님께서는 내가 아는 그 집의 막내아들과 너무도 닮았습니다."

순간 동천몽이 묘한 표정을 지었다.

백쾌섬이 말을 이었다.

"내가 조사한 바에 의하면, 그는 포달랍궁 대법왕의 환생자로 지목되어 납치되었더군요."

동천몽이 눈을 크게 떴다.

"어, 환생자는 이 몸이며 내가 대법왕인데, 그게 정말이오?"

"사실입니다."

동천몽이 반듯하게 돌아섰다.

동천몽이 옷매무새를 다듬고 얼굴을 한 번 쓰다듬으며 눈을 부라렸다.

"다시 한 번 봐주시오. 앞전에 말씀하실 때는 그러려니 하고 넘어갔는데 정말 내가 천상각의 막내아들 동천몽을 닮았단 말이오? 어떻소이까? 그 집 아들 노릇을 하면 충분히 속아 넘길 수 있겠소? 내 소원이 부잣집 아들로 태어나 보는 거였는데 잘됐소이다. 얼른 좀 판단을 내려주시오."

갑자기 헷갈린다. 일부러 농담을 하고 있다는 느낌은 전혀 들지 않았다. 진정으로 부잣집 아들 노릇을 해보고 싶어하는 설렘이 얼굴에 들어차 있었다.

"음식 나왔사옵니다."

그때 객잔 주인이 탁자 위로 주문한 음식을 내려놓았다.

"자, 듭시다."

동천몽이 먼저 젓가락을 들었고, 뒤따라 모두가 음식을 먹기 시작했다. 하지만 백쾌섬만은 여전히 음식을 먹고 있는 동천몽에게서 시선을 떼지 못하고 있었다. 지금까지의 경험에 비춰 아무리 완벽한 변장을 하고 있어도 증거를 들이대면 백이면 백 두 손을 들었다. 그런데 동천몽에게서는 미세한 징후도 포착되지 않았다. 만약 진짜로 어떤 계산을 갖고 있다면 동천몽이야말로 강호에서 가장 무서운 인물일지 모른다는 생각이 또다시 머릿속을 채웠다.

그때 돌연 식사를 하던 실내 사람들이 우르르 몰려와 동천몽이 식사하는 탁자 앞에서 일제히 엎드렸다.

"소인들을 죽여주소서. 대법왕님을 보고서도 알아보지 못했나이다."

"죽고 싶사옵니다."

동천몽이 엎드린 사람들을 향해 말했다.

“늦게라도 알아보고 예의를 차렸으니 됐다. 어서 식사들 하거라.”

“대법왕님의 성은에 감사드리옵니다.”

“불로장생하시옵소서.”

일행이 큰절을 하고 물러났다.

자신들의 식탁으로 돌아간 사람들이 동천몽을 쳐다보았는데 하나같이 존경과 경외의 빛을 가득 담고 있었다.

점심을 먹은 탓인지 졸음이 밀려온다. 입이 찢어져라 연신 하품을 해대던 동천몽이 창밖의 경치를 바라보고 있는 자정경을 보며 말했다.

“자 낭자, 한숨 붙여도 되겠소이까?”

자정경이 고개를 돌려 보며 미소 지었다.

“졸리시는가 보군요. 소녀 신경 쓰지 마시고 주무세요.”

“그럼 잠시 눈 좀 붙여야겠소. 자 낭자도 졸리면 언제든지 주무시오.”

동천몽이 등을 뒤로 젖히고 눈을 감았다. 눈을 감자마자 곧바로 코를 골았다. 순식간에 깊은 잠에 빠진 동천몽을 자정경의 두 눈이 뚫어져라 쳐다보았다. 대법왕의 신위를 살리기 위해 금상의(金象衣)를 걸쳤고, 가슴에 혈자추(血子楸)로 된 염주를 걸었다. 허리를 가르는 요대는 황금빛으로 번쩍인다.

아무리 잘 봐주려고 해도 농부에게 갓을 씌워놓은 듯 이

질적인 분위기가 절절 풍긴다. 자신을 의식하고 나름대로 위엄을 갖추려 노력하는 모습이 오히려 우스꽝스러울 뿐이었다. 중요한 것은 언(言)과 행(行) 모두 품위와는 거리가 멀었지만 묘하게도 천박하다거나 가벼워 보이지 않는다는 것이었다. 가벼워 보이는 안쪽 깊숙한 곳에 태산보다 진중하고 무거운 기세가 똬리를 틀고 있다는 느낌은 단지 대법왕이라는 선입견 때문만은 아니었다. 왕왕 숨이 막히곤 했다. 동천몽의 몸에서 쏟아져 나온 기세가 가슴을 압박하기 때문인데 절대 과시하려는 의도적인 행위가 아니라는 것이었다. 그것은 자연 발생적인 호신강기와 같은 것이 분명했다. 자신의 부친 앞에 서면 어떤 상인도 제대로 고개를 들지 못하는 것과 같았다.

자정경이 한참 자고 있는 동천몽에 대한 분석을 하고 있을 때 돌연 엄청난 굉음이 천지를 갈랐다.

콰아아앙!

백상거는 깎아지르는 듯한 절벽 사이의 좁은 길을 가고 있었다. 밑으로는 수백 장의 수직 절벽이고 그 아래 검호(檢湖)의 푸른 물결이 넘실대고 있었는데 귓구멍이 먹먹할 만큼 폭음이 들리며 산이 무너져 내리기 시작했다.

우르르릉!

콰가가강!

집채만 한 바위가 마차를 향해 떨어져 내렸고, 자욱한 먼지가 하늘을 뒤덮었다.

"으허헉!"

일목은 기겁했다. 산봉우리 하나가 통째로 무너지고 있었기 때문에 어찌할 줄을 몰랐다. 말은 겁이 많은 동물이다. 위험이 닥치면 도망을 치기보다는 제자리에서 팔짝거린다. 때문에 거대한 폭발음에 앞다리를 쳐들고 어쩔 줄 몰라 했고, 순식간에 바위가 백상거를 덮어버렸다.

다행히 마차 밖에 있던 일목과 자청단, 백쾌섬은 신속히 몸을 날렸지만 안에 있는 동천몽과 자정경은 그대로 바위 속에 묻히고 말았다.

가파른 산인데다 급작스런 일이었기 때문에 일목을 비롯한 누구도 손을 써볼 틈이 없었다. 비록 백상거가 특수하게 제작되어 어지간한 충격에는 끄떡도 않는다고 하지만 집채만한 바위에서 온전하기란 불가능했다.

쿠쿠쿠쿵!

콰아아아!

바위는 끝없이 쏟아져 백상거 위로 쌓였고 일부는 검호로 굴러 떨어지며 거대한 파도를 일으켰다.

"대법왕님!"

거대한 흙먼지가 가라앉고 흔적도 없이 바위 속으로 묻혀버린 백상거를 보며 일목이 소리쳐 말했다.

일목이 거대한 바위 무덤으로 몸을 날려 살폈지만 깊이 묻힌 뒤라 보일 리가 없었다.

와그르르!

퍼퍼퍽!

일목은 미친 듯이 바위를 검으로 쪼개며 치웠다. 하지만 엄청난 크기와 양의 바위를 치워내기란 사실상 불가능했다.

너무 급작스런 사태에 자청단은 물론 백쾌섬까지 당황한 표정을 감추지 못했다. 하지만 이내 정신을 차리고 두 사람 모두 자정경을 부르며 뛰어들었다.

“저… 정경아!”

“자 낭자!”

장풍과 검으로 마구 바위들을 깨뜨리고 치웠다. 그러나 워낙 크고 많은 양의 바위였기 때문에 티도 나지 않았다.

“저… 정경아! 정경아!”

“낭자, 내 소리가 들리면 대답해 보시오!”

두 사람이 이리 뛰고 저리 뛰며 소리쳐 불렀지만 반응은 없었다. 일목을 비롯해 세 사람 모두 넋을 잃은 얼굴이었고, 급기야 우두커니 서서 산봉우리가 되어 있는 바위를 쳐다보았다.

와락!

“네놈 주인이 우리 정경이를 끌어들이지만 않았어도 죽지는 않았다! 이놈!”

자청단이 일목의 멱살을 잡고 소리쳤다.

“모든 건 대법왕인지 뭔지 하는 인간 때문이다! 책임져라, 이놈!”

파아아!

일목의 눈에서 백색의 섬광이 쏟아졌다.

가뜩이나 분노가 솟구쳐 있는데 자청단이 동천몽을 비하하자 참지 않았다.

“네… 네놈이 모가지가 서너 개는 되는가 보구나!”

“그만두시오.”

일목이 검의 손잡이에 오른손을 얹자 백쾌섬이 말렸다.

“이런다고 해결이 되오? 이럴 때일수록 침착해야 하오. 이건 인위적인 폭발이오. 화산이 폭발한 게 아니란 말이오.”

백쾌섬의 말이 끝나자 일목의 눈이 주위를 훑었다. 아닌 게 아니라, 화산이 폭발했다면 뜨거운 용암이 흘러야 하는데 전혀 그런 징후는 없었다.

“어느 놈이 감히!”

일목의 입술이 바르르 떨렸다. 분노가 극에 이른 것이다.

“호호호호!”

그때 주위를 울리는 음산한 목소리가 들려왔다. 일행이 모두 깜짝 놀라 고개를 쳐들자 좌측 산봉우리에서 일단의 사람들이 모습을 드러냈다.

“형님, 저놈들이 무척 당황하고 있는 것을 보니 그 아이가 제대로 묻히긴 묻힌 것 같습니다.”

"그런 것 같네, 아우. 서장 말에 이르기를, 돌무덤에 묻히는 것이야말로 가장 행복하다고 했는데 그놈이야말로 무척 행운아로군."

화악!

산봉우리를 쳐다보던 백쾌섬의 눈이 커졌다.

"저… 저들은?"

산봉우리의 인물들을 백쾌섬은 알아본 듯하자 일목이 놀란 표정을 지었다. 내공을 실은 목소리였기 때문에 똑똑히 들렸을 뿐, 사실 산봉우리까지의 거리는 무척이나 멀었다. 안력을 돋우어도 사람의 형태만 겨우 보였다.

자신이 듣기에 백쾌섬은 현상금 추적자라고 했다. 강호에는 백쾌섬과 같은 부류는 적지 않다. 그중 백쾌섬은 단연 두각을 나타내는 인물이라고 했다. 아무리 그가 가장 뛰어난 추적자라고 하지만 자신의 육안으로 분간키 어려운 사람의 모습과 얼굴까지를 확인할 정도라면 충격적인 일이었다.

"아는 사람들이오?"

자청단이 물었다.

백쾌섬이 굳은 얼굴로 중얼거렸다.

"저들이 아직까지 살아 있다니……."

"누구요?

"자세히 봐야 알겠지만 언뜻 행색과 생김새를 보아 뢰음칠혈(雷音七血) 같소이다."

일목은 그들이 누군지 알지 못했다. 다만 백쾌섬을 말을 짐작해 보건대 전대의 인물들임이 추정 가능했다.

칠십 년 전 서장무림 사상 최악의 전쟁이 있었다.

뢰음사와 포달랍궁의 전쟁이 그것이었다. 그동안 두 문파는 끝없는 경쟁을 벌였고, 물밑으로는 치열한 암습과 소규모 충돌을 일으켰다. 하지만 포달랍궁의 굳건한 지위에 도전하기에 뢰음사의 힘은 부족했다.

그런데 어느 날 뢰음사가 칼을 뽑아 들었다. 뢰음사가 일어선 데에는 일곱 명의 자파 기재가 있었기 때문이다.

이름하여 고 자 항렬의 승려들이자 같은 핏줄인 칠 인.

고통(古痛).

고철(古鐵).

고도(古都).

고만(古慢).

고진(古進).

고태(古態).

고자(古瓷).

그들은 광풍이었다. 불과 서른 전후의 나이에 이미 뢰음사의 모든 절학을 섭렵했을 뿐만 아니라 사상 최초로 삼십대에 장로의 위에 오른 놀라운 인물들이었다.

　그들을 앞세운 뢰음사의 공격은 폭풍이었다.

　기습인데다 워낙 거세었기 때문에 삽시간에 포달랍궁을 쑥대밭으로 만들며 시산혈해를 만들었다. 급기야 그들은 포달랍궁 제일고수 중 한 사람인 당시의 십이법신을 쓰러뜨렸다.

　더 이상 그들의 상대는 없는 듯했다. 그때 포달랍궁의 대법왕은 폐관 수련 중이었는데 뢰음사 또한 그 틈을 노리고 침입한 것이다.

　포달랍궁은 창건 이후 최대의 위기에 직면했다. 하지만 절체절명의 순간에 폐관 중이던 대법왕이 모습을 드러내었고, 기세등등하던 뢰음사의 고수들은 속절없이 쓰러졌다. 그리고 마침내 뢰음칠혈과 대법왕의 건곤일척 싸움이 벌어졌다.

　여덟 사람의 움직임은 인간의 것이 아니었다. 그들의 일수일검이 뻗을 때마다 산봉우리가 하나씩 사라졌다. 무려 십 주야의 격전 끝에 마침내 싸움은 대법왕의 승리로 끝났고, 뢰음사는 자파의 신물이자 생명이랄 수 있는 뢰음장(雷音杖)을 바치고 물러났다. 신물을 바쳤다는 것은 철저한 승복이자 신문(臣門)의 관계로 들어가겠다는 완전한 백기 투항이었다.

　그런데 뢰음칠혈이 이곳에 나타났다는 것은 뢰음사가 다시 일어섰다고 봐야 했다.

　"그럼 저들의 나이는 지금 몇이라는 거요?"

"정확히는 알 수 없지만 모르긴 해도 백 살 이상은 되었을 게요."

"배… 백 살?"

일목의 눈이 커졌다.

우우!

일곱 사람이 날아왔다. 허공에 계단이라도 설치된 것처럼 한 걸음 한 걸음 밟고 오는데, 실로 그 모습이란 자못 당당하다 못해 웅장하기까지 했다.

능공허도다. 능공허도는 느릴수록 경지가 높다. 세 사람의 능공허도는 보통 사람이 걷듯 빠르지도 느리지도 않았고, 더구나 일곱 명이 도란도란 얘기까지 나누며 온다.

자청단의 눈이 부릅떠졌다. 비록 상인이지만 능공허도란 신법이 있고 그것은 아무나 펼칠 수 있는 것이 아니라고 들었다. 거의 선인의 경지에 이른 사람만이 시전한다는 그 꿈의 신법이 지금 눈앞에서 펼쳐지자 입이 저절로 벌어지고 눈은 찢어질 듯 커졌다.

일목 또한 안색을 굳혔고 오로지 백쾌섬만이 담담한 시선으로 다가오는 뇌음칠혈을 쳐다보았다.

처처척!

일곱 사람이 땅에 내려서더니 백상거를 덮은 거대한 돌무덤을 쳐다보았다.

"허헛! 생각보다 뇌정탄의 위력이 크군요, 형님."

백쾌섬의 눈이 커졌다. 뇌정탄은 가공할 위력의 폭탄이었기 때문이다. 워낙 파괴적이어서 주먹만 한 크기 한 개만 폭발해도 어지간한 산봉우리는 흔적도 없이 날아가 버린다.

"허엇!"

누군가 놀람의 소릴 내질렀다.

"형님들, 저놈 좀 보세요! 크크크! 눈이 한 개뿐입니다!"

키가 가장 작고 막내인 고자가 일목을 손가락으로 가리켰다. 그러자 나머지 여섯 사람이 고개를 돌렸는데, 모두가 놀란 듯 눈을 크게 뜨더니 잠시 후 깔깔거리며 웃기 시작했다.

"히히! 그놈, 묘하게도 생겼다."

"하나인 대신에 무척 크구나. 암, 그래야지."

"살다 살다 눈이 한 개뿐인 놈은 첨 본다. 야, 이놈아, 잘 보이느냐?"

신기한 물건을 구경하듯 일곱 사람은 침까지 삼켜가며 구경했다.

"크흐! 볼수록 멋지구나. 야, 우리 눈 바꿀래?"

일곱 사람의 조롱과 비아냥거림에도 일목은 아무런 반응을 보이지 않았다. 다만 그들이 동천몽을 죽인 원수라는 사실만 머릿속을 채우며 오른손으로 검을 거세게 움켜쥐었다.

화아아!

돌연 일목의 몸이 흩어지기 시작했다. 안개처럼 얇아지며 너울거린다.

일곱 사람이 놀란다.

"어쭈구리! 완전히 아지랑이 같은 놈 아닌가? 가만, 네놈 혹시 배교의 조무래기 아니냐?"

일목의 몸이 뿌연 안개로 변했다.

슈우우!

흐릿한 안개가 긴 꼬리를 남기며 일곱 사람을 향해 덮쳐 갔다.

"그놈, 보통이 아닐세그려."

"성질 한번 더럽게 급한 놈이군."

콰앙!

맨 막내 고자가 앞으로 나서며 일목의 검을 맞받아쳤다.

거대한 굉음이 터지며 두 사람이 동시에 뒤로 주춤거리며 밀려났다.

확!

고자뿐만 아니라 모두의 눈이 커졌다.

지금 일목과 고자가 일 초를 주고받았는데 누구도 우위를 점하지 못했다. 일곱 사람이 놀란 것은 일목의 무예였다. 자신들의 막내와 동수를 이루다니, 도무지 믿기지 않는다는 표정이다.

"이… 이 자식, 세잖아."

모두가 놀란 눈을 했고, 고자는 얼굴이 우그러졌다. 형님들이 보고 있는데 창피를 당한 것이다.

"너, 오늘 죽었다고 복창해라. 흐흐! 요 외눈박이 새끼가 건방지게 감히 내 공격을 막아?"

콰아아!

고자의 신형이 바람처럼 날아갔다.

흐릿한 사람 형체의 안개가 마주 날아갔다.

퍼퍽!

검과 장이 또다시 중간에서 부딪치고 둘 모두 팅겨 나오듯 뒤로 밀려났다.

추울렁!

일목의 모습이 조금 더 사람에 가까워졌다. 그건 강한 타격을 입어 기혈이 울렁거리고 있다는 뜻이었다.

쿠콰콰콰!

연속된 공격에도 일목을 쓰러뜨리지 못했다는 것에 고자는 완전히 흥분했다. 곧바로 다시 달려들었고, 우수에서 돌덩이 같은 장력이 뻗어나갔다.

백쾌섬의 눈이 커졌다.

강호에 출도하여 처음 장강(掌罡)을 보는 것이었다. 장경까지는 봤지만 장강은 처음이다. 약간씩 흔들림이 있는 것이 초보 단계인 것 같았지만 틀림없는 강(罡)이었다.

쉭!

일목의 검이 요란하게 뻗어갔다.

대낮인데도 주위를 환하게 밝힐 만큼 강렬한 섬광으로 보아 온 힘이 실린 필살초임이 분명했다.

까각!

또다시 충돌이 있고 섬뜩한 소리가 들리더니 일목의 몸이 뒤로 밀려 나왔다. 안개가 걷히고 완전히 사람 형태를 되찾은 일목의 입가에서 피가 흘러내렸다. 반면 고자는 창백한 안색으로 비틀거렸다.

"이 새끼가 아직도 서 있잖아!"

고자가 다시 달려들었다. 기필코 작살을 내겠다는 의지였고, 새파란 어린 후배에게 쩔쩔매고 있는 자신의 모습이 형님들 앞에 너무 초라해 보였다.

쐐애애!

일목이 검을 들어 올렸다. 그러나 처음과는 완전히 달라진 기세이다.

퍼억!

갑자기 일목의 우측에서 강력한 장력이 뻗어나가 고자의 공세를 가로막았다.

"욱!"

"음!"

두 사람의 입에서 모두 신음이 터져 나왔다.

어느새 일목 곁에는 백쾌섬이 서 있었고, 그를 본 고자가 굳은 얼굴로 물었다.

"넌 누구냐? 이름이 뭐냐?"

다른 형제들 또한 백쾌섬을 예리한 시선으로 쳐다보았다.

백쾌섬이 정중히 포권을 하며 입을 열었다.

"소생의 안목이 틀리지 않다면 혹시 일곱 분 노선배님께서는 뢰음칠혈이 아니신지요."

일곱 사람이 흠칫했다.

"네놈이 어찌 우릴 아느냐? 네놈이 태어나기도 훨씬 전에 노부들은 강호를 떠났는데."

백쾌섬이 환하게 웃었다.

"영웅은 동시대를 살지 않아도 기억을 하며 알아보지요. 인사 올리겠습니다. 소생은 현상금 추적자 백쾌섬이라 하옵니다."

고자를 비롯한 뢰음칠혈의 눈이 가늘어졌다. 백쾌섬의 신체를 수색하듯 훑더니 눈빛이 여러 차례 변했다.

'이놈 봐라?

표정들이 굳어졌다. 백쾌섬에서 상상할 수 없는 놀라운 기세를 읽어낸 듯했다. 그들의 심정을 다 알고 있다는 듯 백쾌섬이 야릇하게 웃었다.

"역지사지라고 했습니다. 자신의 주인이 죽었으니 주인을 죽인 사람에게 검을 겨눈 것은 하인으로서 당연한 것 아닌지요."

일목을 용서해 달라는 얘기였다.

“닥쳐라!”

일목이 백쾌섬을 노려보았다.

“이건 나와 저 늙은이들 간의 일이다. 넌 끼어들지 마라. 아무리 대법왕님의 손님이라고 해도 한 번만 더 끼어들면 참지 않겠다.”

콱!

일목이 검을 더욱 힘껏 쥐며 말했다.

“일곱 늙은이 모두 덤벼라! 오늘 내 손으로 너희를 죽여주겠다!”

일목의 몸이 핏빛으로 물들기 시작했다. 핏빛은 더욱 짙어지더니 급기야 혈인으로 변해 버린 일목을 보며 뇌음칠혈의 맏이인 고통이 외쳐 말했다.

“혈파신공(血波神功)이구나!”

혈파신공은 배교 최후의 무공이었다. 하지만 워낙 어렵고 자신의 자질이 부족해 오성 수준밖에 이르지 못했지만 일목은 과감히 시전하기로 마음먹었다. 채 완성되지 않은 혈파신공을 무리하게 펼치면 자칫 큰 화를 입을 수도 있었다. 하지만 지금은 이것저것 따질 때가 아니었다.

“이번엔 내가 상대해 주겠다. 어디 혈파신공을 한번 견식해 봐야겠다.”

팔 척 거구의 고태가 나섰다. 큰 덩치가 산악을 방불케 했는데 두 눈에서 횃불 같은 광채가 쏟아져 나왔다.

휘리리리!

일목의 몸에서 가공할 핏빛 회오리바람이 불기 시작했다.

그건 단순한 바람이 아니었다. 스치기만 해도 찢겨 나가는 가공할 톱니바퀴였다.

第八章
거목(巨木)들의 몰(歿)

혈파신공의 기수식이다.

말로만 들었지 배교의 혈파신공을 아직 한 번도 견식해 보지 않은 고태의 얼굴에서 웃음이 싹 가셨다. 배교는 전설의 문파다. 온갖 신화와 술법을 지닌 비밀의 문파이기 때문에 그들 무공에 대한 장단점이 많이 노출되어 있지 않다는 것이 위험한 점이다.

회오리바람에서 느껴지는 살기가 생각보다 섬뜩했다.

'만만히 볼 놈이 아니다!'

고태는 전신의 진력을 극한으로 끌어올렸다.

바로 그때 놀라운 일이 벌어졌다.

백상거를 덮어버린 집채만 한 바위가 들썩거리기 시작한 것이다.

쿠쿵!

마치 지진을 만난 듯 마차를 덮고 있던 바위가 꿈틀거리더니 점차 좌우로 밀려 나갔다.

모든 사람들의 시선이 들썩거리는 바위 쪽으로 돌아섰고, 일목과 고태도 잠시 대결을 중단하고 쳐다보았다.

와그르르!

집채만 한 바위들이 치워지며 동천몽이 자정경을 품에 안은 채 모습을 드러냈다.

"푸하!"

동천몽이 크게 숨을 내뿜었다.

"어떤 시벌 놈이 잠자는데 이 지랄을 만들었어?"

동천몽의 행색은 가관이었다. 품위 넘치던 가사는 걸레 조각처럼 찢어졌고 목에 걸고 있던 혈자추로 된 염주는 떨어져 나간 듯 보이지 않았다.

'저… 저럴 수가!'

비록 행색은 거지꼴이었지만 몸에는 상처 하나 없었다. 품에 안고 있던 자정경을 내려놓았는데 그녀 또한 멀쩡했다.

"정경아!"

"오라버니!"

두 남매가 서로 손을 잡고 반가워했다.

자청단이 자정경의 말끔한 몸을 보며 놀랐다.

"어떻게 된 것이냐? 다친 곳이 하나도 없지 않느냐?"

자정경이 자신이 온전하게 된 경위에 대해 말했다. 폭발 소리에 자고 있던 동천몽이 벌떡 일어났고, 곧바로 자신을 덮어 감쌌다. 그렇지 않았다면 백상거까지 완전히 박살이 났기 때문에 자신은 온전하지 못했을 것이다.

동천몽이 자정경을 살렸다는 말에 자청단이 믿을 수 없다는 듯 다시 물었다.

"그… 그게 정말이냐?"

자정경이 눈을 크게 떴다.

"무슨 의미예요? 제가 지금 거짓말이라도 하고 있단 말인가요?"

"아니, 그게 아니라……."

자청단이 믿을 수 없다는 듯 자정경을 보았다가 동천몽을 보았다.

그때 동천몽이 버럭 소릴 질렀다.

"누구냐? 어떤 잡새끼야? 누구냐니까?"

동천몽이 버럭 소릴 질렀다.

"주인, 살아나셨군요?"

일목이 감격의 눈물을 뚝뚝 흘리며 그에게 다가갔다.

동천몽의 일목을 향해 험악한 인상을 썼다.

"야! 네놈은 봤을 것 아니냐? 어떤 새끼가 날 돌 더미 속에 묻었냐? 빨리 이름 대!"

일목이 손등으로 눈물을 훔치며 나란히 서 있는 뢰음칠혈을 가리켰다.

"저… 늙은이들입니다."

휙!

동천몽이 뢰음칠혈을 노려보았다.

금방이라도 잡아먹을 듯 노려보더니 이를 부드득 갈며 다가섰다.

콧바람이 씩씩거리는 것을 보아 화가 단단히 난 것이 분명해 보였다.

"이런, 완전히 관 예약해 놓은 늙은이들 아냐?"

"과… 관 예약!"

고태의 눈이 곧바로 우그러졌다.

동천몽이 일곱 사람을 보며 악을 썼다.

"이 쭈그렁탱이들이 간덩이가 부었구먼! 본왕이 오늘 당신들을 살려두면 사람이 아니라 개다, 개!"

그러다 빙긋 웃는 자정경을 발견하고는 동천몽이 흠칫했다.

자정경 앞에서 지나치게 쌍소리를 뱉었기 때문이다. 너무나 흥분한 나머지 대법왕으로서의 품위를 잠시 잊었다.

"씨발… 아니, 너무 뚜껑이… 아니, 분노가 잠깐 일다 보니 내가 평정을 잃었도다. 아미타불."

금세 표정을 자비스럽게 바꾸고 뢰음칠혈을 향해 물었다.

“당신들이 본왕을 묻으려 했소? 이유가 무엇이오? 본왕은 아직 당신들에게 어떤 화난 일을 하거나 잘못을 저지른 적이 없소. 그리고 참고로 난 포달랍궁의 대법왕이오.”

자정경을 의식해 말은 곱게 하고 있지만 속은 부글부글 끓고 있었다. 보는 사람만 없다면 온갖 욕설을 퍼부은 다음 모가지를 사정없이 비틀어 버렸을 것이다.

눈을 뜨니 세상이 암흑 천지였다. 처음에는 밤이 된 줄 알고 다시 눈을 감으려 했는데 아무래도 느낌이 이상했다. 그래서 주위를 살핀 결과 만년한철보다 단단하다는 백상거 천장이 찌그러져 내려오고 있었고, 좌우의 벽도 움푹 파였다.

그러면서 위로부터 계속하여 쿵쿵쿵 소리가 들리는 것이 뭔가 묵직한 물건이 마차를 덮치고 있다는 것을 알아차렸다. 본능적으로 누군가 자신을 죽이기 위해 산을 무너뜨렸다는 것을 간파한 동천몽은 벼락처럼 자정경을 덮쳤다. 그녀를 보호하기 위해서였다. 하지만 워낙 쏟아지는 바위가 많고 컸기 때문에 뚫고 올라오는 데 상당한 고생을 했다.

한편 뢰음칠혈은 반쯤 넋이 나가 있었다.

인간이 저 엄청난 바위의 무게를 뚫고 기어나왔다는 것이 아무리 생각해도 이해가 되지 않았다.

‘이… 이건……’

‘말도 안 돼!’

“질문을 했으면 무슨 대꾸가 있어야 할 것 아니오? 왜 말을 못하는 거요? 당신들, 모두 벙어리요?"

"아무리 대법왕이라 하지만 어린놈이 너무 건방지구나! 감히 손주뻘도 안 되는 녀석이!"

"닥쳐라! 대법왕이시다! 서장에서는 누구도 대법왕께 하대를 할 수 없다는 것을 모르나?"

일목이 외쳤다.

"대법왕님, 저들의 정체를 아시옵니까? 뢰음칠혈이라는 늙은이들이라 하옵니다."

동천몽이 그들이 누군지 알 리 없었다.

강호를 아는 사람이라야 그들의 별호를 듣고 놀라지만 아는 게 전무한 그에게는 아무런 위협도 되지 못했다.

"늙을수록 몸조심을 해야 하는데 각오하시오. 감히 본왕을 건드린 것이 얼마나 병신 짓거리인지 깨닫게 해주겠소. 일목, 그 검을 좀 다오."

동천몽이 손을 뻗자 일목이 두 손으로 자신의 검을 공손히 건넸다.

동천몽이 검신을 스윽 한번 훑어보더니 뢰음칠혈을 향해 말했다.

"나, 바쁜 사람이오. 모두 한꺼번에 덤비시오."

한꺼번에 덤비라는 말에 뢰음칠혈의 표정이 굳어졌다가 이내 분노로 바뀌었다. 칠십 년 전 포달랍궁의 전 대법왕과 겨룰 때 말고는 아직까지 누구와 싸울 때 손을 합친 적이 없었다. 그만큼 그들은 강하기도 했지만 자존심 역시 강했다.

좌악!

동천몽의 손에 들린 검이 가장 가까운 곳에 있는 고자를 향해 뻗어갔다. 번쩍하는 순간 검은 고자의 앞가슴을 파고들고 있었다. 이미 일목과 한 번 겨루어 몸이 지쳐 있는 상태인데다 설마 자신을 노리리라고는 전혀 예상하지 못했다.

화들짝 놀라며 피하려고 했지만 날아오는 검은 너무나 빨랐다. 지켜보던 형제들도 빠른 검에 그저 쳐다보고 있을 수밖에 없었다.

쉭!

파고드는 검을 쳐내기 위해 우장을 뻗었다.

빽!

검과 장이 충돌하는 순간 강한 힘이 밀려들어 왔다. 손바닥을 타고 들어오는 거센 힘 앞에 자신도 모르게 욱! 하는 신음을 흘렸고, 가슴이 뜨끔했다.

슥!

고자는 자신의 앞가슴을 내려다보았다.

화아악!

고자의 눈이 부릅떠졌다. 자신의 앞가슴에 어느새 커다란 구멍이 뚫려 있고 피가 줄줄 흘러내리고 있었다.

'이… 이건……!'

믿어지지가 않았다.

결코 있을 수 없는 일이었고, 있어서도 안 되는 일이었다. 칠십 년 전 포달랍궁의 대법왕과 십 주야를 싸웠던 자신이 불과 일 초에 가슴이 뚫렸다. 앞서 일목과 격렬한 공격을 주고받아 정상이 아니라고는 하지만 이건 말이 안 된다.

"크… 큰형님!"

엉뚱하게 제일 맏이인 고통을 쳐다보았다.

"이… 이……!"

이게 꿈이요, 생시요 하고 물으려 했지만 더 이상 말이 나오지 않았다. 정신은 있는데 입이 열리지 않는다. 조금씩 몸이 앞으로 쓰러졌다.

쿵!

"두 번째로 누굴 죽이지? 그래, 당신이 좋겠소."

동천몽의 검이 바람을 갈랐는데 이번 표적은 고태였다.

미리 준비를 하고 있던 고태가 주먹을 뻗었다. 뢰음사 제일 신권인 환영권이었다. 환영권의 특징은 말 그대로 실체와 헛것의 구분이 쉽지 않다는 것에 있었다. 또한 위력이 높을수록 환권과 실권은 거의 차이를 보이지 않는다.

슈슈슈— 슈!

네 개의 주먹이 뻗어왔다.

하지만 그중 두 개는 가짜일 것이다.

촤악!

동천몽의 검이 좌측 두 개의 주먹을 베어갔다.

콰아앙!

엄청난 격돌음이 생겼다는 것은 동천몽의 검이 정확히 실체를 베었다는 뜻이다.

"욱!"

고태가 뒤로 두 걸음을 물러났는데 얼굴이 우그러져 있었다. 동천몽이 단번에 실체와 허상을 구별해 냈기 때문이다.

동천몽이 웃었다.

"날 바보로 아는군."

환영이나 허상은 주로 보법에서 많이 나타난다. 워낙 빠르면 앞의 그림자가 채 사라지기도 전에 다음 모습이 나타나며, 그런 식으로 이어지기 때문에 일 보를 내딛는데 서너 개, 많게는 대여섯 개의 신형으로 불어나는 것이다.

하지만 실체와 허상을 구별해 내는 방법은 아주 간단하다. 상대보다 무공이 높으면 된다. 무공이 높으면 아무리 비슷하다 해도 금방 구별해 낸다. 절대 실체와 허상이 같을 수는 없었다. 반드시 어딘가에서 차이가 있는데 무공이 높으면 그것을 구별해 내는 것이다.

'설마!'

허상을 알아챘다는 것은 자신보다 내력이나 다른 모든 면에서 높다는 뜻이었다.

고태는 고개를 세차게 내저었다.

절대 그럴 리 없었다. 아무리 강호가 요지경 속이라 하지만

백 살이 넘은 자신이 이제 스물도 채 안 된 아이에게 밀린다
는 것은 상식적으로 도저히 말이 안 되었다.

"당신 법명이……?"

"고태라 한다."

"고태, 좋은 법호로군."

쐐아악!

동천몽이 검을 느릿하게 그었다.

아주 느리다. 검법이라고 할 수 없을 만큼 느렸다. 백쾌섬
또한 눈살을 찌푸렸는데 동천몽의 검이 너무 느렸기 때문이
고, 자청단과 자정경은 물론 일목까지 눈을 크게 떴다.

스으으!

굼벵이가 기어가는 듯 느리다.

그런데 놀라운 일이 벌어졌다. 가만 서 있던 고태가 휘청거
린 것이다.

"윽!"

앞가슴을 휘어잡고 신음을 흘린 고태를 모두가 이해할 수
없다는 듯 쳐다보았다.

"저… 저건?"

"피가?"

앞가슴을 부여잡은 고태의 손가락 사이로 피가 흘러내린
다.

"도… 도무지……."

고태가 불신의 시선을 던졌다. 자기 눈에는 아무것도 보이지 않았는데 가슴이 베어진 것이다.

"이상하군. 뢰음사 늙은이들이라면 본 궁의 무공에 대해 어느 정도 꿰고 있을 텐데 정말 모르는 상판들이잖아?"

"……."

"대답이 없는 걸 보니 진짜 깜깜인가 본데, 그럼 가르쳐 드려야지. 혹시 완유살(緩有殺)이라 들어봤소?"

"와… 완유살."

고태가 처음 듣는다는 듯 고개를 갸웃했다.

"치… 칠십 년 전 설웅, 그놈과 겨룰 때는 이런 검법이 없었다."

"아! 이제 알겠다. 설웅 그분, 무척 미련하거든. 제자들 말로는 자기 이름 석 자도 제대로 못썼대요. 그러니까 당연히 터득을 못했을 것이고, 그러니 못 봤겠지."

그러면서 어깨를 으쓱했다.

그런 동천몽을 날카로운 눈으로 주시하는 한 개의 눈이 있었다. 바로 일목이었는데, 어이가 없다는 표정이었다. 자신이 알기에 동천몽의 머리 또한 설웅 법왕 못지않게 나쁘다고 들었던 것이다.

퍼억!

고태가 쓰러졌다.

쓰러진 고태를 보며 동천몽이 중얼거렸다.

'지금쯤 한판 벌어졌겠군.'

의미 모를 미소를 지으며 검을 고쳐 잡았다.

"모조리 베어드리지요."

다섯 사람의 얼굴이 급변했다. 동천몽의 눈에서 살기가 풍겨 나왔는데 모골이 송연할 만큼 섬뜩했다. 뢰음칠혈 중 남은 다섯 사람의 얼굴이 잔뜩 굳어졌다.

포달랍궁이 내려다보이는 조그만 야산 등성이에 일단의 승려들이 주위 은폐물에 자신의 몸을 감추고 야수와 같은 눈빛을 발산하고 있었다.

승려들이지만 묵빛 가사를 걸쳤고 이마에 박힌 주먹만 한 흑색의 계인이 이목을 끈다. 이들은 바로 포달랍궁과 쉼없는 경쟁 관계를 유지해 온 뢰음사 승려들이었다.

포달랍궁은 평소와 다름없었다. 불공을 드리는 염불 소리와 무예를 수련하는 기합 소리가 뒤섞여 흘러나올 뿐, 어디에도 자신들의 침입을 대비한 삼엄한 경계는 보이지 않는다.

모산 선사의 눈이 빛을 뿌렸다.

그는 지금 뢰음사의 주력인 뢰음백팔대를 이끌고 있었다. 정예 중의 정예라고 할 만한 뢰음백팔대의 눈이 대낮임에도 살기로 번쩍거렸다.

그들은 오늘의 선봉이었다. 자신들이 급습을 하여 포달랍궁을 어지럽혀 놓으면 나머지 후속 부대들이 밀고 들어와 일거에 포달랍궁을 점령한다는 것이 애초의 전략이었다. 더구나 대법왕이 자리를 비운 지금이야말로 절호의 기회였다.

더구나 벌건 대낮에 적이 침공하리라고는 꿈에도 모를 것이다. 고금을 통틀어 대낮에 전쟁을, 그것도 기습을 한 예는 거의 없었다. 그러니 더욱 성공률이 높다는 것이 모산 선사의 생각이었다.

힐끔!

모산 선사가 하늘의 해를 보았다.

미시(未時)가 막 지나고 있다. 점심 공양을 끝내고 가장 권태와 졸음에 찌들 시간이다. 이 시간이면 모든 사람들의 감각과 사고가 늘어지고 풀린다.

획!

모산 선사의 유난히 큰 오른손이 앞으로 뻗어나간다.

공격 신호였다. 순간 주위에서 은폐와 엄폐를 하고 있던 뢰음백팔대가 허공으로 떠올랐다.

초상비.

풀잎을 스치듯 날아가는 절정의 신법인데, 가히 섬전을 방불케 하는 속도였다.

뢰음백팔대가 날아가는 곳은 포달랍궁의 동북쪽이었다. 동북쪽은 지형이 험난하여 침입하기가 쉽지 않았다. 그래서 경계 또한 다른 곳보다 허술한데, 뢰음백팔대는 그 점을 노렸다.

이끼와 물기가 흐르는 거대한 절벽이 앞을 막고 있었다.

슈우우우!

새처럼 백팔 명의 승려가 떠올랐다. 오십여 장 높이의 절벽을 오르자 멀리 육중한 담장이 보였다. 세월의 오랜 풍상을 말해주는 듯 일 장 높이의 석벽은 잡초에 뒤덮여 있다.

스으으으!

또다시 석벽을 향해 수평으로 날아갔다.

맨 선두에 선 모산 선사가 소매 춤에서 한 자 반가량의 검을 꺼냈다. 검집도 없는 붉은 검은 칠십 년을 자신과 동고동락해 온 애검 홍추혈이다. 보검으로 어지간한 쇠는 무 자르듯 하며 예리함이 천하 어떤 명병에 비해 떨어지지 않는다.

일 장 높이의 석벽을 넘기 위해 일행이 다시 솟구쳐 오르려 할 때 갑자기 주위의 나무와 바위들이 변화를 일으켰다.

촤아아!

콰아아!

나무와 바위들이 일제히 뢰음백팔대를 공격한 것이다.

모산 선사는 자신을 공격해 오는 두 명의 승려를 홍추혈로 베며 외쳤다.

"매복이다!"

두 승려가 뒤로 밀려 날아갔다가 다시 달려들었다. 그때 귓가로 비명이 들려오기 시작했다.

"크악!"

"윽! 아아악!"

귀에 익숙한 부하들의 비명이었다.

촤촤악!

달려드는 두 승려의 홍추혈을 검기로 잘랐다. 한 명은 즉사하고 다른 한 명은 부상을 입은 듯 비틀거린다. 평소 같았으면 비틀거리는 승려의 목줄을 끊었겠지만 등 뒤 상황이 다급했으므로 돌아섰다.

"으흡!"

모산 선사는 기겁했다.

어느새 한 명의 비렁뱅이가 자신의 앞을 우뚝 막아서고 있었다. 걸레 조각 같은 가사를 걸친 맨발의 승려였는데 키가 아주 작았다. 포달랍궁의 주요 간부들에 대해서는 이미 알고 있는데 눈앞의 승려는 낯설었다.

"크악!"

"으악! 욱! 크큭!"

콩 볶듯 들려오는 비명의 대부분은 자신의 뼈와 살이라 할 수 있는 수하들이 이승을 떠나며 내지른 것이었다.

"소승을 처음 볼 것이오."

모산 선사가 이마를 찌푸렸다.

마주 선 비렁뱅이 덕배 선사가 조용히 말했다.

"덕배라 하오. 천룡구십구불의 우두머리라고 하오."

흠칫!

모산 선사의 두 눈이 흔들렸다.

얼굴을 본 적은 없지만 이름은 익히 들어보았다. 일체 권력에 대한 집착이 없고 토굴 속에서 삶이란 무엇인지를 공부하고 있다는 괴짜 승려라고 했다. 그렇다고 그가 깨우침에만 매달렸을 뿐, 무예 수련을 게을리 했을 것이라고 생각하면 오산이었다. 나이 오십에 포달랍궁의 전설적인 절기 하나를 완숙하게 깨우쳤다고 전해진다. 무공의 강함으로만 따진다면 서장무림 전, 후대를 통틀어 열 손가락 안에 들 것이라고 했다.

"도… 도대체……?"

"어떻게 기습 사실을 알고 매복했느냐는 질문이로군. 그렇겠지. 무척 궁금할 것이오. 어려울 것 하나도 없소. 우린 대법왕님께서 시킨 대로 따르고 있을 뿐이오."

"대… 대법왕?"

"대법왕님께서 떠나시기 전에 그러시더구려. 필시 뢰음사에서 공격을 해올 것이니 미리 준비들 하고 있다가 모조리 박멸시키라고 말이오."

모산 선사의 얼굴이 흑빛으로 변했다.

이번 습격은 완벽했다. 비밀 누설은 결코 있을 수가 없었고 동천몽과 포달랍궁을 따로 떼어내 분리, 공격한다는 전략은 훌륭했다. 누구도 실패를 의심하지 않았고, 뢰음천하가 곧 다가올 것을 인정했다.

덕배 선사가 조용히 대답했다.

"소승도 알 수 없지요. 다만 대법왕님께서는 우리와 다르다는 것이오."

"다… 다르다니?"

"그냥 다르오."

덕배 선사의 말뜻을 얼른 이해하지 못한 모산 선사가 눈을 깜박거렸다. 다르다는 말이 무엇을 담고 있는지 알 것 같으면서도 얼른 짐작되는 것이 없었다.

자신이 알고 있기에 대법왕의 세속의 이름은 동천몽이고 머리가 아주 나쁘다고 했다.

팟!

잔뜩 찌푸려져 있던 모산 선사의 두 눈이 이채를 발했다. 덕배 선사의 다르다는 말뜻을 이해한 것이다. 그것은 보통 사람과는 확연한 차이가 나도록 머리가 나쁘다는 의미임이 분명했다.

하지만 생각이 채 정리가 되기도 전에 다시 의문이 피어올랐다. 그것은 다른 것이 아니라 멍청한 것이었다. 그런데 덕배 선사는 분명 멍청하다는 표현을 쓰지 않고 다르다고 했다.

'도대체 무엇이 다르단 말인가?'

"한 가지 확실한 것은 역대 대법왕 중 가장 출중하다는 것이오."

모산 선사의 눈썹이 더욱 찌푸려졌다.

머리가 돌 수준이라고 들었는데 어떻게 포달랍궁 역대 대법왕 중 가장 출중하다고 할 수 있단 말인가. 갈수록 오리무중이었다.

콩을 볶듯이 들려오던 비명 소리도 점차 잦아졌다. 이제 비명은 간헐적으로 들려왔는데 미약하다. 그것은 부상 중인 부하들을 천룡구십구불이 찾아 확신 사살을 하고 있음이 분명했다.

하나 절망은 그것으로 끝나지 않았다.

삐이익!

머리서 휘파람 소리가 들려왔다. 그것은 뢰음백팔대와 이다경의 시차를 두고 공격하겠다는 본진의 신호였다. 본진에서는 지금쯤 뢰음백팔대가 포달랍궁을 완전히 뒤집어놓은 줄 알고 공격 신호를 보낸 것이다.

당장 가로막아야 했다. 하지만 덕배 선사가 앞을 가로막고 있으니 방법이라고는 없다. 희생은 뢰음백팔대로 끝내야 했다.

멀리 수많은 검은 인영들이 포달랍궁을 향해 날아가는 모습이 보였다. 그걸 바라보는 모산 선사의 얼굴이 절망으로 우그러졌다. 가혹하고 처참한 패배가 눈앞에 떠올랐기 때문이다.

"으아아아!"

첫 번째 비명이 들려왔다.

그리고 연달아 들려오는 비명. 그것은 싸우다 죽으며 흘리는 비명이 아니라 기습에 당할 때 질러내는 단말마였다.

"우리도 이제 그만 승부를 결해야 할 것 같소."

모산 선사가 홍추혈을 불끈 쥐었다.

상대는 보지는 못했지만 어쩌면 사대법왕의 무위를 능가할지도 모른다는 포달랍궁의 숨은 고수였다. 특히 걸레 조각을 방불케 하는 누더기와 맨발이 상대를 더욱 움츠러들게 하는 묘한 마력을 풍겼다.

"오시오."

손님 대접을 해주겠다는 뜻이다.

모산 선사는 마다하지 않았다.

푸욱!

홍추혈이 사선을 그었다.

사악서추.

뢰음사 최대 검법인 마라사악 제이초이다. 빠르고 파괴적이어서 단순히 상처만 입히는 것이 아니라 검날이 접촉된 피부는 익어버린다.

슥!

베었다고 속으로 외쳤다.

그런데 검끝에 걸리는 것은 아무것도 없었고 파팍, 하며 둔탁한 소리가 들리더니 지면의 흙먼지가 피어오른다. 조금 전까지 서 있던 덕배 선사의 몸이 좌측으로 이 보 비켜서 있었다.

언제 피했는지 보지도 못했다.

촤촤촤!

연거푸 삼 검을 좌우로 휘둘렀다. 좌우로 먼저 검식을 펼쳐 피할 공간을 선점한 다음 직선으로 내리그었다. 도망갈 곳은 없었고 모산 선사의 입가에 자신감이 떠올랐다.

바로 그때 덕배 선사의 넝마 같은 가사 속에 감추어져 있던 오른손이 불쑥 나왔다. 마치 발이 다섯 개 달린 갈코리가 나오는 것 같았는데, 그대로 모산 선사의 검을 내리쳤다.

파곽!

"욱!"

모산 선사가 뒤로 한 걸음 밀리면서 신음을 흘렸다.

하마터면 충격에 검을 놓칠 뻔했다. 그런데 덕배 선사는 그 자리에 우뚝 서 있었다.

'미… 밀종대수인!'

그것은 틀림없는 밀종대수인이었다. 밀종대수인은 포달랍궁 제일의 장법이다. 워낙 어렵고 난해하여 아직까지 그 진의를 정확히 깨우치고 터득한 사람은 단 한 명도 없다고 전해진다. 밀종대수인을 가장 잘 썼던 사람은 사백 년 전 대법왕이었던 대운총왕이다. 그의 수위는 팔성이었는데 그것으로 서장을 완벽히 통치했다. 그런데 자신의 홍추혈이 튕겨 나갈 정도면 그 수위에 근접해 있다고 봐야 했다. 포달랍궁의 전설적인 무공 하나를 완벽히 알고 있다는 말은 밀종대수인을 말함이다.

모산 선사의 얼굴이 신중해졌다. 홍추혈은 보검이지만 밀종대수인 앞에서는 그 위력을 장담 못한다.

쉬쉭!

검로가 짧은 대신 굵다.

마라사악 오초 사악단혼과 육초 사악몽중이었다. 힘의 검법이어서 어지간한 것은 모두 부서져 나간다.

덕배 선사의 오른손이 다시 드러나 망설임없이 모산 선사의 검을 후려쳤다. 무척 빠르고 경쾌했다.

꽈— 아악!

"으윅!"

모산 선사가 뒤로 물러서며 비명을 질렀는데 그 순간 그만 홍추혈을 놓치고 말았다. 만약 놓치지 않았다면 팔이 부러졌을 것이다. 무사가 검을 놓쳤다는 것은 뻔한 결과를 부른다.

"모산이라 했소? 포달랍궁은 영원하오. 겉만 보고 본 궁을 모두 보았다고 말하지 마시오. 나 또한 본 궁의 깊이를 모르고 있소. 더욱이 대법왕님에 대해서는 손톱만큼도 알지 못하고 있소."

덕배 선사의 목소리가 낮게 깔려 나왔다.

석벽 너머에서는 비명이 끊임없이 메아리친다.

"필시 오늘 살아 돌아가는 제자는 아마 일 할을 넘지 못할 것이오."

오늘 처음 만났지만 결코 허튼소리를 할 사람 같지는 않아 보였다.

무려 삼천 명이 기습했는데 잘해야 삼백 명 정도 돌아갈 것이라는 것은 그만큼 준비가 완벽하다는 뜻이다. 덕배 선사의 말을 증명이라도 하듯 귀가 아플 만큼 비명은 폭우처럼 쏟아진다.

스스스!

덕배 선사의 양손이 올라가고 쌍수가 나왔다.

붉게 달아오른 양손이 마치 불덩이 같았다.

"허헉!"

모산 선사가 놀라 자신도 모르게 한 걸음 뒤로 물러섰다.

손이 불덩이처럼 달아오르면 그때부터 밀종대수인은 구성의 경지에 접어든다고 들었다. 그렇다면 눈앞의 덕배 선사야말로 포달랍궁 사상 밀종대수인을 가장 높게 연마한 사람이라는 뜻이다.

"사람들은 내가 단순히 깨우침을 위해 바깥과 담을 쌓고 산다고 알고 있소. 하지만 전혀 그렇지 않소. 지난 수십 년 동안 오로지 밀종대수인 하나를 제대로 얻기 위해 그 고생을 사서 한 것이오. 다행히 어느 정도 소득이 있었소. 당신은 밀종대수인에 희생되는 첫 번째 피해자가 될 게요."

모든 것을 버렸다. 밀종대수인을 연마하는 데 방해가 되는 것은 철저히 외면하고 털어냈다. 오로지 밀종대수인 하나만을 위해 평생을 연구하고 바친 것이다. 포달랍궁 안에서도 그 사실을 아는 사람은 단 한 명도 없었다. 하나 요즘 들어 단 한 사람은 알고 있을지도 모른다는 생각을 했다. 그는 다름 아닌 신임 대법왕이었다. 동천몽이라면 자신의 속마음을 이미 읽고 있을지도 모른다. 자신이 보기에 동천몽은 사람이 아니었다.

콰아아!

두 개의 붉은 섬광이 허공을 날아왔다.

'빠르다!'

모산 선사는 본능적으로 쌍장을 들어 맞섰다.

화아아!

파팍!

쌍장이 찢겨져 종잇조각처럼 사방으로 흩어졌다. 그리고 가슴 앞으로 파고드는 두 개의 붉은 손.

다급성을 터뜨리며 뒤로 물러났지만 쫓아오는 손이 더 빠르다.

푸푹!

두 개의 손이 앞가슴을 할퀴고 지나갔다.

"끄어억!"

가슴을 내려다본 모산 선사가 소스라치게 놀랐다. 갈비뼈를 비롯해 내장까지 완전히 긁어가 버린 것이다.

휘청!

땅바닥에 떨어진 내장과 뱃조각을 보며 모산 선사가 중얼거렸다.

"아… 악몽, 이건 지옥… 이… 다."

모산 선사의 두 눈이 튀어나올 듯 불거졌다. 경악과 충격이 어우러진 공포의 모습이었다. 한참 동안 담 너머 포달랍궁을 핏빛 눈으로 쳐다보던 모산 선사의 신형이 서서히 넘어졌다.

잠시 쓰러진 모산 선사를 바라보던 덕배 선사가 주위를 살폈다. 뢰음백팔대의 시신이 곳곳에 널브러져 있고 일부는 산짐승들에 의해 뜯기고 있었다.

휘이이!

덕배 선사의 몸이 떠오르더니 담장을 넘어 궁 안으로 날아갔다.

곳곳에는 시신이 나뒹굴고 있었고, 여전히 싸움은 벌어지고 있었다. 시신의 대부분은 뢰음사 제자들이었다.

파팍!

전각 지붕에서 떨어지는 두 명의 뢰음사 제자를 일장에 격살하고 백궁 앞으로 날아갔다. 백궁은 동천몽이 정무를 보는 곳으로 궁의 심장부라고 할 수 있었다.

파파팍!

덕배 선사가 날아가면서 눈에 띈 뢰음사 무사들을 쓸 듯 후려쳤다.

"컥!"

"크윽! 커어억!"

밀종대수인 앞에 누구도 온전하지 못했다.

예상대로 백궁 앞마당에 이르자 싸움이 치열하게 전개되고 있었는데, 포달랍궁 쪽에서는 어느새 뢰음백팔대를 제거한 천룡구십구불이 종횡무진 활약하고 있었다.

처음 덕배 선사는 천룡구십구불을 데리고 흑수당을 갈 것을 요청했다. 하지만 동천몽은 단호히 거부했고, 계속 호위를 주창하는 덕배 선사를 조용히 부르더니 오늘 일을 귀띔했다.

도무지 믿을 수 없는 일이었기에 반신반의했지만 동천몽이 워낙 자신감에 찬 얼굴로 뢰음사의 침공을 단정했고, 그래서 대비했는데 사실로 입증될 줄이야.

천장금왕은 백궁으로 들어가는 계단에 우뚝 서서 장내의 싸움을 지켜보고 있었다. 덕배 선사가 곁으로 내려서자 천장금왕이 고개를 돌려 말했다.

"자네의 공이 크네."

"전황은 어떻사옵니까?"

"이곳은 보다시피 이렇고, 다른 곳은 거의 전멸이라는 보고일세."

문득 천장금왕이 품에 손을 집어넣었는데 한 개의 주머니가 잡혀 나왔다. 동천몽이 주고 간 두 개의 주머니 중 나머지 한 개였다. 천장금왕은 망설이지 않고 주머니 속에 들어 있는 봉투를 꺼냈다.

부우욱!

봉투를 찢고 서찰을 꺼내 펼쳐 들었다.

역시 내용이 아주 짧은 듯 잠시 시선을 주더니 입을 다물었다. 그러더니 덕배 선사에게 건네주었다. 덕배 선사가 서찰을 받아 내용을 살폈다.

刀峯유마덕배.

'도봉유마!'

뜻을 알아차리지 못하고 천장금왕을 쳐다보았다.

천장금왕이 말했다.

"도봉에 유마음선이 있다는 뜻 아니겠는가?"

"다녀오겠사옵니다."

덕배 선사가 몸을 날려 갔다.

자신도 덕배 선사에 대해서는 아는 것이라고는 별로 없었다. 토굴 속에서 거의 두문불출하며 인간의 삶에 대한 해답을 얻기 위한 공부 중이라는 것이 그에 대한 정보의 전부였다.

그런데 동천몽은 어떻게 그를 불러냈고 무엇을 통해 그가 무공에 뛰어나다는 것을 알아보았단 말인가. 그리고 덕배의 무공을 어떻게 알았기에 뇌음사 사주를 잡으라고 그에게 명령을 내렸단 말인가. 또한 유마음선이 어떻게 도봉에 있을 것이라는 것을 알았단 말인가.

의혹은 꼬리에 꼬리를 물었다.

하나 가장 놀라운 것은 그가 뢰음사의 침공을 사전에 인지하고 있었다는 것이다. 지금까지 줄곧 그 해답을 찾기 위해 머리를 굴렸지만 알 수가 없었다. 생각할수록 동천몽의 능력에 대해 감탄을 넘어 두려움까지 일었다.

'불가사의하시다!'

접전이던 싸움은 천룡구십구불이 난입함으로써 포달랍궁이 압도해 가고 있었다.

천장금왕과 헤어진 덕배 선사는 포달랍궁을 벗어나 가파른 산을 오르고 있었다. 맨발이 땅을 한 번씩 박찰 때마다 삼십여 장씩 숏구쳤는데 전광석화와 같았다.

눈앞으로 수직의 절봉이 나타났다.

도봉이었다. 도봉에 서면 포달랍궁이 한눈에 내려다보인다. 뢰음사 사주는 필시 그곳에서 작전을 진두지휘하고 있을 것이라는 것을 동천몽은 이미 짐작하고 있었던 것이다.

슈우우!

덕배 선사의 몸이 새처럼 떠올라 봉우리 위에 안착했다. 봉우리 정상은 방원 이 장이 채 되지 않는 아주 좁은 공간이었는데 그곳에 한 묵포승려가 우뚝 서 있었다. 육 척의 신장에 족히 백 관은 나갈 것 같은 뚱뚱한 체격이었는데, 저 아래 포달랍궁을 내려다보며 입술을 달싹거리며 전음으로 작전 지휘를 하고 있었다. 이따금 입 밖으로 목소리가 튀어나온 것이 전세가 뜻대로 흘러가지 않는 모양이었다.

전황이 워낙 자신들에게 불리하게 돌아가고 있어서인지 가까이에 이르렀는데도 묵포승려는 자신의 존재를 모르고 있었다. 그래서 덕배 선사는 헛기침을 하여 상대를 일깨웠다.

묵포승려가 돌아섰다.

멈칫!

비록 전황에 신경을 쓰고 있었다고는 하지만 등 뒤에 사람이 왔는데도 몰랐다는 것에 다소 당황한 표정이었다. 그러나 금세 표정을 엄숙하게 고치더니 물었다.

"처음 보는구나."

급박한 상황인데도 말에서 무게가 느껴졌다.

"노납은 유마라 한다."

유마라면 유마음선을 말한다. 올해 일흔으로, 그는 현 뢰음사의 사주이기도 했다.

유마음선의 눈빛이 흔들렸다. 찢어진 가사, 맨발의 덕배 선사에게서 범상치 않은 기세를 느꼈으리라.

"인사 올리지요. 소승은 덕배라고 합니다. 천룡구십구불의 수뇌이기도 합니다."

"덕배?"

경쟁 문파이다 보니 대부분의 간부들은 죄다 꿰고 있다. 하지만 덕배는 기억에 없었으므로 눈살을 찌푸렸다.

"소승이 감히 한 말씀 올려도 되겠나이까?"

"하라."

"제자들을 데리고 떠나십시오. 그럼 더 이상의 피해는 물론이고 오늘 사건에 대한 추궁은 없을 것입니다."

"푸핫핫핫!"

유마음선이 광소를 터뜨렸다.

분노와 모욕을 느꼈음이리라. 한참 동안 피를 토하듯 광소를 흘리던 유마음선이 덕배 선사를 노려보았다.

"이걸 알고 있는지 모르겠구나. 설혹 우리의 싸움은 패한다고 해도 너희 대법왕은 우리 손을 벗어나지 못한다는 것을. 아마 지금쯤 본승 사숙들의 손을 벗어나지 못했을 것이다."

유마음선의 얼굴에 미소가 떠올랐다.

덕배 선사가 조용히 말했다.

"사주의 사숙이시라면 혹시 뢰음칠혈을 말씀하시는지요?"

"그렇다. 그분들께서 금제를 벗고 세상으로 나오셨다. 지금쯤 아마 그대들의 애송이 대법왕은 그분들께 잡혔거나 죽임을 당했을 것이다."

칠십 년 전 전 대법왕은 침략의 주된 인물이었던 뢰음칠혈에게 금제를 가했다. 그런데 이제 금제를 벗어난 듯했다.

유마음선이 덕배 선사를 빤히 쳐다보았다.

동천몽이 죽었을 것이라고 얘기하는데도 아무런 반응을 얻어내지 못하자 유마음선이 입을 열었다.

"너무 믿을 수 없는 일이어서 실감이 나지 않겠지. 하지만 내 말엔 거짓이 없다. 두고 보면 알 것이니라. 그러니 그대야 말로 빨리 천장금왕에게 대법왕을 살리고 싶다면 투항하라고 전하라."

"아직도 뭘 모르고 계시는구려. 뢰음사의 본 궁 침입 사실 을 우리가 어떻게 알았는지 궁금하지 않소이까?"

사실 그것은 지금까지 유마음선의 머리를 가득 메우고 있 던 내용이었다.

덕배 선사가 조용히 말했다.

"대법왕님께서 미리 귀띔해 주셨소이다."

흠칫!

유마음선이 놀란 얼굴을 짓자 덕배 선사가 잔잔한 음성으 로 모산 선사에게 했던 말을 다시 반복했다.

"흐흐흐흐!"

유마음선은 말도 안 된다는 듯 음산한 웃음을 지었다.

"유치하도다. 그런 터무니없는 억지로 날 놀래키려 하다 니."

"아무튼 다시 한 번 권고합니다. 제자들에게 후퇴 명령을 내리십시오. 그리고 본 궁의 대법왕님 앞에서 무릎을 꿇고 반 성하십시오. 그럼 목숨은 건질 수 있게 될 것입니다. 하지만 그렇지 않을 경우 아마 뢰음사는 창건 이후 최대의 위기를 당 할 수도 있습니다."

“이노옴!”

유마음선이 날아왔다.

거구의 몸이 바람처럼 빠르다.

덕배 선사는 방심하지 않고 오른손을 뻗었다. 붉게 달아오른 오른손이 유마음선의 장력을 정면으로 후려쳤다.

콰아앙!

커다란 굉음이 들리고 두 사람 모두 뒤로 한 걸음씩 물러났다. 그런데 유마음선의 눈이 커져 있었다.

“서… 설마, 밀종대수인?”

“과연 뛰어난 안목이시군요. 맞습니다.”

“그 어렵다는 무공을……?”

“어려우니까 수십 년을 매달렸는데도 아직 완성을 못했지요.”

그때 옷자락 펄럭이는 소리가 들리더니 쿵! 소리가 들리며 누군가 봉우리로 떨어져 내렸다.

第九章
밀종대수인

大
대 法
법
왕
王

왼팔이 잘리고 앞가슴에서 피를 샘물처럼 흘러내리는 묵
빛 승포의 인물을 보며 유마음선이 놀라 말했다.

"배… 백라 아니냐?"

백라 선사는 포달랍궁으로 말하면 천장금왕과 같은 위치
에 있는 뇌음사 삼대뇌왕 중 수석이었다.

"처… 철수 명령을 내려주소서. 이대로 놔뒀다간 제자들이
완전히 도륙당하고 말 것이옵니다."

유마음선이 덕배 선사를 보았다.

조금 전 그가 한 말이 떠올랐다. 동천몽이 오늘의 침략 사
실을 알고 있었다면 아무리 무공이 강한 뇌음칠혈이라고 해

도 사로잡기란 불가능하다. 모든 것을 알고서 일부러 그들이
쳐놓은 함정에 빠질 이유가 없었기 때문이다.

"사… 사주시여, 어서 명령을……."

휘휘휘!

갑자기 옷자락 펄럭이는 소리가 들리더니 세 사람이 장내
에 내려섰다.

포달랍궁의 삼대법왕인 천검, 천권, 천지였다. 백라 선사를
뒤쫓아온 듯했는데, 그들 또한 치열한 싸움을 반증이라도 하
듯 온몸이 핏물로 목욕을 하고 있었지만 눈빛만은 형형했다.

"자네가 먼저 와 있었군."

천검은왕이 덕배 선사를 보며 반가운 표정을 지었다.

비록 일 초의 겨룸이었지만 덕배 선사는 자신의 아래가 아
니었다. 그런데 삼대법왕까지 손을 보탠다면 승부는 불을 보
듯 뻔했다. 유마음선의 표정이 조금씩 절망의 그림자에 덮이
고 있었다.

고철이 비틀거렸다. 쓰러지지 않기 위해 안간힘을 다했다.
앞가슴이 갈라지고 내장과 핏물이 범벅이 되어 아랫배에 걸
려 있는 처참한 모습이었다.

"큭… 크크! 이런 개 같은 경우가 있단 말인가?"

자신의 몸을 보며 불신의 표정을 지었다.

"어… 어찌 이런 개 같은 경… 우가 있… 을… 수… 가……!"

한참 불신의 욕설을 내뱉더니 마침내 고꾸라졌다.

여섯 구의 시신이 동천몽을 중심으로 부채꼴로 퍼져 있다. 그런데 온전한 형체를 갖추고 있는 시신은 단 한 구도 없었다. 그만큼 만마생사혈이 파괴적이라는 것을 말해주는 것이었고 동천몽의 손에 들린 검에서는 핏물이 비 오듯 떨어지고 있었다.

동천몽이 핏방울이 떨어지는 검을 힐끔 내려다보며 말했다.

"어떡하겠소? 그대도 굳이 내가 수고를 해야겠소, 아니면 알아서 죽겠소?"

혼자 남은 고통의 얼굴은 잿빛으로 된 지 오래였다.

"나, 대법왕이오."

아직 자비심을 제대로 갖추지 못했지만 용서를 구하면 살려줄 수도 있다는 말이었다.

고통은 침묵했다. 그리고 두 눈은 죽은 동생들이자 사제들을 쳐다보았다. 일반적으로 검법에 목숨을 잃으면 상처가 깨끗하다. 그런데 동생들의 몸은 만신창이가 되어 있었다.

만마생사혈은 이미 칠십 년 전에 구경을 했다. 하지만 그때도 이렇게 처참한 위력을 보이지는 않았다. 단지 그때의 만마생사혈과 동천몽이 펼치는 만마생사혈이 조금 차이가 있긴 했지만 말이다.

"대법왕님!"

한쪽에서 존경과 흠모의 얼굴로 동천몽을 바라보던 일목이 느닷없이 그를 불렀다.

"뭐냐, 일목?"

"속하가 한마디 해도 되겠습니까?"

일목의 목소리가 경쾌했다. 그럴 수밖에 없는 것이 자신은 겨우 한 사람과 동수를 이뤘는데 동천몽은 무려 여섯을 죽이고도 여전히 멀쩡했다.

동천몽의 강함이 한없이 뿌듯하고 자랑스럽다. 만약 수라옥에서 끝내 등을 돌려 떠났다면 어찌 되었을까를 생각하니 아찔하다.

강한 사람은 당연히 존경받아야 하며, 자신이 모시고 있는 동천몽이 뢰음칠혈을 쉽게 상대하자 감동이 물밀듯 차올라 도저히 그대로 있을 수가 없었다.

"해라."

동천몽이 고개를 끄덕였다.

일목이 동천몽을 향해 깍듯이 목례를 했다.

"대법왕님의 은혜에 다시 한 번 감사드립니다. 이보시오, 영감님께서 우리 대법왕님에 대해서 아직 잘 모르나 본데, 제가 간단히 설명해 드리겠소이다."

일목이 영감님이라고 하자 고통의 눈이 커졌다. 일반인에게 영감님이라는 호칭은 존칭이 될지 모르지만 자신에게는 모욕이다. 자신 같은 강호의 고수를 평범한 노인으로 본다는 잔인한 펌훼인 것이다.

"저희 대법왕님은 성질이 급합니다. 아무리 큰 죄를 지어도 잘못했다고 용서를 빌면 그 자리에서 봐줍니다. 하지만 뻔뻔하게 변명하거나 빠져나가기 위해 잔머리를 굴리면 주먹이 나가지요."

동천몽은 검신에 묻은 피를 시신의 옷에 닦고 있었다.

"한 대라도 덜 맞고 온전히 죽고 싶다면 대법왕님 앞에 어서 무릎을 꿇고 용서를 청하십시오. 그것만이 영감님에게 좋을 것입니다."

"크캇캇캇!"

돌연 고통이 고개를 쳐들고 앙천광소를 터뜨렸다.

여섯 명의 동생이 죽었다는 것은 분명 자신이 불리하다는 의미였다. 하지만 자신이 누군가? 죽음이 두려워 무릎을 꿇는 삼류 잡배가 아니다. 비록 패했지만 한때는 서장을 뒤흔들었던 뇌음칠혈 중 맏이인 것이다.

"강함을 인정하마. 그렇다고 너 따위 종놈까지 나를 우습게보다니, 참을 수가 없구나. 죽음 따위가 무서워 내가 무릎을 꿇을 줄 알았더냐?"

촤악!

검을 뽑아 들었다.

진정한 무사는 싸우다 죽을 때만이 그 가치가 빛난다고 사부에게 배웠다. 그래서 칠십 년 전 패배를 했는데도 죽이지 않고 목숨을 살려주었던 전 대법왕을 얼마나 원망하며 죽여 달라고 외쳤던가. 삼류들이나 삶에 애착을 갖는다.

파아아!

고통의 몸이 검과 일체가 되어 날아왔다.

동천몽의 눈살이 찌푸려졌다.

이쯤 되면 보통 무릎을 끓고 목숨을 구걸한다. 설혹 그러지는 않을지라도 동생들 복수에 눈이 멀어 이성이 흐트러질 만도 한데 고통은 복수 따위는 전혀 입에 담지도 않는다.

찔러오는 검에도 냉철함이 잔뜩 배어 있다. 그것은 일체 어떤 감정에 사로잡힌 검이 아니라 무사로서 승부를 논하고 싶은 순수한 열정만이 담겨 있다는 뜻이었다.

'다르군.'

이쯤 되면 이쪽에서도 최선을 다해주어야 한다. 그것이 무사로서의 대접이고 예의이다. 더구나 상대는 자신보다 연륜에서 앞서고 있었다.

스윽!

동천몽의 검이 옆으로 천천히 움직였다.

이미 여섯 차례 동천몽의 검을 보았기 때문에 느리다고 약하고 빠르다고 강한 일반 수준이 아님을 파악했다. 그래서 느리게 오지만 전력을 다해 베어갔다.

꾸궁!

검과 검이 부딪치는데 천둥이 쳤다. 비록 쇠와 쇠가 부딪쳤지만 실린 두 사람의 내공이 그만큼 심후하다는 뜻이었다.

콰콰콰!

고통은 선공에 박차를 가했다. 불리할수록 선공만이 그나마 이점이 있기 때문이었다. 그런데 빗발치듯 쏟아지는 고통의 검기 속으로 동천몽이 뛰어들었다.

'어엇!'

'저런!'

일목과 백쾌섬이 동시에 경악성을 터뜨렸다.

동천몽의 지금 모습은 일반 상식에 벗어난 행동이었다. 소낙비는 피해야지 그 속으로 뛰어들면 당연히 흠뻑 맞을 수밖에 없다.

그런데 놀라운 광경이 목격되었다. 동천몽이 검세 속으로 뛰어들자 오히려 고통이 당황한 표정을 지었고, 화악 하며 동천몽의 검이 광채를 발산하며 가운데서 원을 그렸다.

그러자 일순간에 고통의 검기가 소멸되었다.

슉!

그리고 낮은 속삭임이 들려왔다.

푹!

동천몽의 검이 고통의 허리를 베고 지나간 것이다.

"후훅!"

고통이 비틀거리며 뒤로 물러났는데 두 눈이 부릅떠져 있었다. 입을 열어 말하지는 않았지만 어떻게 자신이 갖고 있는

검법의 약점을 단번에 파악하고 그런 행동을 취할 수 있느냐
는 질문이었다.

동천몽이 가볍게 인상을 썼다.

"당신도 내 머리가 돌이라는 소문을 들은 모양이군. 그러
니까 그렇게 황당하다는 표정을 짓는 것이 아닌가?"

사실이었다. 돌 머리라는 얘길 들었기 때문에 더욱 놀란 것
이다.

"거센 태풍의 한가운데는 오히려 잔잔하다는 말이 있소.
물론 내가 경험한 건 아니고 우리 아버지가 언젠가 친구 분들
과 나눈 대화를 엿들은 게지. 당신의 그 쏟아지는 검을 보는
순간 불현듯 그 말이 떠오르지 뭐겠소. 그래서 뛰어들었더니
예상대로 오히려 검세 안은 안전할 뿐 아니라 당신의 약점이
눈에 보이더군."

파르르!

고통의 눈이 파장을 일으켰다.

사질들이 건네준 정보에 의하면, 머리가 너무 나빠 무공 초
식은 물론 심법 구결을 외우는 데도 어마어마한 시간이 걸렸
다고 했다.

그런데 지금 동천몽의 행동은 돌대가리는 감히 생각해 낼
수 없는 것이었다. 말은 부친이 친구 분들과 나누는 대화를
듣고 직접 실험을 한번 해보았다고 하지만 그건 겸손이었다.
태풍의 가운데는 조용하다는 그 이치를 정확히 깨우치지 못

하고서는 보여줄 수 있는 움직임이 아니었다.

하나 뭐니 뭐니 해도 가장 놀라운 것은 자신의 검세를 정확히 읽었다는 뜻이다. 중심에 허점이 있다는 것을 단번에 파악한 것이다. 그것은 우연이나 운 따위가 아니라 철저히 실력을 지닌 자의 안목이라고 봐야 한다.

쾍!

고통이 검을 더욱 세차게 움켜쥐었다.

옆구리 상처가 쑤셔오는 것이 가볍지 않아 보였다. 고통의 신형이 다시 날아오르고 검이 뻗쳤다.

쿠우우!

고통의 검이 부르르 떨린다. 검끝에 자신의 모든 힘을 담았고, 그로 인해 검이 경련한 것이다.

슥!

검기를 밀어내고 또 한 개의 검이 빠져나오고 있었다.

백쾌섬의 눈이 화등잔만 해졌다.

'거… 검강!

틀림없는 검강이었다. 강호상에는 검강을 시전하는 고수가 있다. 하지만 직접 두 눈으로 보기는 오늘이 처음이었다. 어검술 바로 아래 단계이면서 신검의 경지를 향해 치닫는 본격적인 첫 단계인 검강.

"검강이군!"

동천몽이 미소를 지었다.

그리고 수평으로 쓸어가던 검을 우뚝 세우더니 날아오는 검강을 정면으로 들이받았다.

백쾌섬은 숨을 삼켰다. 검강은 말 그대로 기의 결정이다. 그렇기 때문에 무척 단단하여 뭐든지 부순다. 그걸 모르지 않을 텐데도 동천몽이 맞서 나가자 놀란 것이다.

슈우!

"으허헉!"

백쾌섬이 헛바람을 삼켰다.

동천몽의 검끝에서 또 하나의 검이 쏟아져 나왔기 때문이다.

'거… 검강!'

하지만 고통의 것과는 달랐다. 고통의 것은 약간 흔들리는 것이 완전한 결집을 이루지 못했는데 동천몽의 것은 완전한 또 한 자루의 검이었다.

퍼퍼퍽!

무엇인가 파괴되는 소리가 들리며 백쾌섬은 똑똑히 보았다. 고통의 검강이 돌 조각처럼 산산이 부서져 사방으로 깨져 날아가고 있었다. 비록 완전한 검강은 아니라고 하지만 실로 무참했다.

푸우욱!

검강이 깨졌으니 남은 것은 살생뿐이었다. 동천몽의 검이 고통의 심장을 정확히 뚫고 사라졌다.

"큭!"

고통이 짧은 비명을 질렀다.

동천몽은 처음 자리에 서 있었고, 고통은 자신의 왼쪽 가슴을 내려다보고 있었다.

주르르르!

피가 흘러내리고 있었다. 칠십 년을 갈고닦아 왔다. 타도 포달랍궁을 외치며 단 하루도 쉬지 않고 수련했다. 그리고 그토록 옭아매고 있던 금제를 풀고 세상에 나오는 순간 모든 것은 끝났다고 여겼다.

감히 누가 자신들 앞을 가로막을 것인가.

"허… 헛헛!"

너무도 허무했다. 칠십 년을 절치부심하여 견뎌왔는데 꿈은 이뤄지기는커녕 다시 주저앉는다. 자신의 능력이 부족해서인가, 아니면 정녕 시대를 잘못 타고난 것인가.

고통은 시대를 잘못 타고 태어났다고 생각했다. 그렇게 생각하지 않으면 죽어서도 눈을 감지 못할 것 같았기 때문이다. 자신은 보통 사람이 아니었다. 뛰어나며 강했고 그릇도 컸다. 단지 같이 살아서는 안 될 사람과 동시대를 살았다는 불행이 실패를 부른 것이다. 결코 자신의 능력이 모자라서 무너진 것이 절대 아니었다.

그렇게 생각해서인가. 죽음이 그다지 억울하거나 서럽다는 생각이 들지 않는다. 사람은 능력도 중요하지만 확실히 시대를 잘 타고나야 한다.

퍼어억!

고통이 쓰러지더니 조용히 숨을 거두었다.

잠시 일곱 사람의 시신을 훑어보던 동천몽이 들고 있던 검을 일목에게 던져 주었다.

"꿀꺽!"

일목은 자신의 검을 감격의 눈으로 보았다. 별 볼일 없는 청강검이 칠십 년 전 서장을 피로 물들었던 뢰음칠혈을 베었고, 그들의 피가 묻어 있다.

평범한 검이라도 누구의 목을 베었느냐에 따라 가치와 무게가 달라진다. 일목은 검에 묻은 피를 닦지 않았다. 뢰음칠절의 피를 닦지 않고 그대로 말려 사용하기로 했다. 그래서 피를 말리기 위해 햇볕을 향해 검신을 정면으로 쳐들었다.

힐끔!

동천몽이 하늘을 올려다보았다.

어느새 해는 서쪽으로 급속이 떨어지고 있었는데 유시가 거의 다 된 듯했다.

누구를 기다리는 듯 동천몽은 왔던 길을 힐끔거렸다.

"누굴 기다리는 것입니까?"

백쾌섬이 눈치 빠르게 물었다.

그런데 동천몽이 피식 웃더니 엉뚱한 말을 꺼냈다.

"묘하군. 어떻게 항상 백 형이 있는 곳에서 난 싸움을 하게 되지? 환상루에서도 그렇고, 여기서도 그렇고."

백쾌섬이 흠칫했다. 아무렇지도 않게 그냥 흘려들을 수도 있는 말이다. 하지만 듣기에 따라서는 뭔가 가시가 담긴 말로도 들린다.

"방귀가 잦으면 뒷간을 가야 하듯 이러다 나중에는 백 형과 내가 싸우게 되는 것은 아닐까요?"

"대… 대법왕님, 그게 무슨 말씀……?"

백쾌섬이 눈을 크게 떴다.

동천몽이 히죽 웃는다.

"아미타불! 그냥 해본 소린데 뭘 그렇게 정색을 하고 쳐다보시오. 어, 저기 오는군."

모든 사람의 고개가 돌려졌다.

그곳엔 붉은 인영 하나가 빠르게 날아오고 있었는데, 단번에 포달랍궁의 승려라는 것을 알아볼 수 있었다.

날아오는 신형의 신법은 무척 빨랐다. 콩알만 하게 보였는데 순식간에 사람의 모습으로 바뀌었고, 휙 하는 소리와 더불어 장내에 내려섰다.

나타난 사람은 눈썹이 두 개뿐인 이미 선사였다.

땅에 내려선 이미 선사가 죽은 뢰음칠혈과 무너진 돌 더미를 발견하고는 표정을 굳혔다. 동천몽이 떠날 때 자신에게 어떤 함정이 기다리고 있을 것이라는 암시를 주었다. 오른쪽으로 고개를 돌리자 산봉우리 한 개가 통째로 사라질 만큼 큰 폭발이었는데도 온전하다는 것은 동천몽의 능력이 이미 자신이 생각하는 그 이상의 곳에 있음을 반증하고 있는 것이다.

일목이 자랑스럽게 그동안 벌어졌던 전 과정을 설명하기 시작했다.

이미 선사는 일목의 얘기를 다 듣지도 않고 동천몽을 향해 합장했다.

"대법왕님을 뵈옵니다."

"궁은 어찌 됐느냐?"

"대법왕님의 예측대로였습니다."

동천몽이 그럴 줄 알았다는 듯 히죽 웃었다.

"설마 가르쳐 줬는데도 깨진 건 아니겠지?"

"물론이옵니다. 뢰음사 제자의 약 구 할이 도륙되었고, 사주 유마음선은 생포하였사옵니다."

화악!

얘기를 듣고 있던 백쾌섬의 눈이 커졌다. 이미 선사의 말을 들어보니 동천몽이 자리를 비운 사이 뢰음사가 포달랍궁을 공격했다는 말이다. 그리고 뢰음사가 왕창 깨졌다는 것이다.

"우리 쪽 피해는 어느 정도지?"

"조금은."

뢰음사의 힘이 약하지 않기 때문에 미리 준비를 했어도 어느 정도의 피해는 피할 수 없다. 동천몽은 대강 짐작이 간다는 듯 고개를 두어 번 끄덕이더니 몸을 돌렸다.

다시 한 번 백상거를 묻어버린 바위 무덤 쪽을 보며 한숨을 쉬었다.

"할 수 없이 걸어가야겠구나."

"하오면 소승은 이만 물러가옵니다."

"유마음선은 내가 돌아와 직접 심문할 테니 감시 잘하도록."

"알겠사옵니다, 대법왕님."

이미 선사가 합장을 한 후 사라졌다.

동천몽이 걷기 시작했다. 그러자 일목이 뒤를 따랐고, 자정경과 자청단이 그 뒤를 이었다. 하지만 백쾌섬은 걸음을 떼지 못하고 말뚝처럼 그 자리에서 걸어가는 동천몽을 쳐다보고만 있었다.

뭐가 뭔지 도무지 정리가 되지 않았다. 마치 귀신에 홀린 듯했다.

도대체 동천몽은 어떻게 뢰음사가 포달랍궁을 기습할 걸 알았단 말인가. 그는 이미 뢰음칠혈의 암습까지도 짐작하고 있었던 듯했다.

'도대체 저자, 누구지?'

적대 관계에서 가장 전쟁을 일으키기 좋은 기회는 권력 이양기다. 권력이 이양될 때에는 아무래도 긴장이 풀어지고 힘이 느슨해지기 때문이다. 그런 면에서 뢰음사의 공격은 아주 적절했고 병법에 충실한 것이었다. 더구나 강호 경험이라고는 별로 없는 어린 대법왕인만큼 완전한 기회라고 보았을 것이다. 그래서 동천몽이 자릴 비운 틈을 노려 양동작전으로 기습을 가한 것은 자신이 봐도 꽤 적절했다.

그런데 동천몽은 그 모든 것을 훤히 들여다보고 있었고, 한 가지 더욱 충격적인 것은 그 난리가 났는데도 태연하게 흑수당으로 발길을 재촉한다는 것이었다. 이 정도쯤 되면 대부분 급히 궁으로 돌아가는 것이 일반적이다.

그런데 동천몽은 아무런 염려나 걱정거리가 없는 사람처럼 앞장서서 씩씩하게 걸어가고 있다. 자정경을 바라보는 동천몽의 시선이 범상치 않다고 여기고는 있었지만 설마 여자 때문에 그 모든 것을 팽개쳤단 말인가.

"핫핫핫!"

"호호호!"

급기야 자정경과 깔깔거리며 떠들기까지 했다.

'아니다!'

마침내 백쾌섬은 결단을 내렸다.

눈앞에 있는 인물은 자신이 찾는 동천몽이 아니었다. 포달랍궁의 대법왕은 이름만 같을 뿐, 소주의 동천몽이 절대 아니었다. 소주의 동천몽은 부잣집 막내아들로 아주 한심한 인물인 데 반해 눈앞의 동천몽은 적으로 만들고 싶지 않을 만큼 두려운 인물이었다.

가개묵은 사흘째 저택을 지켜본 결과 의심의 구석이 많다
는 결론을 내렸다. 드나드는 사람들이 평범한 복장을 하였지
만 가개묵의 눈을 속일 수는 없었다. 진주는 아무리 흙 속에
묻혀도 제 빛을 잃지 않는다.

'강호인들이다!'

그들은 평범함으로 위장한 무사들이었다.

상관량의 명령을 받고 지난 사흘 동안 온 소주를 샅샅이 훑
었다. 그리고 눈앞의 대저택을 관심있게 지켜본 결과 내린 결
론이었다.

해가 떨어지며 땅거미가 몰려오고 있었다. 숲을 건드려 뱀
을 놀라게 할 필요는 없었다. 조용히 빠져나가 보고를 한 다
음 명령을 받아야 한다. 괜한 호승심에 무리했다가는 일을 망
친다는 것이 지난 십수년 동안 상관량을 모시며 배운 교훈이
었다.

골목을 빠져나온 가개묵은 일단 주루를 찾아 들어가 배를
채웠다. 무림맹까지 길을 재촉하려면 속이 든든해야 했다. 저
녁 시간 때였으므로 주루는 손님들로 가득 찼다.

배불리 식사를 마친 가개묵은 주루를 나왔다.

"끄어억!"

만족스런 얼굴로 트림을 하고 인파를 헤치며 나아갔다. 저
잣거리를 벗어나면 곧바로 신법을 펼친 생각이다.

저잣거리가 끝난 지점에 한 개의 석교가 있었다. 사자 머리

를 한 돌기둥이 좌우에 버티고 서 있었는데, 그곳에는 다섯 명의 사내가 어둠을 거느리고 우뚝 서 있었다.

주위 눈을 의식하지도 않고 검을 옆구리에 매단 채 서 있었는데 가개묵은 본능적으로 뭔가 잘못되었다는 것을 알았다.

홱!

갑자기 뒤를 돌아보았다.

가개묵의 얼굴이 굳어졌다. 걸어왔던 석교 입구에도 다섯 명의 검사가 서 있었다.

앞뒤로 막혔다. 퇴로를 완전히 차단당한 것이다.

척!

가개묵이 석교 중앙에서 멈췄다.

지금까지 자신이 그들을 감시했다고 여겼다. 그런데 이렇게 되고 보니 자신이 오히려 감시를 당했음이 분명했다.

가개묵은 앞을 가로막은 다섯 사내를 쳐다보았다. 늑대는 늑대를 알아본다. 하나같이 거칠고 삭막하며 냉혈한 기운을 온몸에 휘두르고 있다.

자신과 비슷한 분위기를 지닌 자들이다.

대사막 제일의 마적 두목이었던 자신과 같은 분위기라는 것은 이들 또한 그와 유사한 일을 하며 살아왔다고 봐야 한다.

"가되 목은 남기고 가라."

철저히 감정이 배제된 목소리였다.

죽립 아래로 가개묵의 두 눈이 섬광을 일으켰다.

숙!

가개묵의 칼이 뽑혔다.

번쩍!

한줄기 섬광이 어둠을 갈랐다. 다섯 사람을 일거에 베어가는 가공할 쾌도이다.

"화… 환도!"

"당신이!"

다섯 사람이 놀란 외침을 터뜨리며 검을 뽑아 맞섰다.

캉캉캉!

다섯 개의 불꽃이 피어났고, 뒤로 밀려 나온 가개묵의 등 뒤로 다섯 개의 검이 떨어졌다.

빙글!

가개묵의 신형이 허공에서 한 바퀴 돌더니 등 뒤로부터 날아오는 다섯 개의 검을 맞받았다.

또다시 섬뜩한 쇳소리가 나고 뒤로 밀려날 때 이번에도 뒤로부터 다섯 개의 검이 다시 날아온다. 가개묵이 처음처럼 다시 돌아서며 검을 휘둘렀다.

"쿡!"

연거푸 서너 번의 충돌에 가개묵의 입술이 열리고 신음을 흘렸다.

가개묵의 입에서 거친 숨이 흘러나왔다.

다리 좌우로는 강이다. 결국 피할 공간이란 앞뒤뿐인데 적이 가로막고 있으니 충돌은 불가피했다. 하지만 무려 열 명과 쉬지 않고 부딪쳐 봤자 결과는 뻔했다.

슈아아악!

앞에서 다섯 명이 날아왔다.

슈우욱!

그와 반 박자 정도의 시간을 두고 뒤의 다섯 명이 덮쳐 온다. 뒤는 보이지 않지만 느낌으로 알 수 있었다. 이렇게 되면 한 번에 앞뒤를 상대해야 하는데 방법은 한 가지뿐이었다.

처억!

다리 난간 쪽으로 돌아서며 몸을 붙였다.

뒤이어 그의 검이 좌에서 우로 길게 그어졌다.

싸아악!

앞뒤 공격이 졸지에 좌우 공격 형태로 바뀌었다.

팍— 파파팍!

폭죽 터지듯 쇳조각이 떨어지며 불꽃이 어둠을 화려하게 수놓았다.

쉬쉬쉭!

사내들은 틈을 주지 않는다. 사냥감 하나를 놓고 무지막지하게 검을 휘둘렀다.

'훗훗! 확실히 나를 닮은 놈들이야!'

오랜만에 보는 전투 수법이다.

공격할 때는 들소처럼 미친 듯이 달려든다. 그러나 도망은 절대 없다. 그것이 자신의 과거 모습이었는데 지금 이들이 그러했다. 전략이 아니라 원래 습성이 그런 것이다.

"낭인들이구나."

드디어 이들의 정체를 알 수 있었다.

사내들의 안색이 더욱 굳어졌다. 자신들의 정체를 알았챘으니 반드시 가개묵을 죽여야 한다.

콰콰콰!

가개묵의 칼이 좌측 다섯을 향해 파고들었다.

그러자 등 뒤 우측 다섯이 달려든다. 하지만 가개묵은 그들을 무시하고 좌측 다섯을 향해 자신의 절기 폭풍십일도를 전력을 다해 펼쳤다.

파아아아!

폭풍처럼 허공에 수많은 칼이 다섯 사람을 내려쳤다. 어느 것이 실도이고 허도인지 구분이 안 되는 수십 개의 칼이 떨어졌는데, 바로 환도라는 별호를 얻은 폭풍십일도 최고의 초식 환표십구와(幻豹十九渦)였다.

가개묵의 칼이 세 사내의 목을 베고 지나갔다.

"컥!"

"크아악!"

"꺼르륵!"

하지만 등으로 뜨거운 열기 다섯 개가 파고든다.

"쿠우욱!"

악문 이빨 사이로 신음이 터져 나왔고, 가개묵의 몸이 다리 아래 강물로 떨어졌다.

슈아아!

떨어지는 가개묵의 몸을 향해 남은 사내들의 검이 더욱 광기를 토해내었다.

풍덩!

거센 물보라가 생기며 가개묵의 몸이 사라졌다.

다리 난간에 선 일곱 명의 사내가 동시에 외쳤다.

"시체를 찾아야 한다! 반드시!"

그들은 두 명씩 두 패로 나뉘어 강 좌우 둑을 따라 달려가기 시작했고, 나머지는 배를 구하기 위해 몸을 날려 사라졌다. 석교 위에는 목 없는 시신 세 구가 나동그라져 있었다.

반 각도 되지 않아 강 위에 한 척의 나룻배가 떴다. 그리고 강가의 둑에는 사내들이 날카로운 눈으로 주위를 살피고 있었다. 혹시 가개묵이 뭍으로 올라올 것을 대비한 행동이었다.

비록 날은 어두웠지만 물체를 식별하는 데는 별 어려움이 없을 만큼 사내들의 무공은 높았다. 강물을 따라 천천히 내려가며 가개묵을 찾기 위해 혈안이 되었다. 그러나 대략 십 리 이상을 내려왔지만 시체 비슷한 물체도 발견하지 못했다.

"죽은 것이 아닐까요?"

"물론 죽었을 것이다. 그래서 지금 시체를 찾는 것이다."

"죽었으면 된 거잖습니까?"

"시체를 찾아야 된다."

시체를 찾지 못하면 죽었다고 해도 받아들일 수 없다.

가개묵이 누군지는 모른다. 다만 누군가가 자신들을 감시하기 시작했다는 것은 냄새를 맡았다는 것이다. 자신들이 하는 일은 무척 중요했다. 절대 누가 알아서도 안 되고 비밀이 새어나가서도 안 된다.

한편, 짙은 석교에는 검은 물체가 붙어 있었다.

"으으으!"

석교를 붙잡고 있는 인물은 가개묵이었다. 적이 강물을 따라 수색할 것을 예상하고 오히려 다리를 붙잡고 숨어 있었던 것이다. 문제는 얼마 전 내린 비로 물살이 너무나 강해 뭍으로 헤엄쳐 갈 수 없다는 것이었다.

다리에서 둑까지는 십여 장의 거리다. 멀지는 않지만 중상을 입은 몸으로는 무척 멀게만 느껴졌다. 필시 시체가 발견되지 않으면 다시 올라올 것이므로 빨리 벗어나야 한다.

풍덩!

이를 악물고 있던 가개묵이 강물로 뛰어들었다. 이제 생사는 자신의 손을 떠났다. 모든 것을 운에 맡길 수밖에 없었다.

일 장도 나아가지 못했는데 어느새 십여 장 밑으로 흘러내려 간다. 가개묵은 필사적으로 둑을 향해 헤엄을 쳤다.

접시 위에 작은 유등불이 깜박거리고 있다. 흐릿한 유등불 아래에서 상관량은 책을 펼쳐 들고 앉아 있었다. 그런데 책을 주시하는 상관량의 얼굴이 굳어 있었다. 그것은 곧 시선은 책 에 두고 있지만 머릿속은 다른 생각으로 꽉 차 있다는 뜻이 다.

둥둥!

멀리서 자시를 알리는 북소리가 들려온다.

탁!

상관량이 책을 덮었다. 잠시 깜빡거리는 유등불을 보더니 자리에서 일어나 문을 열고 밖으로 나갔다.

하늘에는 별이 총총했고 시원한 바람 한줄기가 거처인 만 기전 앞마당을 휩쓸고 지나간다. 상관량은 마당 한가운데 우 뚝 서서 별빛 가득한 하늘을 올려다보았다.

하루에 두 번씩 전서구를 보내온다. 그런데 오늘은 아직 단 한 번의 전서구도 날아오지 않았다. 여태껏 이런 일은 없었 다. 그의 능력을 믿지만 왠지 마음 한구석이 꺼림칙하다.

문득 눈앞으로 한 사내의 얼굴이 떠올랐다. 준수한 용모이 나 눈이 가늘고 좁다. 눈이 가늘고 좁은 사람은 잔인하면서도 교활하다. 굳이 관상을 볼 줄 아는 자신의 안목을 빌리지 않더라도 사내는 평범하지 않았다. 부친과 달리 뭔가 반드시 일을 저지르고도 남을 야망과 독한 집념으로 뭉쳐 있었다. 오랜 강호 경험에 비춰 사내는 뭔가 사악하고 피 냄새 짙은 일을 꾸미고 있음이 확실했다.

꾸욱!

상관량의 어금니가 강하게 물렸다. 누구도 자신의 눈을 절대 벗어나지 못한다. 그 사내뿐만이 아니라 천하의 누구도 자신의 이목을 벗어날 수 없다. 자신은 상관량이며 무림맹의 총관이다. 무림맹의 총관에게 주어진 권한은 막강하다. 사람 한두 명쯤 죽이거나 가문 한두 곳쯤 쓸어도 문제가 될 수 없다.

만약 그 사내가 도전을 꿈꾼다면 권력의 무서운 맛을 톡톡히 보여줄 것이다. 수백 년 강호 역사에서 무림맹에 도전했다가 온전한 상가는 없었다.

무림맹은 성역이다.

"총관님!"

어둠 속에서 다급한 음성이 들려왔다.

두 사내가 다가오고 있었는데 그중 한 사내의 어깨에는 축 늘어진 채 한 사람이 메어져 있었다.

"자네는 전통이 아닌가?"

상관량의 시선이 또 다른 사내에게 멎었다. 그는 건장한 체격의 오십가량의 중년인이었다.

염객(焰客) 전통(全統). 무림맹의 경비를 총괄하고 있는 건

곤대 대주이다.

"이자는 누군가?"

흑의사내의 등에 업힌 사람을 보며 물었다.

전통이 대답했다.

"가 대협입니다. 문 앞에 쓰러져 있는 것을 위사들이 발견했습니다."

"뭣이? 개묵이란 말인가?"

허리를 구부려 땅 쪽으로 숙여진 사내의 얼굴을 확인한 상관량이 기겁했다.

"뭣 하는가? 어서 탕의전(湯醫殿)으로 데려가게!"

세 사람은 곧바로 무림맹의 의료 기관인 탕의전을 향해 몸을 날렸다.

가개묵의 상처는 깊었다. 살아 있다는 것이 기적이라고 했는데 닷새가 지났는데도 깨어나지 않았다. 상관량은 닷새 동안 탕의전을 떠나지 않았다. 가개묵의 몸 상태를 보아 심각한 일이 벌어졌음을 오랜 경험을 통해 읽었기 때문이다.

"이보거라."

"예, 총관 어르신."

가개묵을 전담하고 있던 두 명의 의원 중 한 명이 허리를 숙였다.

상관량이 말했다.

"당장 가서 무적검령대 대주를 불러오너라."

"알겠사옵니다."

사십가량 되는 중년 의원이 서둘러 방을 나가자 상관량은 굳은 얼굴로 가개묵을 보았다. 외상은 꿰매고 금창약을 발라 어느 정도 회복되었다. 문제는 내상이었다. 베인 피부와 상처를 보건대, 상대는 검객이다. 특히 잘려 나간 피부 표면이 매끄러운 것을 보면 상당한 조예가 있는 자들이었다.

어느 정도 도법에 일가를 이룬 가개묵이 당할 정도면 상대는 최소한 열 명 이상이었을 것이다.

눈앞에 그 사내의 얼굴이 계속 어른거린다. 필시 그 사내의 짓이 틀림없었다. 아마 지금쯤 가개묵의 숨통을 완전히 끊지 못해 무척 당황해하고 있을 것이다.

'보여주리라!'

힘의 권력이 어느 정도 대단한지를 보여주고 말겠다고 다짐하고 있을 때 긴 흑발을 가지런히 묶은 서른 초반의 사내가 들어섰다.

"부르셨사옵니까?"

"어서 오게, 동 대주."

사내는 무적검령대의 대주 동장세이다.

무적검령대는 무림맹의 공격 부대 중 하나로, 일흔일곱 명 모두 일 갑자 이상의 내공을 소유했으며, 최소한 십 회 이상의 실전 경험을 가진 자들로 구성되어 있다.

"출진 준비를 하게. 지금 당장."

"출진 준비를?"

동장세의 눈이 커졌다. 무적검령대가 맹 밖으로 나가야 할 만큼의 사건이 일어났다고는 들은 바 없었다. 하지만 동장세는 상관량의 표정에서 심상치 않음을 발견하고 곧바로 허리를 구부려 대답하고 물러 나왔다.

어지간해서는 얼굴 표정이 변하지 않은 상관량이다.

'뭔 일이 터진 게로군.'

동장세는 곧바로 무적검령대의 처소로 돌아가 수하들을 소집했다. 소집 명령이 떨어진 지 불과 반 다경도 되지 않았는데 일흔일곱 명이 완전무장을 하고 모여들었다.

그믐날인데다 구름이 달까지 가려 그야말로 먹물을 뿌려놓은 듯 캄캄했다. 그것도 하루 중 가장 어둡다는 축시였다.

추울렁!

갑자기 장막처럼 드리워진 어둠이 흔들리고 있었다. 온몸을 흑의로 칭칭 감아 맨 사내들이 저택의 담장을 넘는다. 정문을 지키고 있던 두 명의 위사의 목은 동장세의 검에 바닥을 나뒹굴고 있었다.

동장세가 정문 기둥을 살폈다. 하지만 이곳이 무엇을 하는 곳인지 알아볼 수 있는 현판 따위는 없었다.

어제 아침 가개묵이 기적적으로 의식을 회복했다. 그리고 그의 입을 통해 이 저택이 의심스럽다는 얘기를 듣고 곧바로 상관령으로부터 출동 명령을 받았다.

소주에 도착했을 때가 오늘 묘시였다. 사람들의 시선을 피하기 위해 낮 동안은 인근 천망산에 은신해 있다가 자시가 되자 저택으로 이동했다.

가볍게 정문을 넘어선 동장세는 주위를 살폈다. 어디서나 흔히 볼 수 있는 저택이었다. 바람결에 꽃향기가 날아왔고 쭈욱 뻗은 포도 좌우로 정원이 가꾸어져 있었다.

척!

포장된 도로를 따라 올라가던 동장세의 걸음이 멈췄고, 돌연 그의 두 눈이 섬광을 발했다. 마치 어둠을 가르는 한줄기 번개 같았는데 뭔가 불길한 그림자를 느낀 것이다.

너무나 조용했다. 지금쯤 곳곳에서 비명이 터져 나와야 정상인데 주변은 숨죽인 듯 고요했다.

‘뭐지?

갑자기 자신도 모르게 등골이 서늘해진다.

바로 그때 첫 비명 소리가 들려왔다. 비명 소리가 들려온 서북쪽으로 고개를 돌렸다. 그제야 곤두섰던 동장세의 눈빛이 가라앉았고, 비명이 본격적으로 들려오기 시작했다.

“크아악!”

“악! 캐애액!”

그런데 십여 장쯤 걸어 올라가던 동장세의 걸음이 다시 멈췄다.

비명은 끊임없이 들려왔지만 그의 두 눈은 다시 타올랐다.

'이 목소리는!'

비명 소리가 귀에 익었다.

팟!

동장세의 신형이 어둠을 뚫었다. 순식간에 백여 장을 날아간 동장세가 경악했다. 저택 앞마당에는 수많은 시신이 나뒹굴고 있었는데 놀랍게도 모두가 자신의 수하들이었다.

'이… 이럴 수가!'

수하들의 몸은 깨끗했다. 그것은 반항할 엄두를 내지 못했다는 뜻이다. 동장세는 숨을 들이마셨다.

'지… 진법이다!'

갑자기 머리가 어지러워졌다. 그리고 세 개의 시커먼 인형이 자신을 향해 달려들고 있었다. 어찌나 빠르고 강렬한지 동장세는 본능적으로 검을 휘둘렀다.

싹뚝!

세 인영의 허리가 베어졌다. 그런데 잘려진 허리가 다시 붙더니 자신을 향해 파고들었다.

촤촤촤!

동장세의 검이 더욱 빨라졌다. 그런데 이번에도 잘려진 인영들이 허리를 다시 붙었다. 그뿐 아니라 좌우에서 다섯 명의 인영이 합세했다.

진법이 만들어낸 환상이라는 것을 알면서도 동장세는 검

을 멈출 수가 없었다. 그리고 그런 그의 머릿속으로 한 가지 생각이 떠올랐다. 적이 펼친 함정에 빠진 것이다.

돈은 가만히 앉아서는 벌어지지 않는다. 사람들은 흔히 돈을 쫓아다녀서는 벌지 못한다고 한다. 하지만 그건 뭘 모르고 하는 소리이다. 돈이 있는 곳이면 쫓아가야 하고 내 것으로 만들어야 한다. 문제는 내 것으로 만드는 방법이었다.

한번 내 것으로 만들어야겠다고 마음먹으면 수단과 방법을 가리지 않아야 한다. 따뜻한 피를 지녀도 안 되고, 눈물을 지녀도 안 되며, 상대를 사람으로 봐서도 안 된다. 죽이지 않으면 내가 죽는다는 냉정한 각오로 덤벼들어 빼앗아야 돈은 쌓인다.

그래서 사람들은 자신을 사갈이니 뱀이니 피도 눈물도 없는 인간이니 하며 손가락질한다. 손가락질받으면 어떤가. 모두가 돈을 벌지 못한 나약한 자들의 질투와 시기심의 발로라고 치부했다. 세상에서 돈보다 더 위력을 지닌 것은 없었다.

그 돈이 오늘 위기에 처해 있었다. 누군가 수백 년을 그렇게 쌓아온 가문의 돈을 노리고 있다. 돈이 있는 곳에 범죄가 끓고 죽음이 늘 도사린다. 그래서 적지 않은 무사들을 데리고 있지만 그들 힘으로는 터무니없을 만큼 막강한 적이 칼날을 세우고 조금씩 다가오고 있다.

이럴 줄 알았다면 진작 무력(武力)도 키우는 건데 하는 후회를 했지만 이미 늦었다.

"오늘이 며칠이더냐?"

자추동이 햇볕이 드는 대청마루에 앉아 물었다.

총관 이색기가 대답했다.

"열나흘입니다."

열나흘이면 두 자식을 보낸 지 오늘로 열나흘째였다. 시간 상으로는 충분히 돌아올 시간이 된 것이다.

대청에 앉으면 장원으로 들어오는 넓은 길이 훤히 내려다 보인다. 하지만 장원으로 들어서는 길에는 개미 새끼 한 마리 보이지 않는다. 불과 보름 전까지만 해도 문턱이 닿도록 들락 거리던 마차도, 상인도 코빼기도 보이지 않는다. 흑수당에 드 리워진 검은 먹구름을 의식하고 모두가 발길을 끊은 것이다.

"너는 어찌 생각하는가? 과연 대법왕이란 자가 우릴 도우 러 올 것이라고 생각하느냐, 아니면 최소한 사람이라도 보낼 것으로 보느냐?"

이색기가 대답하지 않고 난감해하는 표정을 짓자 자추동 이 다시 말했다.

"괜찮다. 말해봐라."

"속하의 생각으로는 오지 않을 것 같습니다."

"이유를 말해보겠느냐?"

"이유는 빤한 것 아니겠습니까?"

"단 한 푼의 돈도 포달랍궁에 시주를 하지 않았으니 노부의 행위가 괘씸해서라도 오지 않을 것이라는 말이구나."

"인지상정이라고 했습니다. 아무리 대법왕이고 활불이라고 하지만 사람인데 어찌 불쾌한 기분이 들지 않겠습니까? 백성도 국가를 위해 뭔가를 해야 국가로부터 인정을 받고 도움을 받는데 포달랍궁에는 아무런 도움을 주지 않았으니."

"틀린 말은 아니구나. 하지만 난 그렇게 생각하지 않는다. 그는 올 것이다."

이색기가 자추동을 돌아보았다.

자추동의 얼굴에 자신감이 떠올랐다.

"두고 봐라. 그는 온다. 반드시."

아직까지 단 한 번도 허튼소릴 하지 않던 자추동이다. 그리고 그가 된다고 하면 되었다.

"어떻게?"

"훗훗! 두고 보면 안다."

자추동의 입술이 얇아지며 미소가 떠올랐다.

육십 평생 돈과 여자 싫어하는 인간은 보지 못했다. 그중 아름다운 미색을 지닌 여인을 멀리하는 사내는 더욱 보지 못했다. 자정경은 자신이 보기에도 나무랄 데 없는 미인이다. 사내라면 반드시 한 번 품어보고 싶을 만큼 완벽에 가까운 딸이다. 대법왕의 나이가 한창때라고 했으므로 반드시 자정경의 미모를 쫓아 따라올 것이라는 것이 자추동의 계산이었다.

'대법왕이기 이전에 그도 사람이다.'

자추동의 확신이었다.

"당주님, 저기……."

이색기가 입구를 가리켰다.

사람의 그림자가 나타났다. 자추동이 자리에서 벌떡 일어나 눈에 힘을 주었다. 거리가 멀어 얼굴을 확인할 수는 없었지만 다섯 명이다. 그중 한 명은 머리카락을 휘날리는 것을 보아 여자이고 필시 자정경일 것이다.

넷 중 자청단을 빼면 세 명이 오고 있다는 뜻이므로 자추동의 인상이 구겨졌다.

고작 세 명이라니, 너무나 어이가 없고 기가 막힌다.

거리가 가까워지자 자신의 예상은 정확하게 맞아떨어졌다. 맨 앞에 금빛 법포를 걸친 사내는 보지 않아도 대법왕일 것이다. 한데 옷차림이 초라했다. 걸레 조각을 걸친 듯 찢겨지고 행색이 말이 아니었다. 듣기에는 꽤 준수한 용모의 사내라고 들었는데 거지가 따로 없었다.

"아버님."

자정경이 다가왔다.

"오, 그래, 어서오너라."

자추동이 마당으로 내려가 자정경의 손을 잡았다. 먼 길을 온 탓에 행색이 초라했지만 진흙 속에 핀 연꽃마냥 미모는 더욱 빼어났다.

"아버님, 다녀왔사옵니다."

자청단이 다가와 인사를 했다.

"고생이 많았다. 아픈 곳은 없느냐?"

"무탈하옵니다."

"다행이구나."

그러면서 자청단의 뒤에 서 있는 일목을 발견한 자추동이 소스라치게 놀랐다.

"으허헉!"

그 역시 장사로 잔뼈가 굵었지만 눈이 하나뿐인 사람은 처음 보는 것이었다. 더구나 이마 한가운데 주먹만 한 크기로 박혀 흰자위가 출렁거릴 때마다 소름이 끼친다.

"소개하겠소. 난 대법왕님의 법위인 일목이라 하오."

"어… 어서 오시오."

자추동이 말을 제대로 잇지 못했다. 눈도 하나뿐인데다 인상까지 자신이 가장 싫어하는 낭상(狼相)이다. 낭상의 인간은 무식하고 난폭하다. 걸핏하면 주먹부터 날리는 대책 불가능한 인간이다.

"아버님, 이분께서 대법왕님이세요."

자정경이 동천몽을 소개했다.

자추동이 허리를 숙였다.

"자추동이 삼가 대법왕님께 인사 올립니다. 이 늙은이의 하소연을 마다않고 이렇게 오백 리 길을 달려와 주신 은혜에 진심으로 감사드리옵니다."

"아미타불! 오백 리가 아니라 오천 리라도 백성이 고초를 겪고 있다면 찾아가 봐야 하는 것 아니오이까."

"이 총관, 뭣 하느냐? 어서 대법왕님을 안으로 뫼시거라."

"대… 대법왕이시여, 소인을 따라오소서."

동천몽이 고개를 끄덕이며 이색기의 뒤를 따랐다. 동천몽이 이색기의 뒤를 따라 사라지자 자추동이 백쾌섬을 물었다.

"이분 대협께서는……?"

자청단이 잽싸게 웃으며 말했다.

"백쾌섬 대협이라고, 강호에서는 아주 유명한 분이십니다. 본 가의 어려움을 듣고 혼쾌이 팔을 걷어붙였습니다, 아버님."

"오호! 이런 고마울 데가. 이 늙은이는 자추동이라 하오."

"헛걸음이 되지 않아야 할 텐데 말입니다."

"청단아, 어서 백 대협도 모시거라."

"들어가시지요. 소생을 따라오십시오."

자청단이 백쾌섬을 데리고 사라지자마자 자추동이 입을 열었다.

"어찌 된 일이냐? 어떻게 달랑 대법왕 혼자 왔단 말이냐? 도대체 이 무슨 얼토당토않은 일이란 말이냐?"

자추동의 표정이 굳어졌다. 수백 명의 무사를 흔적도 없이 해치운 보이지 않는 적을 상대해야 하는데 고작 동천몽 혼자 온 것이 너무나 기가 막히고 심지어 불쾌하기까지 했다.

자추동의 심각한 표정과 달리 자정경이 배시시 웃었다.

"염려 마세요, 아버지. 별일 없을 거예요."

"별일 없다니, 아무리 대법왕이라지만 신이 아닌 이상 혼자서 그들을 상대할 생각이란 말이냐?"

"아마 상대하고도 남을걸요."

"그건 또 무슨 말이냐?"

"아무튼 염려 마세요. 너무 오랫동안 씻지 않아 죽겠어요. 금방 씻고 나오겠어요."

그러면서 자정경이 안으로 들어갔다.

사라지는 자정경을 보며 자추동이 고개를 갸웃했다.

자청단과 달리 자정경은 냉철하다. 비록 상인의 길보다는 무인의 길을 선호하지만 어려서부터 사리 판단이 명확하고 경거망동하지 않는 침착한 아이다. 그런 자정경이 아무런 탈이 없을 것이라는 듯 환히 웃는다는 것은 자신의 염려와는 다른 뭔가가 준비되어 있다는 뜻이었으므로 다소 안도할 수 있었다.

『대법왕』 제3권에 계속…

Golden Key

박이수 소설

황금열쇠

「달의 아이」, 「붉은 소금성」의 작가 박이수.
그가 또 하나의 기대작 「황금열쇠」로 나타났다.

우연한 만남이란 단어는 그들에겐 존재하지 않았다.
얽혀 있는 사람들… 그리고 피할 수 없는 운명의 굴레!

뒤틀려 버린 운명의 주인공 세이엔 가이스카 리베 폰 라시에…
한순간 인생이 뒤바뀐 불운의 주인공 듀이 델쾨
그리고… 유일하게 그녀를 기억하는 단 한사람 이샤무딘!

이제 운명의 주사위는 던져졌다.
엇갈린 운명 속에 모든 사건은 하나로 연결된다!
황금열쇠를 차지하기 위한 그들의 위험한 모험이 지금 시작된다.

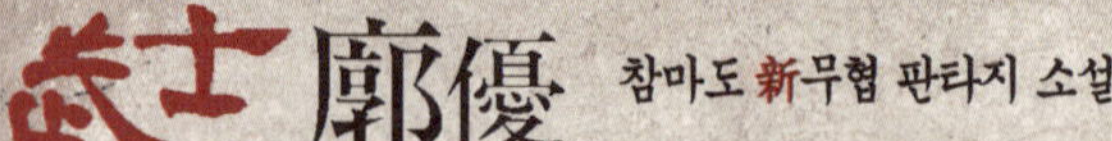

무사 곽우

『무정지로』, 『십삼월무』, 『화산진도』의
작가 참마도, 그가 돌아왔다!!

새롭게 시작되는 그의 네 번째 강호 이야기!!

"힘이 있는 자가 없는 자를 돕는 것입니다.
또한 힘이 없다면 돕기 위해 노력이라도 하는 것입니다.
그것이 진정한 협 아니겠습니까?"
"호오……."
송완은 다시 봤다는 듯 곽우를 바라보았고 담고위는
무슨 케케묵은 보물단지 보는 듯한 얼굴을 만들었다.
송완은 살짝 킥킥거리며 웃다가 이내 곽우에게 말했다.
"틀렸다. 협이란 무공이 높은 자의 중얼거림일 뿐이야.
무공이 낮은 자는 그저 그 협을 바라만 보고 있어야 하는 것이지.
그래서 세상은 협사가 널렸고 그 협사의 주변엔 구더기들이 들끓고 있는 거야."

강호라는 세상 속에서 지금 한 사람이 그 눈을 뜨려 한다.
한 자루의 부러진 검과 함께 곽우라는 이름을 가지고……

운룡쟁전

조돈형 新무협 판타지 소설

雲龍爭天

팔룡전설을 아는가?

북녘 하늘을 밝히는 별의 정기를 받고 태어난 여덟 명의 기재가
한 시대에 나타나리니, 그들의 눈은 삼라만상(森羅萬象)을 살피고
지혜는 하늘에 닿고 웅심은 천하를 덮을 것이다.
그들이 화합을 한다면 더없이 평온한 세상을 이룰 것이나,
만약 그렇지 않다면 피의 광풍이 온 천하를 휩쓸 것이다.

혼란의 시대!! 모략과 음모가 극에 다다른 혼돈의 강호무림!!

이때 하늘이 안배해 놓은 이가 있었으니, 그의 이름 도극성이라……!!
도극성!! 그가 무림에 다시 모습을 드러내는 날,
팔룡전설은 그로 인해 깨질 것이고 새로운 전설이 탄생할 것이다!!

유행이 아닌 자유추구 -
WWW.chungeoram.com
Book Publishing CHUNGEORAM